編者的話

親愛的讀者:

今天,我的好朋友,兩岸達人,鍾藏政董事長,傳來好消息,我在「快手」的粉絲,已經超過250萬人,並且在急速成長中。我是一個很會把握機會的人,當北京「101名師工廠」董事長Alex邀請我時,立即無條件答應,能夠一次上課有百萬人聽到,能夠把自己的好方法和人分享,是人生最大的幸福!

看了梵谷的傳記,他一生窮困潦倒,生前的畫打破傳統,被排斥,他氣得把畫當柴火燒,死後100多年,竟然被別人標售「向日葵」一億美金。所以,我從來沒有預期,在我有生之年,我這種「革命性」的發明,會被大家接受。

我的方法:學習外語,應該先從「說」開始。音標、字母,都先不要學,而且要學就學「有教養的英語」,一次背三個極短的句子,並且要馬上能夠用得到。例如:Thank you. I appreciate it. You're very kind. 這三句話,不是天天都可以用得到嗎?學了要馬上能夠使用,才有成就感,要使用,才不會忘記,只有不忘記,才能累積,否則背到後面,忘記前面,太划不來了!背一句會忘記,三個句子一起,說起來熱情,又不容易忘記。

「啞巴英語」危害人類兩百多年,大家浪費時間,就是浪費生命,苦學英文的人,方法不對,到最後大多「絕望」收尾,吃虧太大了!

每天說三句，英文不進步都難

　　昨天，和美國老師Edward逛街，他說：I know this place. I've been here before. 我們想不出第三句，沒有想到，小芝突然冒出一句：I remember now. 這三句話合在一起，說出來多棒。

　　晚上，我們在「康迎鼎」用餐，巧遇Vie Show 老闆翁明顯一家人在自家用餐，又造了三句優美的英文：This place is excellent. I highly recommend it. I give it two thumbs up. 我們把restaurant說成place，這三句話便可天天使用了。

發音是原罪，經過苦練的英文最美

我有一位朋友，台灣大學外文系畢業，當了助教，最後升到教授退休，他是好學生、好老師，一路上走來都是名人。他寫了一封英文信給我，看起來很棒，但是，給美國老師一看，錯誤百出，慘不忍睹。這是傳統英語學習的典型結果，也就是說，用傳統方法，自行造句，到美國留學，和美國人結婚，無論多麼努力，英文永遠沒有學好的一天。

我發明的方法：背「現成的句子」，以三句為一組，先學會說，不要管發音，很多英文老師喜歡糾正發音，反而害了小孩，讓他們失去信心，終生不敢說英文。我強烈建議英文老師：Encourage students. Don't discourage them. Don't correct pronunciation. 發音是「原罪」，有我們中國口音，經過苦練的英文最美。The most beautiful English comes from hard work. 我的英文都是「背」的，我說出來自然有信心。

有人問我文法要不要學？當然要，美國人寫的文法書很膚淺，把美國人害死了，很多美國人，不敢寫文章。我們國、高中文法書，還使用清朝的文法術語，文言文，把學生害死了！基本文法，一定要學，只要會做「極簡高中文法1000題」，便知道句子正確與否。需要這些資料，可以找長沙新航綫黃芬老師。現在，大家只要看「快手」和「抖音」我發表的免費「作品」即可。

「進步」讓我每天快樂！

　　我的同學告訴我：「你已經80歲，一隻腳已經踏進墳墓，不要再工作了！」其實，我從來沒有感覺自己是個老人，我覺得我還是「小孩」，每天在成長，「進步」讓我每天快樂。

　　很多人在網路上說：「我們是中國人，為什麼要學英文？」這是心理學上的酸葡萄作用，非常正常。傳統學「國際音標」、「漢語拼音」，文言文的文法術語像「賓語」、「狀語」，害大家失去學英文的信心。美國小孩是會說話後，才學閱讀和語法、背單字。學習是件快快樂樂的事，你試試看，不要拿課本，直接和外國老師聊天，你就在進步！

　　我不願意回到30歲，因為那時沒錢，什麼也不懂，一位大陸朋友都沒有；不願回到去年，因為我還沒有在「快手」教英文。現在，通訊進步太快，手機是最好的老師，裡面有無數人的智慧。我希望能夠在短時間內，讓大家學會英文。「擊敗啞巴英語」是我一生的心願！

劉毅

一口氣背 7000 字 ①

1.

abandon	〔 ə'bændən 〕 v. 拋棄	abandon = a (*to*) + ban (禁止) + don
abbreviate	〔 ə'brivɪ,et 〕 v. 縮寫	ab (*to*) + brevi (*brief*) + ate (*v.*)
abbreviation	〔 ə,brivɪ'eʃən 〕 n. 縮寫	abbreviate (縮寫) – e + tion (*n.*)
aboriginal	〔,æbə'rɪdʒənḷ 〕 adj. 原始的	ab (*from*) + origin (源頭) + al (*adj.*)
aborigine	〔,æbə'rɪdʒəni 〕 n. 原住民；土人；土著	
abortion	〔 ə'bɔrʃən 〕 n. 墮胎	諧音：兒不生，「墮胎」會導致無法生孩子。
abound	〔 ə'baʊnd 〕 v. 充滿；大量存在	a + bound (被束縛的)
abundant	〔 ə'bʌndənt 〕 adj. 豐富的	abound (充滿) – o + ant (*adj.*)
abundance	〔 ə'bʌndəns 〕 n. 豐富	abundant (豐富的) – t + ce (*n.*)

2.

absent	〔'æbsn̩t 〕 adj. 缺席的	ab (*away*) + s (*be*) + ent (*adj.*)
absence	〔'æbsn̩s 〕 n. 缺席；不在；缺乏；沒有	
absentminded	〔'æbsn̩t'maɪndɪd 〕 adj. 心不在焉的	= absent-minded
absorb	〔 əb'sɔrb 〕 v. 吸收	ab (*away*) + sorb (吸) = absorb
absurd	〔 əb'sɝd 〕 adj. 荒謬的	諧音：愛不死的，這是「荒謬的」。
absolute	〔'æbsə,lut 〕 adj. 絕對的；完全的	諧音：阿爸收入。
abstract	〔'æbstrækt 〕 adj. 抽象的	abs (*from*) + tract (*draw*) = abstract
abstraction	〔 æb'strækʃən 〕 n. 抽象；抽象觀念	
abuse	〔 ə'bjuz 〕 v. 濫用；虐待	ab (*away*) + use (使用) = abuse

3.

accept	〔 ək'sɛpt 〕 v. 接受	ac (*to*) + cept (*catch*) = accept
acceptable	〔 ək'sɛptəbḷ 〕 adj. 可接受的	accept (接受) + able (可以…的)
acceptance	〔 ək'sɛptəns 〕 n. 接受	accept (接受) + ance (*n.*) = acceptance
access	〔'æksɛs 〕 n. 接近或使用權	ac (*to*) + cess (*go*) = access
accessible	〔 æk'sɛsəbḷ 〕 adj. 容易接近的	access (接近) + ible (可以…的)
accessory	〔 æk'sɛsərɪ 〕 n. 配件；附件；裝飾品	access (接近) + ory (*n.*)
accelerate	〔 æk'sɛlə,ret 〕 v. 加速	諧音：唉可塞了累，想「加速」回家。
acceleration	〔 æk,sɛlə'reʃən 〕 n. 加速	accelerate – e + ion (*n.*) = acceleration
accent	〔'æksɛnt 〕 n. 口音	

4.

academy 〔 ə'kædəmɪ 〕 n. 學院 諧音：喔看得迷，「學院」看書著迷。

academic 〔͵ækə'dɛmɪk 〕 adj. 學術的 academy (學院) – y + ic (adj.)

accident 〔'æksədənt 〕 n. 意外；車禍 ac (to) + cid (fall) + ent (n.)

accidental 〔͵æksə'dɛnt!〕 adj. 意外的；偶然的

accommodate 〔 ə'kɑmə͵det 〕 v. 容納；裝載 (乘客)

accommodations 〔 ə͵kɑmə'deʃənz 〕 n. pl. 住宿設備

accompany 〔 ə'kʌmpənɪ 〕 v. 陪伴；伴隨 ac (to) + company (同伴)

accomplish 〔 ə'kɑmplɪʃ 〕 v. 完成 accompany (陪伴) – any + lish (v.)

accomplishment 〔 ə'kɑmplɪʃmənt 〕 n. 成就

5.

accord 〔 ə'kɔrd 〕 v. 一致 ac (to) + cord (細繩) = accord

accordance 〔 ə'kɔrdn̩s 〕 n. 一致 accord (一致) + ance (n.)

accordingly 〔 ə'kɔrdɪŋlɪ 〕 adv. 因此 accord + ing (adj.) + ly (adv.)

account 〔 ə'kaʊnt 〕 n. 帳戶 ac (to) + count (算) = account

accountable 〔 ə'kaʊntəbl̩ 〕 adj. 應負責的 account + able (可以…的)

accountant 〔 ə'kaʊntənt 〕 n. 會計師 account (帳戶) + ant (人)

accounting 〔 ə'kaʊntɪŋ 〕 n. 會計 account (帳戶) + ing (n.)

accurate 〔'ækjərɪt 〕 adj. 準確的 ac (to) + cur (take care) + ate (adj.)

accuracy 〔'ækjərəsɪ 〕 n. 準確 accurate (準確的) – ate (adj.) + acy (n.)

6.

accuse 〔 ə'kjuz 〕 v. 控告 ac (to) + cuse (cause) = accuse

accusation 〔͵ækjə'zeʃən 〕 n. 控告 accuse (控告) – e + ation (n.)

accustom 〔 ə'kʌstəm 〕 v. 使習慣於 ac (to) + custom (風俗)

accumulate 〔 ə'kjumjə͵let 〕 v. 累積 ac (to) + cumulate (heap up)

accumulation 〔 ə͵kjumjə'leʃən 〕 n. 累積 accumulate – e + ion (n.)

achieve 〔 ə'tʃiv 〕 v. 達到 ac (to) + chieve (chief) = achieve

achievement 〔 ə'tʃivmənt 〕 n. 成就 achieve (達到) + ment (n.)

acknowledge 〔 ək'nɑlɪdʒ 〕 v. 承認 ac (to) + knowledge (知識)

acknowledgement 〔 ək'nɑlɪdʒmənt 〕 n. 承認

7.

act	〔 ækt 〕 *n.* 行為　*v.* 做事；演戲	
action	〔'ækʃən 〕 *n.* 行動；行為　act (行動) + ion (*n.*) = action	
active	〔'æktɪv 〕 *adj.* 活躍的；主動的　act (演戲) + ive (*adj.*)	

actor	〔'æktɚ 〕 *n.* 演員　act (演戲) + or (人) = actor
actress	〔'æktrɪs 〕 *n.* 女演員　act (演戲) + ress (女性) = actress
actual	〔'æktʃuəl 〕 *adj.* 實際的　act (演戲) + ual (*adj.*) = actual

activist	〔'æktɪvɪst 〕 *n.* 激進主義份子　active (活躍的) – e + ist (人)
activity	〔 æk'tɪvətɪ 〕 *n.* 活動　active (活躍的) – e + ity (*n.*)
acute	〔 ə'kjut 〕 *adj.* 急性的；嚴重的；靈敏的

8.

ad	〔 æd 〕 *n.* 廣告
adapt	〔 ə'dæpt 〕 *v.* 適應；改編　ad (廣告) + apt (有…傾向的)
adaptation	〔ˌædəp'teʃən 〕 *n.* 適應；改編　adapt (適應) + ation (*n.*)

add	〔 æd 〕 *v.* 增加　和 ad〔 æd 〕是同音字。
addict	〔 ə'dɪkt 〕 *v.* 使上癮　諧音：愛得嗑他，很愛嗑，就是「上癮」。
addiction	〔 ə'dɪkʃən 〕 *n.* (毒) 癮；入迷　addict (使上癮) + ion (*n.*)

addition	〔 ə'dɪʃən 〕 *n.* 增加　add (加) + ition (*n.*) = addition
additional	〔 ə'dɪʃənḷ 〕 *adj.* 附加的　addition (增加) + al (*adj.*)
address	〔 ə'drɛs , 'ædrɛs 〕 *n.* 地址；演講　*v.* 向…講話

9.

admire	〔 əd'maɪr 〕 *v.* 欽佩　諧音：愛的馬兒。
admirable	〔'ædmərəbḷ 〕 *adj.* 值得讚賞的；令人欽佩的【注意重音】
admiration	〔ˌædmə'reʃən 〕 *n.* 欽佩　admire (欽佩) – e + ation (*n.*)

admit	〔 əd'mɪt 〕 *v.* 承認；准許進入　ad (*to*) + mit (*send*) = admit
admission	〔 əd'mɪʃən 〕 *n.* 入場許可；入學許可
administer	〔 əd'mɪnəstɚ 〕 *v.* 管理；執行　ad (廣告) + minister (部長)

administration	〔 əd,mɪnə'streʃən 〕 *n.* 管理；(美國的) 政府
administrative	〔 əd'mɪnə,stretɪv 〕 *adj.* 管理的；經營的；行政的
administrator	〔 əd'mɪnə,stretɚ 〕 *n.* 管理者

10.

adjust	(ə'dʒʌst) v. 調整	ad (to) + just (公正的) = adjust
adjustment	(ə'dʒʌstmənt) n. 調整	adjust (調整) + ment (n.)
adjective	('ædʒɪktɪv) n. 形容詞	ad (to) + ject (throw) + ive (n.)
adverb	('ædvɝb) n. 副詞	ad (to) + verb (動詞) = adverb
adopt	(ə'dɑpt) v. 採用；領養	ad (to) + opt (選擇) = adopt
adore	(ə'dor) v. 非常喜愛	諧音：餓多了，看到食物會「非常喜愛」。
adolescent	(,ædl̩'ɛsn̩t) n. 青少年 *adj.* 青少年的	諧音：愛多來深。
adolescence	(,ædl̩'ɛsn̩s) n. 青春期	ad (to) + olesc (grow up) + ence (n.)
adequate	('ædəkwɪt) adj. 足夠的	ad (to) + equ (equal) + ate (adj.)

11.

advance	(əd'væns) v. 前進 *n.* 進步	諧音：愛得煩死。
advanced	(əd'vænst) adj. 高深的；先進的	advance (前進) + d (adj.)
advantage	(əd'væntɪdʒ) n. 優點	advance (前進) – ce + tage (n.)
advice	(əd'vaɪs) n. 勸告；建議	ad (to) + vice (see) = advice
advise	(əd'vaɪz) v. 勸告	ad (to) + vise (see) = advise
adviser	(əd'vaɪzɚ) n. 顧問；導師	advise (勸告) + (e)r (人)
advertise	('ædvɚ,taɪz) v. 登廣告	ad (to) + vert (turn) + ise (v.)
advertiser	('ædvɚ,taɪzɚ) n. 刊登廣告者	advertise (登廣告) + (e)r (人)
advertisement	(,ædvɚ'taɪzmənt) n. 廣告；平面廣告	

12.

affect	(ə'fɛkt) v. 影響	af (to) + fect (do) = affect
affection	(ə'fɛkʃən) n. 感情；喜愛	affect (影響) + ion (n.)
affectionate	(ə'fɛkʃənɪt) adj. 摯愛的；充滿深情的	
afford	(ə'ford) v. 負擔得起	af (to) + ford (forth) = afford
affair	(ə'fɛr) n. 事情	af (to) + fair (公平的) = affair
affirm	(ə'fɝm) v. 斷定；斷言；堅稱	af (to) + firm (堅定的)
culture	('kʌltʃɚ) n. 文化	cult (till) + ure (n.) = culture
agriculture	('ægrɪ,kʌltʃɚ) n. 農業	agri (ago) + culture (文化)
agricultural	(,ægrɪ'kʌltʃərəl) adj. 農業的	agriculture – e + al (adj.)

13.

age	〔 edʒ 〕 n. 年紀；時代　v. 變老	
agent	〔'edʒənt 〕 n. 代理人；經紀人；密探　ag (act) + ent (人)	
agency	〔'edʒənsɪ 〕 n. 代辦處　agent (代理人) – t + cy (n.)	

agenda	〔 ə'dʒɛndə 〕 n. 議程　agent (代理人) – t + da = agenda
aggressive	〔 ə'grɛsɪv 〕 adj. 有攻擊性的；積極進取的
aggression	〔 ə'grɛʃən 〕 n. 侵略；挑釁　aggressive – ive (adj.) + ion (n.)

agree	〔 ə'gri 〕 v. 同意　a (to) + gree (please) = agree
agreeable	〔 ə'griəbḷ 〕 adj. 令人愉快的　agree (同意) + able (可以…的)
agreement	〔 ə'grimənt 〕 n. 協議　agree (同意) + ment (n.)

14.

air	〔 ɛr 〕 n. 空氣　air 和 heir 〔 ɛr 〕 n. 繼承人 是同音字。
air conditioner	〔'ɛrkən'dɪʃənɚ 〕 n. 冷氣機
aircraft	〔'ɛr,kræft 〕 n. 飛機　air (空中) + craft (船；飛機) = aircraft

airplane	〔'ɛr,plen 〕 n. 飛機　air (空中) + plane (平面；飛機)
airlines	〔'ɛr,laɪnz 〕 n. 航空公司　air (空中) + lines (線) = airlines
airways	〔'ɛr,wez 〕 n. 航空公司　air (空中) + ways (路) = airways

airport	〔'ɛr,port 〕 n. 機場　air (空中) + port (港口) = airport
airmail	〔'ɛr,mel 〕 n. 航空郵件；航空郵遞　air (空中) + mail (郵件)
airtight	〔'ɛr'taɪt 〕 adj. 不透氣的　air (空氣) + tight (緊密的)

15.

alike	〔 ə'laɪk 〕 adj. 相像的　a + like (像…的) = alike
alive	〔 ə'laɪv 〕 adj. 活的；有活力的　a + live (活) = alive
alert	〔 ə'lɜt. 〕 adj. 機警的　v. 使…警覺；提醒　諧音：餓了。

album	〔'ælbəm 〕 n. 專輯；剪貼本　諧音：愛兒本。
alcohol	〔'ælkə,hɔl 〕 n. 酒；酒精　諧音：愛渴喉，愛「酒」解渴喉。
alcoholic	〔,ælkə'hɔlɪk 〕 n. 酒鬼　adj. 含酒精的　alcohol + ic (adj. n.)

alien	〔'elɪən , 'eljən 〕 n. 外星人；外國人　adj. 外國的
alienate	〔'eljən,et 〕 v. 使疏遠　alien (外星人) + ate (v.) = alienate
algebra	〔'ældʒəbrə 〕 n. 代數　諧音：喔解不了「代數」。

16.

ally	〔 ə'laɪ 〕 v. 結盟　〔'ælaɪ 〕 n. 盟國；盟友【名詞和動詞重音不同】	
alliance	〔 ə'laɪəns 〕 n. 結盟　ally (結盟) – y + iance (n.) = alliance	
allocate	〔'ælə,ket 〕 v. 分配　al (to) + loc (place) + ate (v.)	

allergy	〔'ælədʒɪ 〕 n. 過敏症；厭惡　all (全部) + energy (能量) – en	
allergic	〔 ə'lɝdʒɪk 〕 adj. 過敏的　allergy (過敏症) – y + ic (adj.)	
alligator	〔'ælə,getɚ 〕 n. 短吻鱷【gator 是 alligator 的簡化字】	

allow	〔 ə'laʊ 〕 v. 允許　諧音：二老。	
allowance	〔 ə'laʊəns 〕 n. 零用錢　allow (允許) + ance (n.)	
alley	〔'ælɪ 〕 n. 巷子　all (全部) + hey (嘿) – h = alley	

17.

along	〔 ə'lɔŋ 〕 prep. 沿著　a + long (長的) = along	
alongside	〔 ə'lɔŋ'saɪd 〕 prep. 在…旁邊　along (沿著) + side (旁邊)	
aloud	〔 ə'laʊd 〕 adv. 出聲地　a + loud (大聲地) = aloud	

alter	〔'ɔltɚ 〕 v. 改變　這個字可以把 later (後來) 的 la 改成 al。	
alternate	〔'ɔltɚ,net 〕 v. 使輪流；輪流　adj. 輪流的　alter + nate (v. adj.)	
alternative	〔 ɔl'tɝnətɪv 〕 n. 其他選擇；替代物	

altitude	〔'æltə,tjud 〕 n. 海拔；高度　alt (high) + itude (n.)	
altogether	〔,ɔltə'gɛðɚ 〕 adv. 總共；完全地　al (all) + together (一起)	
aluminum	〔 ə'lumɪnəm 〕 n. 鋁　諧音：啊鋁米能。	

18.

amaze	〔 ə'mez 〕 v. 使驚訝　a + maze (迷宮) = amaze	
amazement	〔 ə'mezmənt 〕 n. 驚訝　amaze (使驚訝) + ment (n.)	
amateur	〔'æmə,tʃʊr 〕 adj. 業餘的　n. 業餘愛好者　諧音：愛模特。	

ambassador	〔 æm'bæsədɚ 〕 n. 大使　諧音：暗被殺的。	
ambiguous	〔 æm'bɪgjuəs 〕 adj. 含糊的；模擬兩可的	
ambiguity	〔,æmbɪ'gjuətɪ 〕 n. 含糊　ambiguous – ous (adj.) + ity (n.)	

ambition	〔 æm'bɪʃən 〕 n. 抱負；野心　amb (around) + it (go) + ion (n.)	
ambitious	〔 æm'bɪʃəs 〕 adj. 有抱負的；有野心的	
ambulance	〔'æmbjələns 〕 n. 救護車　諧音：俺不能死。	

19.

angry	〔ˈæŋgrɪ〕adj. 生氣的	
anger	〔ˈæŋgə〕n. 生氣；憤怒 v. 使生氣；激怒	
angle	〔ˈæŋgl̩〕n. 角度；觀點 諧音：A 狗，A 字形「角度」的狗。	

angel 〔ˈendʒəl〕n. 天使 諧音：安久。不要拼成 angle（角度）。

animal 〔ˈænəml̩〕n. 動物 諧音：愛你摸，「動物」喜歡你摸牠。

animate 〔ˈænəˌmet〕v. 使有活力 animal（動物）- al + ate（v.）

ankle 〔ˈæŋkl̩〕n. 腳踝 諧音：暗摳，「腳踝」很癢，偷偷地摳。

anchor 〔ˈæŋkə〕n. 錨；主播 anch（angle）+ or（n.）= anchor

anecdote 〔ˈænɪkˌdot〕n. 軼事；趣聞（關於眞人眞事的小故事）；傳聞

20.

analyze 〔ˈænl̩ˌaɪz〕v. 分析 諧音：安娜來自。

analyst 〔ˈænl̩ɪst〕n. 分析者 analyze（分析）- ze（v.）+ st（人）

analysis 〔əˈnæləsɪs〕n. 分析 analyst（分析者）- st（人）+ sis（n.）

ancestor 〔ˈænsɛstə〕n. 祖先 an（一個）+ cestor（諧音「先死的」）

ancient 〔ˈenʃənt〕adj. 古代的 諧音：愛神的，「古代的」人很敬神。

analects 〔ˈænəˌlɛkts〕n. pl. 文選；語錄

announce 〔əˈnaʊns〕v. 宣佈 an（to）+ noun（名詞）+ ce（v.）

announcement 〔əˈnaʊnsmənt〕n. 宣佈；公告

anniversary 〔ˌænəˈvɝsərɪ〕n. 週年紀念 anni（year）- vers（turn）+ ary（n.）

21.

annoy 〔əˈnɔɪ〕v. 使心煩 an（一個）+ no（不）+ y（v.）= annoy

annoyance 〔əˈnɔɪəns〕n. 討厭的人或物 annoy（使心煩）+ ance（n.）

annual 〔ˈænjʊəl〕adj. 一年一度的；一年的 ann（year）+ al（adj.）

ant 〔ænt〕n. 螞蟻

antenna 〔ænˈtɛnə〕n. 天線；觸角 ant（螞蟻）+ tenna（諧音「聽那」）

antarctic 〔æntˈɑrktɪk〕adj. 南極的 n. 南極

anticipate 〔ænˈtɪsəˌpet〕v. 預期；期待 anti（before）+ cipate（take）

anticipation 〔ænˌtɪsəˈpeʃən〕n. 期待 anticipate（期待）- e + ion（n.）

antique 〔ænˈtik〕n. 古董 ant（螞蟻）+ unique（獨特的）- un

22.

antibody	〔'æntɪˌbɑdɪ 〕 *n.* 抗體	anti (*against*) + body (身體)
antibiotic	〔ˌæntɪbaɪ'ɑtɪk 〕 *n.* 抗生素	anti (*against*) + bio (*life*) + tic (*n.*)
antonym	〔'æntəˌnɪm 〕 *n.* 反義字	ant (*opposite*) + onym (*name*)

anthem 〔'ænθəm 〕 *n.* 頌歌 an + them = anthem

anxious 〔'æŋkʃəs 〕 *adj.* 焦慮的；渴望的 諧音：俺可羞死。

anxiety 〔 æŋ'zaɪətɪ 〕 *n.* 焦慮；令人擔心的事 諧音：俺三兒啼。

apart 〔 ə'pɑrt 〕 *adv.* 相隔；分開 a + part (部分) = apart

apartment 〔 ə'pɑrtmənt 〕 *n.* 公寓 apart (分開) + ment (*n.*) = apartment

ape 〔 ep 〕 *n.* 猿 *v.* 模仿

23.

appeal 〔 ə'pil 〕 *v.* 吸引 諧音：兒皮喔。

appear 〔 ə'pɪr 〕 *v.* 出現；似乎 app + ear (耳朵) = appear

appearance 〔 ə'pɪrəns 〕 *n.* 外表；出現 appear (出現) + ance (*n.*)

apply 〔 ə'plaɪ 〕 *v.* 申請；應用 ap (*to*) + ply (*fold*) = apply

appliance 〔 ə'plaɪəns 〕 *n.* 家電用品 apply (應用) – y + iance (*n.*)

application 〔ˌæplə'keʃən 〕 *n.* 申請；申請書；應用

applicable 〔'æplɪkəbḷ 〕 *adj.* 適用的 application – ation + able (可以…的)

applicant 〔'æpləkənt 〕 *n.* 申請人；應徵者 application – ation + ant (人)

apple 〔'æpḷ 〕 *n.* 蘋果

24.

appoint 〔 ə'pɔɪnt 〕 *v.* 指派 ap (*to*) + point (指) = appoint

appointment 〔 ə'pɔɪntmənt 〕 *n.* 約會；約診 appoint (指派) + ment (*n.*)

appropriate 〔 ə'propriɪt 〕 *adj.* 適當的 ap (*to*) + propri (*proper*) + ate (*adj.*)

appreciate 〔 ə'priʃɪˌet 〕 *v.* 欣賞；感激 ap (*to*) + preci (*price*) + ate (*v.*)

appreciation 〔 əˌpriʃɪ'eʃən 〕 *n.* 欣賞；感激 appreciate (欣賞) – e + ion (*n.*)

apprentice 〔 ə'prɛntɪs 〕 *n.* 學徒 諧音：耳邊提醒。

approve 〔 ə'pruv 〕 *v.* 贊成；批准 ap (*to*) + prove (證明) = approve

approval 〔 ə'pruvḷ 〕 *n.* 贊成 approve (*v.*) – e + al (*n.*) = approval

approach 〔 ə'protʃ 〕 *v.* 接近 *n.* 方法 諧音：餓撲了去，就是「接近」。

25.

apologize	〔 əˈpɑləˌdʒaɪz 〕v. 道歉	諧音：餓跑了債，要「道歉」。
apology	〔 əˈpɑlədʒɪ 〕n. 道歉	apologize（道歉）– ize (v.) + y (n.)
apparent	〔 əˈpærənt 〕adj. 明顯的	ap + parent（父或母）= apparent

applaud	〔 əˈplɔd 〕v. 鼓掌；稱讚	ap (to) + plaud (clap) = applaud
applause	〔 əˈplɔz 〕n. 鼓掌	applaud（鼓掌）– d + se (n.) = applause
appetite	〔ˈæpəˌtaɪt 〕n. 食慾；渴望	諧音：愛陪太太。

April	〔ˈeprəl 〕n. 四月	
apron	〔ˈeprən 〕n. 圍裙	
aptitude	〔ˈæptəˌtjud 〕n. 性向；才能	apt (fit) + itude (n.)

26.

arch	〔 ɑrtʃ 〕n. 拱門	
architect	〔ˈɑrkəˌtɛkt 〕n. 建築師	arch（拱門）+ i + tect (builder)
architecture	〔ˈɑrkəˌtɛktʃɚ 〕n. 建築；建築學	architect（建築師）+ ure (n.)

are	〔 ɑr 〕v. 第二人稱及複數 be	
area	〔ˈɛrɪə , ˈerɪə 〕n. 地區	are + a = area
arena	〔 əˈrinə 〕n. 競技場；表演場地；領域	are + na = arena

argue	〔ˈɑrgju 〕v. 爭論；主張	諧音：啊苦，「爭論」很痛苦。
argument	〔ˈɑrgjəmənt 〕n. 爭論；論點	argue（爭論）– e + ment (n.)
arithmetic	〔 əˈrɪθməˌtɪk 〕n. 算術	arithmet (number) + ic (n.)

27.

arm	〔 ɑrm 〕n. 手臂 v. 武裝；配備	
army	〔ˈɑrmɪ 〕n. 軍隊；陸軍；大批	arm（手臂）+ y = army
armour	〔ˈɑrmɚ 〕n. 盔甲	arm（手臂）+ our（我們的）= armour

arrange	〔 əˈrendʒ 〕v. 安排；排列	ar (to) + range（範圍）= arrange
arrangement	〔 əˈrendʒmənt 〕n. 安排；排列	arrange（安排）+ ment (n.)
arrest	〔 əˈrɛst 〕v. 逮捕；吸引 n. 逮捕	ar (to) + rest（休息）= arrest

arrive	〔 əˈraɪv 〕v. 到達	ar (to) + rive (river) = arrive
arrival	〔 əˈraɪvḷ 〕n. 到達；出現	arrive（到達）– e + al (n.) = arrival
arrogant	〔ˈærəgənt 〕adj. 自大的	ar (to) + rog (ask) + ant (adj.)

28.

art	〔 ɑrt 〕 *n.* 藝術；藝術品；技巧 *pl.* 文科【文學、藝術等學科】	
artist	〔 'ɑrtɪst 〕 *n.* 藝術家；畫家 art (藝術) + ist (人) = artist	
artistic	〔 ɑr'tɪstɪk 〕 *adj.* 藝術的；有藝術鑑賞力的 artist + ic (*adj.*)	

artery 〔 'ɑrtərɪ 〕 *n.* 動脈 art (藝術) + ery = artery

article 〔 'ɑrtɪkḷ 〕 *n.* 文章；物品 art (藝術) + i + cle (物) = article

articulate 〔 ɑr'tɪkjəlɪt 〕 *adj.* 口齒清晰的；能言善道的

artificial 〔 ,ɑrtə'fɪʃəl 〕 *adj.* 人造的 art (藝術) + i + fic (*make*) + ial (*adj.*)

artifact 〔 'ɑrtɪ,fækt 〕 *n.* 文化遺產 art (藝術) + i + fact (事實)

arrow 〔 'æro 〕 *n.* 箭 ar + row (排) = arrow

29.

ass 〔 æs 〕 *n.* 屁股

assemble 〔 ə'sɛmbḷ 〕 *v.* 集合；裝配 as (*to*) + semble (*same*) = assemble

assembly 〔 ə'sɛmblɪ 〕 *n.* 集會；裝配 assemble (集合) – e + y (*n.*)

assess 〔 ə'sɛs 〕 *v.* 評估 as (*to*) + sess (*sit*) = assess

assessment 〔 ə'sɛsmənt 〕 *n.* 評估 assess (評估) + ment (*n.*) = assessment

asset 〔 'æsɛt 〕 *n.* 資產；有利條件 assess (評估) – ss + t = asset

assert 〔 ə'sɝt 〕 *v.* 主張；聲稱 asset (資產) + r = assert

assault 〔 ə'sɔlt 〕 *v. n.* 襲擊；毆打 ass (屁股) + ault (諧音「毆的」)

assassinate 〔 ə'sæsn̩,et 〕 *v.* 暗殺 ass (屁股) + ass (屁股) + in + ate (*v.*)

30.

assign 〔 ə'saɪn 〕 *v.* 指派 as (*to*) + sign (簽名) = assign

assignment 〔 ə'saɪnmənt 〕 *n.* 作業；任務 assign (指派) + ment (*n.*)

associate 〔 ə'soʃɪ,et 〕 *v.* 聯想；與…結合 as (*to*) + soci (*join*) + ate (*v.*)

association 〔 ə,soʃɪ'eʃən 〕 *n.* 協會 associate (聯想) – e + tion (*n.*)

assure 〔 ə'ʃur 〕 *v.* 向~保證 as (*to*) + sure (確定的) = assure

assurance 〔 ə'ʃurəns 〕 *n.* 保證；把握 assure (向~保證) – e + ance (*n.*)

assume 〔 ə's(j)um 〕 *v.* 假定；認為；承擔 as (*to*) + sume (*take*)

assumption 〔 ə'sʌmpʃən 〕 *n.* 假定 assume (假定) – e + ption (*n.*)

asthma 〔 'æzmə , 'æsmə 〕 *n.* 氣喘 諧音：啊死嗎，「氣喘」發作會致死。

31.

athlete	〔'æθlɪt 〕 n. 運動員	諧音：愛死累的，「運動員」愛運動到很累。
athletic	〔 æθ'lɛtɪk 〕 adj. 運動員般的；強壯的	athlete – e + ic (adj.)
ATM	〔,e ti'ɛm 〕 n. 自動提款機	

attach 〔 ə'tætʃ 〕 v. 附上；綁　at (*to*) + tach (*stake*) = attach
attachment 〔 ə'tætʃmənt 〕 n. 附屬品；附件；喜愛
attack 〔 ə'tæk 〕 v. n. 攻擊　attach (附上) – h + k = attack

attain 〔 ə'ten 〕 v. 達到　at (*to*) + tain (*touch*)
attainment 〔 ə'tenmənt 〕 n. 達成；成就　attain (達到) + ment (n.)
attempt 〔 ə'tɛmpt 〕 n. v. 企圖；嘗試　at (*to*) + tempt (誘惑) = attempt

32.

attend 〔 ə'tɛnd 〕 v. 參加　at (*to*) + tend (傾向) = attend
attendance 〔 ə'tɛndəns 〕 n. 參加人數　attend (參加) + ance (n.)
attendant 〔 ə'tɛndənt 〕 n. 服務員　attend (服侍) + ant (人) = attendant

attention 〔 ə'tɛnʃən 〕 n. 注意力　attend (參加) – d + tion (n.)
attic 〔'ætɪk 〕 n. 閣樓　諧音：愛啼歌，喜愛在「閣樓」唱歌。
attitude 〔'ætə,tjud 〕 n. 態度　at (位於) + titude (諧音「態度」)

attract 〔 ə'trækt 〕 v. 吸引|　at (*to*) + tract (*draw*)
attraction 〔 ə'trækʃən 〕 n. 吸引力；有吸引力的東西　attract + ion (n.)
attractive 〔 ə'træktɪv 〕 adj. 吸引人的　attract (吸引) + ive (adj.)

33.

audience 〔'ɔdɪəns 〕 n. 聽眾；觀眾　audi (*hear*) + ence (n.) = audience
audio 〔'ɔdɪ,o 〕 adj. 聽覺的　audi (*hear*) + o = audio
auditorium 〔,ɔdə'torɪəm 〕 n. 大禮堂　audi (*hear*) + tor (*person*) + ium (*place*)

author 〔'ɔθɚ 〕 n. 作者　v. 寫作；創作　auth (*grow*) + or (人)
authorize 〔'ɔθə,raɪz 〕 v. 授權；許可　author (作者) + ize (v.) = authorize
authority 〔 ə'θɔrətɪ 〕 n. 權威；權力　author (作者) + ity (n.) = authority

authentic 〔 ɔ'θɛntɪk 〕 adj. 真正的；原作的；道地的
auction 〔'ɔkʃən 〕 n. 拍賣　action (行動) + u (*you*) = auction
August 〔'ɔgəst 〕 n. 八月【注意發音】

34.

auto	〔ˋɔto〕 *n.* 汽車	auto 作為字首表示 self (自己)。
automobile	〔ˋɔtəmə͵bil 〕 *n.* 汽車	auto (*self*) + mobile (可移動的)
automatic	〔͵ɔtəˋmætɪk 〕 *adj.* 自動的	auto (*self*) + mat (*think*) + ic (*adj.*)

autograph	〔ˋɔtə͵græf 〕 *n.* 親筆簽名	auto (*self*) + graph (*write*)
autobiography	〔͵ɔtəbaɪˋɑgrəfɪ 〕 *n.* 自傳	
autonomy	〔ɔˋtɑnəmɪ 〕 *n.* 自治	auto (*self*) + nomy (*law*)

aunt	〔 ænt 〕 *n.* 阿姨;姑姑	和 ant 〔 ænt 〕 *n.* 螞蟻 同音。
autumn	〔ˋɔtəm 〕 *n.* 秋天	
auxiliary	〔 ɔgˋzɪljərɪ 〕 *adj.* 輔助的	諧音:奧客喜你愛你。

35.

awake	〔 əˋwek 〕 *v.* 醒來 *adj.* 醒著的	a + wake (醒來) = awake
awaken	〔 əˋwekən 〕 *v.* 喚醒	a + wake (醒來) + (e)n (*v.*) = awaken
await	〔 əˋwet 〕 *v.* 等待	a + wait (等待) = await

award	〔 əˋwɔrd 〕 *v.* 頒發 *n.* 獎	諧音:餓握的。
aware	〔 əˋwɛr 〕 *adj.* 知道的	諧音:餓銀兒。
awhile	〔 əˋhwaɪl 〕 *adv.* 片刻	a + while (短暫的時間) = awhile

awe	〔 ɔ 〕 *n.* 敬畏	【比較】owe 〔 o 〕 *v.* 欠
awesome	〔ˋɔsəm 〕 *adj.* 令人畏懼的	awe (敬畏) + some (*adj.*)
awful	〔ˋɔfḷ 〕 *adj.* 可怕的	awe (敬畏) – e + ful (*adj.*) = awful

36.

baby	〔ˋbebɪ 〕 *n.* 嬰兒	
baby-sitter	〔ˋbebɪ͵sɪtɚ 〕 *n.* 臨時褓姆	baby (嬰兒) + sitter (坐著的人)
bachelor	〔ˋbætʃələ 〕 *n.* 單身漢;學士	諧音:白去了。

back	〔 bæk 〕 *n.* 背面 *v.* 支持	
backbone	〔ˋbæk͵bon 〕 *n.* 脊椎;中堅分子;骨幹;支柱;基礎	
background	〔ˋbæk͵graund 〕 *n.* 背景;經驗	back (背後) + ground (地面)

backpack	〔ˋbæk͵pæk 〕 *n.* 背包	back (背後) + pack (行李) = backpack
bacon	〔ˋbekən 〕 *n.* 培根	
bacteria	〔 bækˋtɪrɪə 〕 *n. pl.* 細菌	諧音:備課特累呀。

一口氣背 7000 字 ②

1.

bad　　　　　　〔 bæd 〕 *adj.* 不好的

badge　　　　　 〔 bædʒ 〕 *n.* 徽章　bad (不好的) + ge = badge

badminton　　　〔'bædmɪntən 〕 *n.* 羽毛球；羽毛球運動　諧音：背的明疼。

bake　　　　　　〔 bek 〕 *v.* 烘烤

bakery　　　　　〔'bekərɪ 〕 *n.* 麵包店　bake (烤) + ry = bakery

bait　　　　　　 〔 bet 〕 *n.* 餌；誘惑

balance　　　　 〔'bæləns 〕 *n.* 平衡　諧音：被冷死。

balcony　　　　 〔'bælkənɪ 〕 *n.* 陽台　諧音：背靠你，背靠著「陽台」看著你。

bald　　　　　　〔 bɔld 〕 *adj.* 禿頭的　諧音：伯的，伯伯「禿頭的」。

2.

ball　　　　　　 〔 bɔl 〕 *n.* 球；舞會

ballot　　　　　 〔'bælət 〕 *n.* 選票　ball (球) + ot (*a lot*) = ballot (選票)

ballet　　　　　 〔 bæ'le 〕 *n.* 芭蕾舞【注意 t 不發音】　ball (球) + et = ballet

balloon　　　　 〔 bə'lun 〕 *n.* 氣球　ball (球) + oon = balloon

bamboo　　　　 〔 bæm'bu 〕 *n.* 竹子

ban　　　　　　 〔 bæn 〕 *v.* 禁止

band　　　　　　〔 bænd 〕 *n.* 樂隊；一群

bandit　　　　　〔'bændɪt 〕 *n.* 強盜　band (樂隊) + it = bandit

bandage　　　　 〔'bændɪdʒ 〕 *n.* 繃帶　*v.* 用繃帶包紮　諧音：綁得住。

3.

bank　　　　　　〔 bæŋk 〕 *n.* 銀行；河岸

banker　　　　　〔'bæŋkɚ 〕 *n.* 銀行家　bank (銀行) + er (人) = banker

bankrupt　　　　〔'bæŋkrʌpt 〕 *adj.* 破產的　bank (銀行) + rupt (*break*)

banner　　　　　〔'bænɚ 〕 *n.* 旗幟；橫幅標語　ban (禁止) + ner = banner

banquet　　　　 〔'bæŋkwɪt 〕 *n.* 宴會　諧音：辦會，舉辦「宴會」。

bar　　　　　　 〔 bɑr 〕 *n.* 酒吧；(巧克力、肥皂等) 條；棒　*v.* 禁止

barber　　　　　〔'bɑrbɚ 〕 *n.* 理髮師　諧音：爸伯，爸伯都需要「理髮師」。

barbershop　　　〔'bɑrbɚˌʃɑp 〕 *n.* 理髮店　barber (理髮師) + shop (店)

barbarian　　　 〔 bɑr'bɛrɪən 〕 *n.* 野蠻人　*adj.* 野蠻的；未開化的

4.

bare	〔 bɛr 〕 *adj.* 赤裸的　bar（酒吧）+ e = bare
barefoot	〔'bɛr,fʊt 〕 *adj.* 光著腳的　*adv.* 光著腳地　bare + foot（腳）
barely	〔'bɛrlɪ 〕 *adv.* 幾乎不　bare（赤裸的）+ ly (*adv.*) = barely

bark	〔 bɑrk 〕 *v.*（狗）吠；叫；（狐狸、松鼠等）吠；叫　*n.* 樹皮
bargain	〔'bɑrgɪn 〕 *v.* 討價還價　*n.* 便宜貨；協議　bar + gain（得到）
barn	〔 bɑrn 〕 *n.* 穀倉　bar（酒吧）+ n = barn

barrel	〔'bærəl 〕 *n.* 一桶　bar（酒吧）+ rel = barrel
barren	〔'bærən 〕 *adj.* 貧瘠的　bar（酒吧）+ ren（諧音「人」）= barren
barrier	〔'bærɪɚ 〕 *n.* 障礙　bar（酒吧）+ rier（諧音「你兒」）= barrier

5.

base	〔 bes 〕 *n.* 基地；基礎；（棒球）壘
baseball	〔'bes,bɔl 〕 *n.* 棒球　base（壘）+ ball（球）= baseball
basement	〔'besmənt 〕 *n.* 地下室　base（基地）+ ment (*n.*) = basement

basis	〔'besɪs 〕 *n.* 基礎；根據　base（基地）– e + is (*n.*) = basis
basic	〔'besɪk 〕 *adj.* 基本的
basin	〔'besṇ 〕 *n.* 臉盆；盆地　base（基地）– e + in（裡面）= basin

basket	〔'bæskɪt 〕 *n.* 籃子；一籃的量
basketball	〔'bæskɪt,bɔl 〕 *n.* 籃球　basket（籃子）+ ball（球）= basketball
bass	〔 bes 〕 *adj.* 低音的　*n.* 男低音　〔 bæs 〕 *n.* 鱸魚　base – e + s

6.

bat	〔 bæt 〕 *n.* 球棒；蝙蝠
bath	〔 bæθ 〕 *n.* 洗澡
bathroom	〔'bæθ,rum 〕 *n.* 浴室；廁所　bath + room = bathroom

batter	〔'bætɚ 〕 *v.* 重擊　*n.*（棒球的）打擊手
battery	〔'bætərɪ 〕 *n.* 電池；連續猛擊；【律】毆打
battle	〔'bætḷ 〕 *n.* 戰役　*v.* 奮戰；競爭

batch	〔 bætʃ 〕 *n.* 一批；一爐；一組　諧音：包去，包成「一批」拿去。
bay	〔 be 〕 *n.* 海灣
bazaar	〔 bə'zɑr 〕 *n.* 市集；市場　諧音：買雜，去「市集」買雜貨。

7.

beach	〔 bitʃ 〕 *n.* 海灘	
bead	〔 bid 〕 *n.* 有孔的小珠；珠狀物	
beak	〔 bik 〕 *n.* 鳥嘴	

beam | 〔 bin 〕 *n.* 豆子
bean | 〔 bin 〕 *n.* 豆子
beam | 〔 bim 〕 *n.* 光線；橫樑 *v.* 眉開眼笑

beat 〔 bit 〕 *v.* 打；打敗 *n.* 心跳；節拍
beast 〔 bist 〕 *n.* 野獸 b + east (東方) = beast

bear 〔 bɛr 〕 *v.* 忍受【三態變化：bear–bore–borne 】 *n.* 熊
beard 〔 bɪrd 〕 *n.* 鬍子

8.

beautiful 〔 'bjutəfəl 〕 *adj.* 美麗的
beautify 〔 'bjutə,faɪ 〕 *v.* 美化 beautiful (美麗的) – ful + fy (*make*)
beauty 〔 'bjutɪ 〕 *n.* 美；美女 beautiful (美麗的) – iful + y (*n.*) = beauty

bee 〔 bi 〕 *n.* 蜜蜂
beef 〔 bif 〕 *n.* 牛肉
beep 〔 bip 〕 *n.* 嗶嗶聲；汽車喇叭聲 *v.* 發出嗶嗶聲 bee + p = beep

beer 〔 bɪr 〕 *n.* 啤酒 bee (蜜蜂) + r = beer
beetle 〔 'bitḷ 〕 *n.* 甲蟲 bee (蜜蜂) + tle = beetle
beckon 〔 'bɛkən 〕 *v.* 向…招手 beck (命令) + on = beckon

9.

before 〔 bɪ'fɔr 〕 *prep.* 在…之前 be + fore (前面) = before
beforehand 〔 bɪ'for,hænd 〕 *adv.* 事先 before (在…之前) + hand (手)

beg 〔 bɛg 〕 *v.* 乞求
beggar 〔 'bɛgɚ 〕 *n.* 乞丐 beg (乞求) + g + ar (人) = beggar

begin 〔 bɪ'gɪn 〕 *v.* 開始
beginner 〔 bɪ'gɪnɚ 〕 *n.* 初學者；創辦人 begin (開始) + n + er (人)

behalf 〔 bɪ'hæf 〕 *n.* 方面 be + half (一半) = behalf
behave 〔 bɪ'hev 〕 *v.* 行為舉止 be + have (有) = behave
behavior 〔 bɪ'hevjɚ 〕 *n.* 行為 behave (行為舉止) – e + ior (*n.*) = behavior

10.

believe	〔 bɪ'liv 〕 *v.* 相信	諧音：薄利，大家都「相信」薄利多銷。
believable	〔 bɪ'livəbl̩ 〕 *adj.* 可信的	believe (相信) – e + able (可以…的)
belief	〔 bɪ'lif 〕 *n.* 相信；信仰	believe (相信) – ve + f = belief

bell	〔 bɛl 〕 *n.* 鐘；鈴	
belly	〔'bɛlɪ 〕 *n.* 肚子	bell (鐘) + y = belly
belt	〔 bɛlt 〕 *n.* 皮帶；地帶	

belong	〔 bə'lɔŋ 〕 *v.* 屬於	be + long (長的) = belong
belongings	〔 bə'lɔŋɪŋz 〕 *n. pl.* 個人隨身物品	belong (屬於) + ing (*n.*) + s (*pl.*)
beloved	〔 bɪ'lʌvɪd , bɪ'lʌvd 〕 *adj.* 親愛的；心愛的	be + loved (愛的)

11.

bend	〔 bɛnd 〕 *v.* 彎曲	
bench	〔 bɛntʃ 〕 *n.* 長椅	
beneath	〔 bɪ'niθ 〕 *prep.* 在…之下	

benefit	〔'bɛnəfɪt 〕 *n.* 利益；好處　*v.* 對…有益；受益	
beneficial	〔ˌbɛnə'fɪʃəl 〕 *adj.* 有益的	benefit (利益) – t + cial (*adj.*)
berry	〔'bɛrɪ 〕 *n.* 漿果；莓果	

bet	〔 bɛt 〕 *v.* 打賭	
betray	〔 bɪ'tre 〕 *v.* 出賣	be + tray (托盤) = betray
besiege	〔 bɪ'sidʒ 〕 *v.* 圍攻	be (*make*) + siege (圍攻)。諧音：必死局。

12.

bicycle	〔'baɪsɪkl̩ 〕 *n.* 腳踏車	bi (*two*) + cycle (圈圈) = bicycle
Bible	〔'baɪbl̩ 〕 *n.* 聖經；(小寫) 權威書籍；經典	
bias	〔'baɪəs 〕 *n.* 偏見	諧音：白餓死。

bid	〔 bɪd 〕 *v.* 出價；投標　*n.* 企圖	
bill	〔 bɪl 〕 *n.* 帳單；紙鈔；法案	
billion	〔'bɪljən 〕 *n.* 十億	bill (帳單) + ion (*n.*) = billion

bind	〔 baɪnd 〕 *v.* 綁；包紮【三態變化：bind-bound-bound】	
bingo	〔'bɪŋgo 〕 *n.* 賓果遊戲	
binoculars	〔 baɪ'nɑkjələz , bɪ- , bə- 〕 *n. pl.* 雙筒望遠鏡	

13.

biology	〔 baɪˈɑlədʒɪ 〕 *n.* 生物學	bio (*life*) + logy (*study*) = biology
biological	〔ˌbaɪəˈlɑdʒɪkl̩ 〕 *adj.* 生物學的	biology (生物學) – y + ical (*adj.*)
biography	〔 baɪˈɑgrəfɪ 〕 *n.* 傳記	bio (*life*) + graphy (*writing*) = biography

bit	〔 bɪt 〕 *n.* 一點點	
bitter	〔ˈbɪtɚ 〕 *adj.* 苦的	bit (一點點) + ter = bitter
bizarre	〔 bɪˈzɑr 〕 *adj.* 奇怪的；古怪的；奇異的	

black	〔 blæk 〕 *adj.* 黑的	
blackboard	〔ˈblækˌbord 〕 *n.* 黑板	black (黑的) + board (木板)
blacksmith	〔ˈblækˌsmɪθ 〕 *n.* 鐵匠	black (黑的) + smith (工匠；鐵匠)

14.

blank	〔 blæŋk 〕 *adj.* 空白的	
blanket	〔ˈblæŋkɪt 〕 *n.* 毯子	blank (空白的) + et = blanket
blast	〔 blæst 〕 *n.* 爆炸	b + last (最後的) = blast

blame	〔 blem 〕 *v.* 責備 *n.* 責難；責任	諧音：不累嗎。
blaze	〔 blez 〕 *n.* 火焰；大火 *v.* 燃燒	諧音：不累死。
blade	〔 bled 〕 *n.* 刀鋒	諧音：不累的，用「刀鋒」切菜不感到累。

blink	〔 blɪŋk 〕 *v. n.* 眨眼	b + link (連結) = blink
blister	〔ˈblɪstɚ 〕 *n.* 水泡	諧音：不理死它，長「水泡」不去裡它。
blizzard	〔ˈblɪzɚd 〕 *n.* 暴風雪	諧音：不離車，遇到「暴風雪」，不要離開車。

15.

blood	〔 blʌd 〕 *n.* 血	
bloody	〔ˈblʌdɪ 〕 *adj.* 血腥的	blood (血) + y (*adj.*) = bloody
bloom	〔 blum 〕 *v.* 開花；繁盛；容光煥發 *n.* 開花；盛開	

blossom	〔ˈblɑsəm 〕 *n.* (樹上的) 花	bloom (開花) + ss = blossom
blot	〔 blɑt 〕 *n.* 污漬 *v.* 弄髒	b + lot (*a lot*) = blot
blunder	〔ˈblʌndɚ 〕 *n.* 大錯誤	諧音：不讓的，不禮讓他人，犯「大錯誤」。

blunt	〔 blʌnt 〕 *adj.* 鈍的；直率的	諧音：不攔的。
blur	〔 blɝ 〕 *v.* 使模糊不清	fur (毛) – f + bl = blur
blush	〔 blʌʃ 〕 *v.* 臉紅 *n.* 臉紅；腮紅	諧音：不拉屎。

16.

bond	〔 band 〕*n.* 關係；公債；債券　*v.* 建立感情　諧音：綁的。
bondage	〔'bandɪdʒ 〕*n.* 束縛　bond (關係) + age (*n.*) = bondage

bone	〔 bon 〕*n.* 骨頭
bony	〔'bonɪ 〕*adj.* 骨瘦如柴的　bone (骨頭) – e + y (*adj.*) = bony
bonus	〔'bonəs 〕*n.* 獎金；額外贈品　bon (*good*) + us (我們) = bonus

boot	〔 but 〕*n.* 靴子　*v.* 啓動
booth	〔 buθ 〕*n.* 攤位；公共電話亭；(餐館中的) 小房間

bore	〔 bor 〕*v.* 使無聊　*n.* 令人厭煩的人
boredom	〔'bordəm 〕*n.* 無聊　bore (使無聊) + dom (*n.*) = boredom

17.

bother	〔'baðɚ 〕*v.* 打擾　brother (弟弟) – r = bother
bottle	〔'batḷ 〕*n.* 瓶子　*v.* 把⋯裝入瓶中
bottom	〔'batəm 〕*n.* 底部

bound	〔 baʊnd 〕*adj.* 被束縛的　*v.* 跳躍
boundary	〔'baʊndərɪ 〕*n.* 邊界　bound (被束縛的) + ary (*n.*) = boundary
bounce	〔 baʊns 〕*v.* 反彈　*n.* 彈性；精力　bound (跳躍) – d + ce (*n.*)

bout	〔 baʊt 〕*n.* 一回合　b + out (出去) = bout
bow	〔 baʊ 〕*v.* 鞠躬　*n.* 船首
bowel	〔'baʊəl 〕*n.* 腸　bow (鞠躬) + el = bowel

18.

boy	〔 bɔɪ 〕*n.* 男孩；年輕男子
boyhood	〔'bɔɪhʊd 〕*n.* 少年時代　boy (男孩) + hood (*n.*) = boyhood
boycott	〔'bɔɪˌkat 〕*v.* 聯合抵制；杯葛　boy (男孩) + cott = boycott

box	〔 baks 〕*n.* 箱子；耳光
boxer	〔'baksɚ 〕*n.* 拳擊手　box (箱子) + er = boxer
boxing	〔'baksɪŋ 〕*n.* 拳擊　box (箱子) + ing (*n.*) = boxing

bowl	〔 bol 〕*n.* 碗　bow (鞠躬) + l = bowl
bowling	〔'bolɪŋ 〕*n.* 保齡球　bowl (碗) + ing (*n.*) = bowling
brew	〔 bru 〕*v.* 釀造；醞釀；即將來臨

19.

brand	〔 brænd 〕 n. 品牌	
branch	〔 bræntʃ 〕 n. 樹枝；分店；分支	
brain	〔 bren 〕 n. 頭腦　pl. 智力	

braid　〔 bred 〕 n. 辮子　br + aid (幫助) = braid
brake　〔 brek 〕 n. 煞車

brace　〔 bres 〕 v. 使振作　n. pl. 牙套　br + ace (王牌 A) = brace
bracelet　〔 'breslɪt 〕 n. 手鐲　brace (使振作) + let (表示「小」的名詞字尾)

brass　〔 bræs 〕 n. 黃銅
brassiére　〔 brə'zɪr 〕 n. 胸罩　brass (黃銅) + iére (法文「陰性」名詞字尾)

20.

break　〔 brek 〕 v. 打破　n. 休息
breakdown　〔 'brek,daun 〕 n. 故障　動詞片語：break down。
breakthrough　〔 'brek,θru 〕 n. 突破　動詞片語：break through。

breakup　〔 'brek,ʌp 〕 n. 分手　動詞片語：break up。
breath　〔 brɛθ 〕 n. 呼吸
breathe　〔 brið 〕 v. 呼吸　breath (呼吸) + e (v.) = breathe

bread　〔 brɛd 〕 n. 麵包
breadth　〔 brɛdθ 〕 n. 寬度　bread (麵包) + th = breadth
breast　〔 brɛst 〕 n. 胸部

21.

bribe　〔 braɪb 〕 v. 賄賂　n. 賄賂；行賄物
bride　〔 braɪd 〕 n. 新娘
bridegroom　〔 'braɪd,grum 〕 n. 新郎　bride (新娘) + groom (新郎)

brick　〔 brɪk 〕 n. 磚頭
bridge　〔 brɪdʒ 〕 n. 橋　v. 彌補；消除

brief　〔 brif 〕 adj. 簡短的　諧音：不理夫。
briefcase　〔 'brif,kes 〕 n. 公事包　brief (簡短的) + case (盒子)

bright　〔 braɪt 〕 adj. 明亮的；聰明的
brilliant　〔 'brɪljənt 〕 adj. 燦爛的；聰明的

22.

bring	〔 brɪŋ 〕 v. 帶來	
brink	〔 brɪŋk 〕 n. 邊緣	
brisk	〔 brɪsk 〕 adj. 輕快的；涼爽的	

broad　　　　〔 brɔd 〕 adj. 寬的

broaden　　　〔'brɔdn̩〕 v. 加寬；拓寬　broad (寬的) + en (v.) = broaden

broadcast　　〔'brɔd͵kæst 〕 v. 廣播；播送　broad (廣) + cast (播)

broom　　　　〔 brum 〕 n. 掃帚　b + room (房間) = broom

brood　　　　〔 brud 〕 v. 沉思

brook　　　　〔 bruk 〕 n. 小溪

23.

brother　　　　〔'brʌðɚ 〕 n. 兄弟

brotherhood　〔'brʌðɚ͵hud 〕 n. 兄弟關係　brother (兄弟) + hood (n.)

broth　　　　〔 brɔθ 〕 n. (肉汁加蔬菜等做成的) 高湯；清湯

brow　　　　〔 brau 〕 n. 眉毛；額頭

brown　　　　〔 braun 〕 adj. 棕色的　brow (眉毛) + n = brown

browse　　　　〔 brauz 〕 v. 瀏覽　brow (眉毛) + se = browse

bruise　　　　〔 bruz 〕 n. 瘀傷；瘀青　v. 碰傷；出現瘀青　諧音：不如死。

brunch　　　　〔 brʌntʃ 〕 n. 早午餐　是 <u>br</u>eakfast + <u>lunch</u> = brunch 的混合字

brush　　　〔 brʌʃ 〕 n. 刷子

24.

bucket　　　　〔'bʌkɪt 〕 n. 水桶；一桶的量

buckle　　　　〔'bʌkl̩ 〕 n. 扣環　v. 用扣環扣住

bubble　　　　〔'bʌbl̩ 〕 n. 泡泡　擬聲詞，唸起來就像「泡泡」。

bud　　　　　〔 bʌd 〕 n. 芽；花蕾

budget　　　〔'bʌdʒɪt 〕 n. 預算　bud (芽) + get (得到) = budget

buffalo　　　　〔'bʌfl͵o 〕 n. 水牛　諧音：把俘虜，「水牛」很值錢，要俘虜牠。

bun　　　　　〔 bʌn 〕 n. 小圓麵包

bunch　　　　〔 bʌntʃ 〕 n. 一串 (香蕉、鑰匙)；束 (花)；一群 (人)；一夥 (人)

bundle　　　　〔'bʌndl̩ 〕 n. 一大堆；(為攜帶方便紮的) 捆；包　v. 把…捆起來

25.

bull	〔 bʊl 〕*n.* 公牛	
bullet	〔'bʊlɪt 〕*n.* 子彈	bull (公牛) + et = bullet
bulletin	〔'bʊlətɪn 〕*n.* 佈告	bullet (子彈) + in = bulletin

bulk 〔 bʌlk 〕*n.* 大部分 諧音：罷課，「大部分」的人集體罷課。
bulky 〔'bʌlkɪ 〕*adj.* 龐大的 bulk (大部分) + y (*adj.*) = bulky
bulge 〔 bʌldʒ 〕*v.* 鼓起；裝滿 *n.* 鼓起 諧音：包起。

bulb 〔 bʌlb 〕*n.* 燈泡；球根
bug 〔 bʌg 〕*n.* 小蟲；(機器) 故障 *v.* 竊聽
buffet 〔 bʌ'fe 〕*n.* 自助餐 諧音：飽肥，「自助餐」容易吃得又飽又肥。

26.

bureau 〔'bjʊro 〕*n.* 局 注意：bureau 中的 eau 唸成 /o/。
bureaucracy 〔 bjʊ'rɑkrəsɪ 〕*n.* 官僚作風 bureau (*office*) + cracy (*rule*)

burger 〔'bɝgɚ 〕*n.* 漢堡
burglar 〔'bɝglɚ 〕*n.* 竊賊 諧音：不夠了，錢不夠了，要當「竊賊」。

bury 〔'bɛrɪ 〕*v.* 埋；埋葬【注意發音】
burial 〔'bɛrɪəl 〕*n.* 埋葬【注意發音】 bury (埋) – y + ial (*n.*) = burial

burn 〔 bɝn 〕*v.* 燃燒 *n.* 燙傷；灼傷
burst 〔 bɝst 〕*v.* 爆破【三態變化：burst–burst–burst 】
burden 〔'bɝdn̩ 〕*n.* 負擔 諧音：百噸，一百噸，是「負擔」。

27.

busy 〔'bɪzɪ 〕*adj.* 忙碌的
business 〔'bɪznɪs 〕*n.* 生意 busy (忙碌的) – y + iness (*n.*) = business
bush 〔 bʊʃ 〕*n.* 灌木叢

butter 〔'bʌtɚ 〕*n.* 奶油
butterfly 〔'bʌtɚˏflaɪ 〕*n.* 蝴蝶 butter (奶油) + fly (飛) = butterfly
button 〔'bʌtn̩ 〕*n.* 按鈕；鈕扣

bus 〔 bʌs 〕*n.* 公車
buzz 〔 bʌz 〕*v.* 發出嗡嗡聲 *n.* 嗡嗡聲；嘈雜聲
byte 〔 baɪt 〕*n.* 位元組

28.

cabin	〔'kæbɪn〕 *n.* 小木屋;船艙;機艙	cab(計程車)+ in(裡面)
cabinet	〔'kæbənɪt〕 *n.* 櫥櫃;(大寫)內閣	cabin + et(表示「小」的字尾)
cabbage	〔'kæbɪdʒ〕 *n.* 包心菜;高麗菜;大白菜	cab(計程車)+ bage (*n.*)

cafe	〔kə'fe〕 *n.* 咖啡店	
cafeteria	〔,kæfə'tɪrɪə〕 *n.* 自助餐廳	cafe(咖啡廳)+ teria = cafeteria
caffeine	〔'kæfiɪn〕 *n.* 咖啡因	cafe + f + ine (*n.*)。注意有兩個 f。

cage	〔kedʒ〕 *n.* 籠子	c + age(年齡)= cage
cable	〔'kebl̩〕 *n.* 電纜;鋼索	c + able(能夠…的)= cable
cactus	〔'kæktəs〕 *n.* 仙人掌	諧音:卡個土司。

29.

calculate	〔'kælkjə,let〕 *v.* 計算	calc (*lime*) + ul (*small*) + ate (*v.*)
calculation	〔,kælkjə'leʃən〕 *n.* 計算	calculate(計算)– e + ion (*n.*)
calculator	〔'kælkjə,letɚ〕 *n.* 計算機	calculate(計算)– e + or (*n.*)

calendar	〔'kæləndɚ〕 *n.* 日曆;曆法	諧音:可憐的。
calf	〔kæf , kɑf〕 *n.* 小牛	注意:calf 中的 l 不發音,複數為 cal<u>ves</u>。
calcium	〔'kælsɪəm〕 *n.* 鈣	calc (*lime*) + ium (*n.*) = calcium

call	〔kɔl〕 *v.* 叫 *n.* 喊叫;打電話	
calligraphy	〔kə'lɪgrəfɪ〕 *n.* 書法	calli (*beautiful*) + graphy (*write*)
calorie	〔'kælərɪ〕 *n.* 卡路里	

30.

camp	〔kæmp〕 *v.* 露營 *n.* 營地;兵營	
campus	〔'kæmpəs〕 *n.* 校園	camp(露營)+ us(我們)= campus
campaign	〔kæm'pen〕 *n.* 活動	camp(露營)+ aign (*n.*) = campaign

came	〔kem〕 *v.* 來(come 的過去式)	
camel	〔'kæml̩〕 *n.* 駱駝	came(來)+ l = camel
camera	〔'kæmərə〕 *n.* 照相機;攝影機	came(來)+ ra = camera

canal	〔kə'næl〕 *n.* 運河	can(能夠)+ al = canal
canoe	〔kə'nu〕 *n.* 獨木舟	can(能夠)+ oe。注意 oe 發 /u/ 的音。
canary	〔kə'nɛrɪ〕 *n.* 金絲雀	這個字也可唸成〔kə'nerɪ〕。

31.

can	〔 kæn 〕 *aux.* 能夠　　*n.* 罐子；罐頭	
cancel	〔'kænsl̩〕 *v.* 取消；撤銷；廢除　can（能夠）+ cel = cancel	
cancer	〔'kænsɚ 〕 *n.* 癌症；弊端；（大寫）巨蟹座　can（能夠）+ cer	

candy 〔'kændɪ 〕 *n.* 糖果
candle 〔'kændl̩〕 *n.* 蠟燭　can（能夠）+ dle = candle
candidate 〔'kændə,det 〕 *n.* 候選人；有望做…的人

cannon 〔'kænən 〕 *n.* 大砲　can（能夠）+ non（不；非）= cannon
canyon 〔'kænjən 〕 *n.* 峽谷　can（能夠）+ yon = canyon
canvas 〔'kænvəs 〕 *n.* 帆布　can（能夠）+ vas = canvas

32.

capital 〔'kæpətl̩〕 *n.* 首都；資本　cap（無邊的帽子）+ it + al (*n.*)
capitalism 〔'kæpətl̩,ɪzəm 〕 *n.* 資本主義　capital（資本）+ ism (*n.*)
capitalist 〔'kæpətl̩ɪst 〕 *n.* 資本家　capital（資本）+ ist（人）= capitalist

capture 〔'kæptʃɚ 〕 *v.* 抓住　capt (*catch*) + ure (*v.*) = capture
captive 〔'kæptɪv 〕 *n.* 俘虜　capt (*catch*) + ive（人）
captivity 〔 kæp'tɪvətɪ 〕 *n.* 囚禁　captive（俘虜）– e + ity (*n.*) = captivity

capable 〔'kepəbl̩〕 *adj.* 能夠的　cap (*catch*) + able（能夠…的）
capability 〔,kepə'bɪlətɪ 〕 *n.* 能力；才能　cap (*catch*) + ability（能力）
capacity 〔 kə'pæsətɪ 〕 *n.* 容量；能力　cap (*catch*) + a + city（城市）

33.

car 〔 kɑr 〕 *n.* 汽車
carbon 〔'kɑrbən 〕 *n.* 碳
carbohydrate 〔,kɑrbo'haɪdret 〕 *n.* 碳水化合物

card 〔 kɑrd 〕 *n.* 卡片　*pl.* 撲克牌遊戲；卡片
cardboard 〔'kɑrd,bord 〕 *n.* 厚紙板　card（卡片）+ board（紙板）
career 〔 kə'rɪr 〕 *n.* 職業　car（汽車）+ eɛr = career

care 〔 kɛr 〕 *v.* 在乎　*n.* 注意；照料
careful 〔'kɛrfəl 〕 *adj.* 小心的　care（在乎）+ ful (*adj.*) = careful
carefree 〔'kɛr,fri 〕 *adj.* 無憂無慮的　care（在乎）+ free (*without*)

34.

carp	〔 karp 〕 *n.* 鯉魚	car (汽車) + p = carp
carpet	〔 'karpɪt 〕 *n.* 地毯	carp (鯉魚) + et = carpet
carpenter	〔 'karpəntɚ 〕 *n.* 木匠	carp (鯉魚) + enter (進入) = carpenter

cart	〔 kart 〕 *n.* 手推車	car (汽車) + t = cart
carton	〔 'kartn̩ 〕 *n.* 紙箱；紙盒	cart (手推車) + on = carton
cartoon	〔 kar'tun 〕 *n.* 卡通	cart (手推車) + oon = cartoon

carve	〔 karv 〕 *v.* 雕刻	
cargo	〔 'kargo 〕 *n.* 貨物 *pl.* cargo(e)s	car (車子) + go (走)
carnival	〔 'karnəvl̩ 〕 *n.* 嘉年華會	carn (*flesh*) + ival (*n.*)

35.

cash	〔 kæʃ 〕 *n.* 現金	
cashier	〔 kæ'ʃɪr 〕 *n.* 出納員	cash (現金) + ier (人) = cashier
case	〔 kes 〕 *n.* 情況；例子；盒子	

cassette	〔 kæ'sɛt 〕 *n.* 卡式錄音帶	cass (*case*) + ette (表示「小」的名詞字尾)
cast	〔 kæst 〕 *v.* 投擲；扔 *n.* 演員陣容；石膏	
castle	〔 'kæsl̩ 〕 *n.* 城堡	cast (投擲) + le。注意 castle 中的 t 不發音。

carry	〔 'kærɪ 〕 *v.* 攜帶；拿著	car (汽車) + ry = carry
casual	〔 'kæʒʊəl 〕 *adj.* 非正式的；輕鬆的；休閒的	
casualty	〔 'kæʒʊəltɪ 〕 *n.* 死傷 (者)；傷亡者	casual (非正式的) + ty (*n.*)

36.

cat	〔 kæt 〕 *n.* 貓	
catch	〔 kætʃ 〕 *v.* 抓住；吸引 (注意) *n.* 陷阱	
cattle	〔 'kætl̩ 〕 *n.* 牛	這個字是集合名詞，不加 s。

catalogue	〔 'kætl̩͵ɔg 〕 *n.* 目錄 *v.* 將…編目分類	
catastrophe	〔 kə'tæstrəfɪ 〕 *n.* 大災難	cata (*down*) + strophe (*turn*)
category	〔 'kætə͵gorɪ 〕 *n.* 類別；範疇	諧音：開的顆粒。

cater	〔 'ketɚ 〕 *v.* 迎合	cat (貓) + er = cater
caterpillar	〔 'kætɚ͵pɪlɚ 〕 *n.* 毛毛蟲	cater (迎合) + pillar (柱子)
cathedral	〔 kə'θidrəl 〕 *n.* 大教堂	諧音：可十一桌。

一口氣背 7000 字 ③

1.

cause	〔 kɔz 〕 *n.* 原因　*v.* 造成；導致	
caution	〔ˈkɔʃən〕 *n.* 小心；謹慎　caut (燃燒) + ion (*n.*) = caution	
cautious	〔ˈkɔʃəs〕 *adj.* 小心的；謹慎的	

cave　〔 kev 〕 *n.* 洞穴　cave 的字根是 cav = hollow (中空的)。
cavity　〔ˈkævətɪ〕 *n.* 蛀牙；洞；穴；凹處；蛀牙的洞
cavalry　〔ˈkævl̩rɪ〕 *n.* 騎兵　caval (*horse*) + ry (集合名詞字尾)

CD　〔ˌsiˈdi〕 *n.* 雷射唱片
cease　〔 sis 〕 *v.* 停止　c + ease (容易) = compromise
ceiling　〔ˈsilɪŋ〕 *n.* 天花板

2.

cell　〔 sɛl 〕 *n.* 小牢房；細胞；小蜂窩；電池；手機
cellar　〔ˈsɛlɚ〕 *n.* 地窖　cell (小牢房) + ar = cellar
celery　〔ˈsɛlərɪ〕 *n.* 芹菜

celebrate　〔ˈsɛlə‚bret〕 *v.* 慶祝　celebr (*populous*) + ate (*v.*)
celebration　〔‚sɛləˈbreʃən〕 *n.* 慶祝活動　celebr (*populous*) + ation (*n.*)
celebrity　〔 səˈlɛbrətɪ 〕 *n.* 名人

cello　〔ˈtʃɛlo〕 *n.* 大提琴　這個字的發音要注意。
cement　〔 səˈmɛnt 〕 *n.* 水泥
cemetery　〔ˈsɛmə‚tɛrɪ 〕 *n.* 墓地；公墓　cemet (*sleep*) + ery (*n.*)

3.

cent　〔 sɛnt 〕 *n.* 分
centigrade　〔ˈsɛntə‚gred 〕 *adj.* 攝氏的　這個字可以分音節背：cen-ti-grade。
centimeter　〔ˈsɛntə‚mitɚ 〕 *n.* 公分　centi (*hundredth*) + meter (公尺)

center　〔ˈsɛntɚ 〕 *n.* 中心
central　〔ˈsɛntrəl 〕 *adj.* 中央的　centr (*center*) + al (*adj.*) = central
century　〔ˈsɛntʃərɪ 〕 *n.* 世紀　cent (*hundred*) + ury (*n.*)

certain　〔ˈsɝtn̩ 〕 *adj.* 確定的
certainty　〔ˈsɝtntɪ 〕 *n.* 確信；把握；必然的事　certain (確定的) + ty
certificate　〔 sɚˈtɪfəkɪt 〕 *n.* 證書；證明書

4.

chair	〔 tʃɛr 〕 *n.* 椅子 【比較】 wheelchair 〔'hwil,tʃɛr 〕 *n.* 輪椅	
chairman	〔'tʃɛrmən 〕 *n.* 主席 chair + man = chairman	
chain	〔 tʃen 〕 *n.* 鏈子；連鎖店	

chalk 〔 tʃɔk 〕 *n.* 粉筆 chalk 中的 l 不發音，單位名詞爲 piece。
challenge 〔'tʃælɪndʒ 〕 *n.* 挑戰
chamber 〔'tʃembɚ 〕 *n.* 房間；會議廳；議會

champagne 〔 ʃæm'pen 〕 *n.* 香檳【注意發音】
champion 〔'tʃæmpɪən 〕 *n.* 冠軍
championship 〔'tʃæmpɪən,ʃɪp 〕 *n.* 冠軍資格 champion (冠軍) + ship

5.

change 〔 tʃendʒ 〕 *v.* 改變 *n.* 零錢
changeable 〔'tʃendʒəbḷ 〕 *adj.* 可改變的
chance 〔 tʃæns 〕 *n.* 機會

chant 〔 tʃænt 〕 *v.* 吟唱；反覆地說
channel 〔'tʃænḷ 〕 *n.* 頻道；海峽
chapter 〔'tʃæptɚ 〕 *n.* 章

character 〔'kærɪktɚ 〕 *n.* 性格
characterize 〔'kærɪktɚ,raɪz 〕 *v.* 以…爲特色 character (性格) + ize (*v.*)
characteristic 〔,kærɪktɚ'rɪstɪk 〕 *n.* 特性 character (性格) + istic

6.

chat 〔 tʃæt 〕 *v. n.* 聊天
chatter 〔'tʃætɚ 〕 *v.* 喋喋不休 chat (聊天) + ter = chatter
chase 〔 tʃes 〕 *v.* 追趕；追求

charity 〔'tʃærətɪ 〕 *n.* 慈善機構
charitable 〔'tʃærətəbḷ 〕 *adj.* 慈善的
chariot 〔'tʃærɪət 〕 *n.* 兩輪戰車

charge 〔 tʃardʒ 〕 *v.* 收費；控告 *n.* 費用；控告
chart 〔 tʃart 〕 *n.* 圖表
charcoal 〔'tʃar,kol 〕 *n.* 木炭 char (把…燒焦) + coal (煤) = 木炭

7.

check	〔 tʃɛk 〕 v. 檢查　n. 支票	
checkbook	〔'tʃɛk͵bʊk 〕 n. 支票簿　check (支票) + book (書)	
cheat	〔 tʃit 〕 v. 欺騙；作弊	

check-in 〔'tʃɛk͵ɪn 〕 n. 登記住宿；報到　動詞片語是 check in。
check-out 〔'tʃɛk͵aʊt 〕 n. 結帳退房　動詞片語是 check out。
checkup 〔'tʃɛk͵ʌp 〕 n. 健康檢查

cheer 〔 tʃɪr 〕 v. 使振作；使高興；使感到安慰；歡呼
cheerful 〔'tʃɪrfəl 〕 adj. 愉快的
cheese 〔 tʃiz 〕 n. 起司

8.

chemical 〔'kɛmɪkl̩ 〕 n. 化學物質　adj. 化學的
chemistry 〔'kɛmɪstrɪ 〕 n. 化學
chemist 〔'kɛmɪst 〕 n. 化學家　【比較】physicist 〔'fɪzəsɪst 〕 n. 物理學家

cherry 〔'tʃɛrɪ 〕 n. 櫻桃
cherish 〔'tʃɛrɪʃ 〕 v. 珍惜；心中懷有
chess 〔 tʃɛs 〕 n. 西洋棋

chest 〔 tʃɛst 〕 n. 胸部
chestnut 〔'tʃɛsnət 〕 n. 栗子
chew 〔 tʃu 〕 v. 嚼

9.

chick 〔 tʃɪk 〕 n. 小雞　【比較】duckling 〔'dʌklɪŋ 〕 n. 小鴨
chicken 〔'tʃɪkən 〕 n. 雞；雞肉
chief 〔 tʃif 〕 adj. 主要的　n. 首長；酋長

child 〔 tʃaɪld 〕 n. 小孩
childhood 〔'tʃaɪld͵hʊd 〕 n. 童年
childish 〔'tʃaɪldɪʃ 〕 adj. 幼稚的　child (兒童) + ish (帶有～性質)

chill 〔 tʃɪl 〕 n. 寒冷；害怕的感覺
chilly 〔'tʃɪlɪ 〕 adj. 寒冷的
chili 〔'tʃɪlɪ 〕 n. 辣椒

10.

choice	(tʃɔɪs) *n.* 選擇
chocolate	('tʃɔkəlɪt) *n.* 巧克力
choke	(tʃok) *v.* 使窒息；嗆住

chop (tʃɑp) *v.* 砍；剁碎　*n.* 小肉片；(帶骨的)小塊肉
chopsticks ('tʃɑp,stɪks) *n. pl.* 筷子　chop (砍) + stick (棍子) + s
chore (tʃor) *n.* 雜事

chord (kɔrd) *n.* 和弦；和音【三個以上的音合在一起，稱作「和弦」】
chorus ('korəs) *n.* 合唱團
cholesterol (kə'lɛstə,rol) *n.* 膽固醇

11.

cigar (sɪ'gɑr) *n.* 雪茄
cigarette ('sɪgə,rɛt) *n.* 香煙　cigar (雪茄) + ette = cigarette
cinema ('sɪnəmə) *n.* 電影

chubby ('tʃʌbɪ) *adj.* 圓胖的；圓圓胖胖的
chuckle ('tʃʌkḷ) *v.* 咯咯地笑
chunk (tʃʌŋk) *n.* 厚塊

church (tʃɝtʃ) *n.* 教堂
Christmas ('krɪsməs) *n.* 聖誕節
chronic ('krɑnɪk) *adj.* 慢性的；長期的　chron (*time*) + ic (*adj.*)

12.

circle ('sɝkḷ) *n.* 圓圈
circuit ('sɝkɪt) *n.* 電路　circu (*around*) + it (*go*)
circular ('sɝkjələ) *adj.* 圓的

circulate ('sɝkjə,let) *v.* 循環　circul (*circle*) + ate (*v.*)
circulation (,sɝkjə'leʃən) *n.* 循環；發行量
circus ('sɝkəs) *n.* 馬戲團；(古羅馬的)圓形競技場

city ('sɪtɪ) *n.* 都市
citizen ('sɪtəzṇ) *n.* 公民　citiz (城市) + en (人) = citizen
civilian (sə'vɪljən) *n.* 平民；老百姓；非軍警人員　*adj.* 平民的

13.

civil 〔ˈsɪvḷ〕adj. 公民的；平民的；（非軍用而是）民用的
civilize 〔ˈsɪvḷ͵aɪz〕v. 教化　civil (citizen) + ize (v.) = civilize
civilization 〔͵sɪvḷaɪˈzeʃən〕n. 文明　civilize（教化）– e + ation

clam 〔klæm〕n. 蛤蜊
clamp 〔klæmp〕n. 夾具；夾鉗；夾子
claim 〔klem〕v. 宣稱；要求；認領

clap 〔klæp〕v. 鼓掌　c + lap（膝上）= clap
clarify 〔ˈklærə͵faɪ〕v. 清楚地說明　clar (clear) + ify (make)
clarity 〔ˈklærətɪ〕n. 清晰

14.

class 〔klæs〕n. 班級；（班級的）上課（時間）；等級
classic 〔ˈklæsɪk〕adj. 經典的；第一流的；古典的　n. 經典作品
classical 〔ˈklæsɪkḷ〕adj. 古典的　classic（經典的）+ al = classical

classify 〔ˈklæsə͵faɪ〕v. 分類　class（等級）+ ify (v.)
classification 〔͵klæsəfəˈkeʃən〕n. 分類
clause 〔klɔz〕n. 子句；（條約、法律的）條款

clean 〔klin〕adj. 乾淨的；打掃；清理
cleaner 〔ˈklinɚ〕n. 清潔工；乾洗店　clean（乾淨的）+ er（人）
cleanse 〔klɛnz〕v. 使清潔；洗清【注意發音】　clean（乾淨的）+ se

15.

climb 〔klaɪm〕v. 爬；攀登　注意：climb 字尾的 b 不發音。
climax 〔ˈklaɪmæks〕n. 高潮　cli (bend) + max (largest)
climate 〔ˈklaɪmɪt〕n. 氣候

cling 〔klɪŋ〕v. 黏住；緊抓住
clinic 〔ˈklɪnɪk〕n. 診所　clin (bed) + ic (n.)
clinical 〔ˈklɪnɪkḷ〕adj. 臨床的　clinic（診所）+ al (adj.) = clinical

click 〔klɪk〕n. 喀嗒聲【如點滑鼠，用相機拍照、用鑰匙開門的聲音等】
cliff 〔klɪf〕n. 懸崖
clip 〔klɪp〕v. 修剪；夾住　n. 迴紋針；夾子

16.

clock	〔klɑk〕 *n.* 時鐘	
clockwise	〔'klɑk,waɪz〕 *adv.* 順時針方向地	clock (時鐘) + wise (聰明的)
clone	〔klon〕 *n.* 複製的生物 *v.* 複製	c + lone (單獨的) = clone

close 〔kloz〕 *v.* 關上 〔klos〕 *adj.* 接近的
closet 〔'klɑzɪt〕 *n.* 衣櫥 close (關上) + t = closet
closure 〔'kloʒ⅋〕 *n.* 關閉；終止

cloth 〔klɔθ〕 *n.* 布
clothe 〔kloð〕 *v.* 穿衣 cloth (布) + e = clothe
clothes 〔kloz,kloðz〕 *n. pl.* 衣服 cloth (布) + es = clothes

17.

cloud 〔klaʊd〕 *n.* 雲
cloudy 〔'klaʊdɪ〕 *adj.* 多雲的 cloud (雲) + y = cloudy
clown 〔klaʊn〕 *n.* 小丑 這個字很容易和 crown「皇冠」混淆，要注意。

club 〔klʌb〕 *n.* 俱樂部；社團
clumsy 〔'klʌmzɪ〕 *adj.* 笨拙的
cluster 〔'klʌst⅋〕 *v.* 聚集 *n.* (葡萄等的) 串；群

clutch 〔klʌtʃ〕 *v.* 緊抓 *n.* 離合器
clover 〔'klov⅋〕 *n.* 三葉草；苜蓿 c + lover (愛人) = clover
clue 〔klu〕 *n.* 線索

18.

coach 〔kotʃ〕 *n.* 教練 【比較】couch 〔kautʃ〕 *n.* 長沙發
coal 〔kol〕 *n.* 煤
coarse 〔kors〕 *adj.* 粗糙的

coast 〔kost〕 *n.* 海岸
coastline 〔'kost,laɪn〕 *n.* 海岸線 coast (海岸) + line (線) = coastline
coat 〔kot〕 *n.* 外套；大衣 *v.* 覆蓋；塗在…上面

cock 〔kɑk〕 *n.* 公雞 「母雞」則是 hen 〔hɛn〕。
cockroach 〔'kɑk,rotʃ〕 *n.* 蟑螂 cock (公雞) + roach (蟑螂) = cockroach
cocktail 〔'kɑk,tel〕 *n.* 雞尾酒 cock (公雞) + tail (尾巴) = cocktail

19.

coin	〔 kɔɪn 〕 *n.* 硬幣
coincide	〔ˌkoɪn'saɪd 〕 *v.* 與…同時發生；(時間上) 巧合
coincidence	〔 ko'ɪnsədəns 〕 *n.* 巧合　co (*together*) + incidence (事件)

Coke	〔 kok 〕 *n.* 可口可樂
cola	〔'kolə 〕 *n.* 可樂
code	〔 kod 〕 *n.* 密碼；道德準則；行為規範

coffee	〔'kɔfɪ 〕 *n.* 咖啡　【比較】caffeine 〔'kæfiɪn 〕 *n.* 咖啡因
coffin	〔'kɔfɪn 〕 *n.* 棺材
coherent	〔 ko'hɪrənt 〕 *adj.* 有條理的；前後一致的

20.

collect	〔 kə'lɛkt 〕 *v.* 收集
collection	〔 kə'lɛkʃən 〕 *n.* 收集；收藏品　collect (收集) + ion
collector	〔 kə'lɛktɚ 〕 *n.* 收藏家　collect (收集) + or (人) = collector

collar	〔'kɑlɚ 〕 *n.* 衣領
college	〔'kɑlɪdʒ 〕 *n.* 大學；學院
colleague	〔'kɑlig 〕 *n.* 同事　col (*together*) + league (*bind*)

collide	〔 kə'laɪd 〕 *v.* 相撞；衝突　col (*together*) + lide (*strike*)
collision	〔 kə'lɪʒən 〕 *n.* 相撞　collide (相撞) – de + sion = collision
collapse	〔 kə'læps 〕 *v.* 倒塌；倒下；崩潰；瓦解

21.

color	〔'kʌlɚ 〕 *n.* 顏色　*adj.* 彩色的
colorful	〔'kʌlɚfəl 〕 *adj.* 多彩多姿的　color (顏色) + ful (*adj.*) = colorful

colony	〔'kɑlənɪ 〕 *n.* 殖民地
colonial	〔 kə'lonɪəl 〕 *adj.* 殖民地的；擁有殖民地的　colony – y + ial

colonel	〔'kɜnl̩ 〕 *n.* 上校【注意發音】　【比較】lieutenant colonel 中校
colloquial	〔 kə'lokwɪəl 〕 *adj.* 口語的；通俗語的

column	〔'kɑləm 〕 *n.* 專欄；圓柱　字尾 mn 中的 n 不發音。
columnist	〔'kɑləmɪst 〕 *n.* 專欄作家　column (專欄) + ist (人)
combat	〔'kɑmbæt 〕 *v.* 與…戰鬥；戰鬥　*n.* 戰鬥　*adj.* 戰鬥用的

22.

come	〔 kʌm 〕 v. 來	
comet	〔'kamɪt 〕 n. 彗星	背這個字，只要背 come + t。

comedy 〔'kamədɪ 〕 n. 喜劇　come (來) + dy = comedy
comedian 〔 kə'midɪən 〕 n. 喜劇演員　comedy (喜劇) – y + ian (人)

comfort 〔'kʌmfət 〕 n. 舒適　v. 安慰　com (*wholly*) + fort (*strong*)
comfortable 〔'kʌmfətəbḷ 〕 adj. 舒適的；舒服的　comfort + able (*adj.*)

combine 〔 kəm'baɪn 〕 v. 結合　com (*together*) + bine (*two*)
combination 〔,kambə'neʃən 〕 n. 結合
comic 〔'kamɪk 〕 n. 漫畫　come (來) – e + ic = comic

23.

comma 〔'kamə 〕 n. 逗點　【比較】period ('pɪrɪəd) n. 句點
command 〔 kə'mænd 〕 v. 命令；俯瞰　n. 精通；運用自如的能力
commander 〔 kə'mændə 〕 n. 指揮官

commence 〔 kə'mɛns 〕 v. 開始
commercial 〔 kə'mɝʃəl 〕 adj. 商業的　n. 商業廣告
commemorate 〔 kə'mɛmə,ret 〕 v. 紀念　com + memor (*remember*) + ate (*v.*)

comment 〔'kamɛnt 〕 n. 評論　com (*thoroughly*) + ment (*mind*)
commentary 〔'kamən,tɛrɪ 〕 n. 評論　comment (評論) + ary
commentator 〔'kamən,tetə 〕 n. 評論家　comment (評論) + ator

24.

commit 〔 kə'mɪt 〕 v. 犯 (罪)；委託；致力於
commitment 〔 kə'mɪtmənt 〕 n. 承諾；責任；義務；專心致力
committee 〔 kə'mɪtɪ 〕 n. 委員會　commit (委託) + t + ee (被~的人)

common 〔'kamən 〕 adj. 常見的；共同的
commonplace 〔'kamən,ples 〕 n. 老生常談；平凡的事物
commodity 〔 kə'madətɪ 〕 n. 商品　com (*together*) + mod (*kind*) + ity (*n.*)

commute 〔 kə'mjut 〕 v. 通勤　com (*together*) + mute (*change*)
commuter 〔 kə'mjutə 〕 n. 通勤者　commute (通勤) + r = commuter
commission 〔 kə'mɪʃən 〕 n. 佣金；委託　com + mission (任務)

25.

communicate 〔 kə'mjunə,ket 〕 v. 溝通；聯繫
communication 〔 kə,mjunə'keʃən 〕 n. 溝通；通訊
communicative 〔 kə'mjunə,ketɪv 〕 adj. 溝通的；樂意溝通的；愛說話的

communism 〔 'kamju,nɪzəm 〕 n. 共產主義
communist 〔 'kamju,nɪst 〕 n. 共產主義者
community 〔 kə'mjunətɪ 〕 n. 社區；社會

company 〔 'kʌmpənɪ 〕 n. 公司；同伴；朋友
companion 〔 kəm'pænjən 〕 n. 同伴；朋友
companionship 〔 kəm'pænjən,ʃɪp 〕 n. 友誼

26.

compare 〔 kəm'pɛr 〕 v. 比較；比喻
comparison 〔 kəm'pærəsn̩ 〕 n. 比較　compare (比較) – e + ison
comparative 〔 kəm'pærətɪv 〕 adj. 比較的；相對的　n. 比較級

comparable 〔 'kampərəbl̩ 〕 adj. 可比較的；比得上的
compass 〔 'kʌmpəs 〕 n. 羅盤；指南針　com (*thoroughly*) + pass
compassion 〔 kəm'pæʃən 〕 n. 同情；憐憫　com + passion (熱情)

compatible 〔 kəm'pætəbl̩ 〕 adj. 相容的　com + pat (*suffer*) + ible (*adj.*)
compel 〔 kəm'pɛl 〕 v. 強迫　com (*with*) + pel (*drive*)
compile 〔 kəm'paɪl 〕 v. 編輯；收集　com (*together*) + pile (一堆)

27.

compete 〔 kəm'pit 〕 v. 競爭　com (*together*) + pete (*strive*)
competition 〔 ,kampə'tɪʃən 〕 n. 競爭　compete (競爭) – e + ition

competitive 〔 kəm'pɛtətɪv 〕 adj. 競爭的；競爭激烈的
competitor 〔 kəm'pɛtətɚ 〕 n. 競爭者　compete – e + itor = competitor

competent 〔 'kampətənt 〕 adj. 能幹的；勝任的　compete (競爭) + nt
competence 〔 'kampətəns 〕 n. 能力　compete (競爭) + nce

compensate 〔 'kampən,set 〕 v. 補償；賠償；彌補
compensation 〔 ,kampən'seʃən 〕 n. 補償；賠償；彌補
compact 〔 kəm'pækt 〕 adj. 小型的；緊密的

28.

complain	〔 kəm'plen 〕 v. 抱怨	com + plain (*beat the breast*)
complaint	〔 kəm'plent 〕 n. 抱怨；疾病	
complement	〔'kampləmənt 〕 v. n. 補充；補足；與…相配	

complex	〔 kəm'plɛks , 'kamplɛks 〕 adj. 複雜的	
complexion	〔 kəm'plɛkʃən 〕 n. 膚色；氣色	complex (複雜的) + ion
complexity	〔 kəm'plɛksətɪ 〕 n. 複雜	complex (複雜的) + ity

complicate	〔'kamplə,ket 〕 v. 使複雜	com + plic (*fold*) + ate (*v.*)
complication	〔,kamplə'keʃən 〕 n. 複雜；併發症	
compliment	〔'kampləmənt 〕 n. v. 稱讚	com (*with*) + pli (*fill*) + ment

29.

comprehend	〔,kamprɪ'hɛnd 〕 v. 理解	com (*with*) + prehend (*seize*)
comprehension	〔,kamprɪ'hɛnʃən 〕 n. 理解力	com + prehens + ion (*n.*)
comprehensive	〔,kamprɪ'hɛnsɪv 〕 adj. 全面的	com + prehens + ive (*adj.*)

comprise	〔 kəm'praɪz 〕 v. 組成；包含	com (*together*) + prise (*seize*)
compromise	〔'kamprə,maɪz 〕 v. 妥協	com (*together*) + promise (承諾)
compound	〔'kampaʊnd 〕 n. 化合物【注意發音】	com + pound (*put*)

compute	〔 kəm'pjut 〕 v. 計算；估計	com (*together*) + pute (*think*)
computer	〔 kəm'pjutɚ 〕 n. 電腦	
computerize	〔 kəm'pjutə,raɪz 〕 v. 使電腦化	computer (電腦) + ize (*v.*)

30.

conceive	〔 kən'siv 〕 v. 想像；認為；構想出	
conception	〔 kən'sɛpʃən 〕 n. 觀念；概念；想法	concept (觀念) + ion
concept	〔'kansɛpt 〕 n. 觀念	

concentrate	〔'kansn,tret 〕 v. 專心；集中	con + centr (*center*) + ate (*v.*)
concentration	〔,kansn'treʃən 〕 n. 專心；集中	
concession	〔 kən'sɛʃən 〕 n. 讓步	con + cess (*yield*) + ion (*n.*)

concern	〔 kən'sɝn 〕 n. 關心	
concerning	〔 kən'sɝnɪŋ 〕 prep. 關於	
concert	〔'kansɝt 〕 n. 音樂會；演唱會	

31.

conclude　　　〔 kən'klud 〕 v. 下結論；結束　　con (*together*) + clude (*shut*)
conclusion　　〔 kən'kluʒən 〕 n. 結論
concise　　　　〔 kən'saɪs 〕 adj. 簡明的　con (*with*) + cise (*cut*)

conduct　　　　〔 kən'dʌkt 〕 v. 進行；做　　〔'kandʌkt 〕 n. 行為
conductor　　　〔 kən'dʌktɚ 〕 n. 指揮；導體　conduct (進行) + or (人)
condition　　　〔 kən'dɪʃən 〕 n. 情況；健康狀況

condemn　　　　〔 kən'dɛm 〕 v. 譴責
condense　　　　〔 kən'dɛns 〕 v. 濃縮　com (*together*) + dense (*make thick*)
concrete　　　　〔 kɑn'krit 〕 adj. 具體的　n. 混凝土　可唸成〔'kankrit 〕。

32.

confer　　　　　〔 kən'fɝ 〕 v. 商量；商議　con (*together*) + fer (*carry*)
conference　　　〔'kɑnfərəns 〕 n. 會議　confer (商量) + ence (*n.*)
confirm　　　　　〔 kən'fɝm 〕 v. 證實；確認

confine　　　　　〔 kən'faɪn 〕 v. 限制；關閉　con (*together*) + fine (*limit*)
confess　　　　　〔 kən'fɛs 〕 v. 招認；承認　con (*fully*) + fess (*speak*)
confession　　　〔 kən'fɛʃən 〕 n. 招認；招供；告解

confident　　　　〔'kɑnfədənt 〕 adj. 有信心的　con + fid (*trust*) + ent (*adj.*)
confidence　　　〔'kɑnfədəns 〕 n. 信心
confidential　　　〔,kɑnfə'dɛnʃəl 〕 adj. 機密的　confident (有信心的) + tial

33.

confuse　　　　　〔 kən'fjuz 〕 v. 使困惑　con (*together*) + fuse (*pour*)
confusion　　　　〔 kən'fjuʒən 〕 n. 困惑；混亂局面
Confucius　　　　〔 kən'fjuʃəs 〕 n. 孔子

congratulate　　　〔 kən'grætʃə,let 〕 v. 祝賀　con + gratul (*please*) + ate (*v.*)
congratulations　〔 kən,grætʃə'leʃənz 〕 n. pl. 恭喜　注意：這個字要用複數形。
congress　　　　　〔'kɑngrəs 〕 n. 議會；會議　con (*together*) + gress (*walk*)

connect　　　　　〔 kə'nɛkt 〕 v. 連接　con (*together*) + nect (*bind*)
connection　　　　〔 kə'nɛkʃən 〕 n. 關聯
conjunction　　　〔 kən'dʒʌŋkʃən 〕 n. 連接詞　con + junct (*join*) + ion (*n.*)

34.

conserve	(kən'sɜv) v. 節省;保護	con (*together*) + serve (*keep*)
conservative	(kən'sɜvətɪv) *adj.* 保守的	
conservation	(,kɑnsɚ'veʃən) *n.* 節省;保護	

conscious	('kɑnʃəs) *adj.* 知道的;察覺到的	
conscience	('kɑnʃəns) *n.* 良心	con (*all*) + science (科學)
conscientious	(,kɑnʃɪ'ɛnʃəs) *adj.* 有良心的;負責盡職的	

consent	(kən'sɛnt) v. 同意	con (*together*) + sent (*feel*)
consequent	('kɑnsə,kwɛnt) *adj.* 接著發生的	
consequence	('kɑnsə,kwɛns) *n.* 後果	

35.

consider	(kən'sɪdɚ) v. 認為;考慮
considerable	(kən'sɪdərəbl̩) *adj.* 相當大的
considerate	(kən'sɪdərɪt) *adj.* 體貼的

consideration	(kən,sɪdə'reʃən) *n.* 考慮
consist	(kən'sɪst) v. 由…組成 <*of*>;在於 <*in*>
consistent	(kən'sɪstənt) *adj.* 一致的;前後連貫的

console	(kən'sol) v. 安慰	con (*together*) + sole (*alone*)
consolation	(,kɑnsə'leʃən) *n.* 安慰	console (安慰) – e + ation
conspiracy	(kən'spɪrəsɪ) *n.* 陰謀;共謀;謀反	

36.

constitute	('kɑnstə,tjut) v. 構成;組成	con + stitute (*stand*)
constitution	(,kɑnstə'tjuʃən) *n.* 憲法;構成;構造	con + stitut + ion (*n.*)
constitutional	(,kɑnstə'tjuʃənl̩) *adj.* 憲法的	constitution (憲法) + al

construct	(kən'strʌkt) v. 建造;建築;建設	con + struct (*build*)
construction	(kən'strʌkʃən) *n.* 建設	construct (建造) + ion (*n.*)
constructive	(kən'strʌktɪv) *adj.* 建設性的	

consult	(kən'sʌlt) v. 請教;查閱	
consultant	(kən'sʌltənt) *n.* 顧問	consult (請教) + ant (人)
consultation	(,kɑnsl̩'teʃən) *n.* 請教;諮詢	consult + ation (*n.*)

一口氣背 7000 字 ④

1.

consume 〔 kən'sum 〕 v. 消耗；吃（喝）
consumer 〔 kən'sumɚ 〕 n. 消費者
con (*wholly*) + sume (*take*)
consumption 〔 kən'sʌmpʃən 〕 n. 消耗；吃（喝）　consume + tion (*n.*)

contain 〔 kən'ten 〕 v. 包含　con (*together*) + tain (*hold*)
container 〔 kən'tenɚ 〕 n. 容器
contaminate 〔 kən'tæmə,net 〕 v. 污染【注意重音讀 /æ/ 】

contemplate 〔'kɑntəm,plet 〕 v. 沉思；仔細考慮【注意重音】
contemplation 〔,kɑntəm'pleʃən 〕 n. 沉思
contemporary 〔 kən'tɛmpə,rɛrɪ 〕 adj. 當代的；同時代的

2.

contend 〔 kən'tɛnd 〕 v. 爭奪；爭論　con (*together*) + tend (*stretch*)
content 〔 kən'tɛnt 〕 adj. 滿足的　n. 內容　con + tent (*hold*)
contentment 〔 kən'tɛntmənt 〕 n. 滿足　content（滿足的）+ ment (*n.*)

contest 〔'kɑntɛst 〕 n. 比賽　con (*together*) + test（考試）= contest
contestant 〔 kən'tɛstənt 〕 n. 參賽者　con + test（考試）+ ant（人）
context 〔'kɑntɛkst 〕 n. 上下文；背景；環境　con + text（原文）

continent 〔'kɑntənənt 〕 n. 洲；大陸
continental 〔,kɑntə'nɛntḷ 〕 adj. 大陸的　continent（洲；大陸）+ al (*adj.*)
continual 〔 kən'tɪnjʊəl 〕 adj. 連續的【有間斷的】

3.

continue 〔 kən'tɪnju 〕 v. 繼續
continuity 〔,kɑntə'njuətɪ 〕 n. 連續　continue（連續）– e + ity (*n.*)
continuous 〔 kən'tɪnjʊəs 〕 adj. 連續的【沒間斷的】

contract 〔'kɑntrækt 〕 n. 合約　con (*together*) + tract (*draw*)
contractor 〔'kɑntræktɚ 〕 n. 承包商　contract（合約）+ or（人）

contradict 〔,kɑntrə'dɪkt 〕 v. 與…矛盾　contra (*against*) + dict (*say*)
contradiction 〔,kɑntrə'dɪkʃən 〕 n. 矛盾　contradict（與…矛盾）+ ion (*n.*)

contrary 〔'kɑntrɛrɪ 〕 adj. 相反的　n. 正相反　contra + (a)ry (*adj. n.*)
contrast 〔'kɑntræst 〕 n. 對比；對照；比較　contra + st (*stand*)

4.

control	〔 kən'trol 〕 v. n. 控制	
controller	〔 kən'trolɚ 〕 n. 管理者	control (控制) + l + er (人)
controversial	〔 ͵kɑntrə'vɝʃəl 〕 adj. 爭議性的	

controversy	〔 'kɑntrə͵vɝsɪ 〕 n. 爭論【注意重音】
contribute	〔 kən'trɪbjut 〕 v. 貢獻；捐獻　con + tribute (貢品；贈品)
contribution	〔 ͵kɑntrə'bjuʃən 〕 n. 貢獻

contempt	〔 kən'tɛmpt 〕 n. 輕視　con (*together*) + tempt (誘惑)
contact	〔 'kɑntækt 〕 v. n. 接觸；聯絡　con (*together*) + tact (*touch*)
contagious	〔 kən'tedʒəs 〕 adj. 傳染性的　con + tag (*touch*) + ious (*adj.*)

5.

convenient	〔 kən'vinjənt 〕 adj. 方便的
convenience	〔 kən'vinjəns 〕 n. 方便

convention	〔 kən'vɛnʃən 〕 n. 代表大會；習俗
conventional	〔 kən'vɛnʃənḷ 〕 adj. 傳統的　convention (代表大會) + al (*adj.*)

converse	〔 kən'vɝs 〕 v. 談話　con (*together*) + verse (*turn*)
conversation	〔 ͵kɑnvɚ'seʃən 〕 n. 對話

convert	〔 kən'vɝt 〕 v. 改變；使改信 (宗教)　con + vert (*turn*)
conversion	〔 kən'vɝʃən 〕 n. 轉換
convey	〔 kən've 〕 v. 傳達；搬運；運送；運輸；傳遞

6.

cook	〔 kʊk 〕 v. 做菜	
cooker	〔 'kʊkɚ 〕 n. 烹調器具　注意:「廚師」是 cook，別搞錯。	
cookie	〔 'kʊkɪ 〕 n. 餅乾　英式 : biscuit 〔 'bɪskɪt 〕 n. 餅乾【注意發音】	

cooperate	〔 ko'ɑpə͵ret 〕 v. 合作　co (*together*) + operate (運作)
cooperation	〔 ko͵ɑpə'reʃən 〕 n. 合作
cooperative	〔 ko'ɑpə͵retɪv 〕 adj. 合作的

coordinate	〔 ko'ɔrdṇ͵et 〕 v. 協調　co (*with*) + ordin (*order*) + ate (*v.*)
convict	〔 kən'vɪkt 〕 v. 定罪　con (*thoroughly*) + vict (*conquer*)
convince	〔 kən'vɪns 〕 v. 使相信　con (*thoroughly*) + vince (*conquer*)

7.

copy	〔'kɑpɪ 〕v. 影印　*n.* 影本；複製品	
copyright	〔'kɑpɪ,raɪt 〕*n.* 著作權　copy (影印) + right (權利)	
copper	〔'kɑpɚ 〕*n.* 銅	

cord	〔 kɔrd 〕*n.* 細繩
cordial	〔'kɔrdʒəl 〕*adj.* 熱誠的【注意發音】　cord (細繩) + ial (*adj.*)
coral	〔'kɔrəl 〕*n.* 珊瑚

cork	〔 kɔrk 〕*n.* 軟木塞
corn	〔 kɔrn 〕*n.* 玉米　【比較】popcorn ('pɑp,kɔrn) *n.* 爆米花
corner	〔'kɔrnɚ 〕*n.* 角落　corn (玉米) + er = corner

8.

correspond	〔,kɔrə'spɑnd 〕v. 通信；符合
correspondence	〔,kɔrə'spɑndəns 〕*n.* 通信；符合　correspond + ence (*n.*)
correspondent	〔,kɔrə'spɑndənt 〕*n.* 通訊記者；特派員

corrupt	〔 kə'rʌpt 〕*adj.* 貪污的；腐敗的　cor (*wholly*) + rupt (*break*)
corruption	〔 kə'rʌpʃən 〕*n.* 貪污；腐敗
correct	〔 kə'rɛkt 〕*adj.* 正確的　cor (*with*) + rect (*right*) = correct

corporate	〔'kɔrpərɪt 〕*adj.* 法人的　corpor (*body*) + ate (*adj.*)
corporation	〔,kɔrpə'reʃən 〕*n.* 公司　corpor (*body*) + ation (*n.*)
corps	〔 kor 〕*n.* 部隊；團體　注意：corps 的 ps 不發音。

9.

cost	〔 kɔst 〕v. 花費；值⋯　*n.* 費用
costly	〔'kɔstlɪ 〕*adj.* 昂貴的　cost (費用) + ly (*adj.*) = costly
costume	〔'kɑstjum 〕*n.* 服裝　cost (費用) + ume = costume

counsel	〔'kaʊnsl̩ 〕*n.* 勸告；建議　coun (*together*) + sel (*take*)
counselor	〔'kaʊnslɚ 〕*n.* 顧問　counsel (勸告；建議) + or (人)
council	〔'kaʊnsl̩ 〕*n.* 議會【和 counsel 同音】　coun + cil (*call*)

cottage	〔'kɑtɪdʒ 〕*n.* 農舍　cott (*cot*) + age (場所；住處) = cottage
cotton	〔'kɑtn̩ 〕*n.* 棉
couch	〔 kaʊtʃ 〕*n.* 長沙發

10.

count	〔 kaʊnt 〕 v. 數；重要	
countable	〔'kaʊntəbḷ 〕 adj. 可數的	count（算）+ able（能夠…的）
counter	〔'kaʊntɚ 〕 n. 櫃台	count（算）+ er（人）= counter

counterclockwise	〔ˌkaʊntɚ'klɑkˌwaɪz 〕 adv. 逆時針方向地	
counterpart	〔'kaʊntɚˌpɑrt 〕 n. 相對應的人或物	
county	〔'kaʊntɪ 〕 n. 縣；郡	

country	〔'kʌntrɪ 〕 n. 國家	也有「鄉下；鄉村」的意思。
countryside	〔'kʌntrɪˌsaɪd 〕 n. 鄉間	country（國家；鄉下）+ side
couple	〔'kʌpḷ 〕 n. 一對男女；夫婦	

11.

courage	〔'kɝɪdʒ 〕 n. 勇氣	
courageous	〔 kə'redʒəs 〕 adj. 勇敢的	courage（勇氣）+ ous（adj.）
course	〔 kors 〕 n. 課程	

court	〔 kort 〕 n. 法院；（網球）球場；天井；宮廷；庭院	
courteous	〔'kɝtɪəs 〕 adj. 有禮貌的	court（法院）+ eous（adj.）
courtesy	〔'kɝtəsɪ 〕 n. 禮貌	court（法院）+ esy = courtesy

courtyard	〔'kortˌjɑrd 〕 n. 庭院；天井	court（法院）+ yard（庭院）
cousin	〔'kʌzṇ 〕 n. 表（堂）兄弟姊妹	
coupon	〔'kupɑn 〕 n. 折價券	cou（cut）+ pon（bond）= coupon

12.

cover	〔'kʌvɚ 〕 v. 覆蓋；涵蓋　n. 蓋子	
coverage	〔'kʌvərɪdʒ 〕 n. 涵蓋的範圍；新聞報導	cover + age（n.）
covet	〔'kʌvɪt 〕 v. 貪圖；覬覦；垂涎	

cow	〔 kaʊ 〕 n. 母牛	
coward	〔'kaʊəd 〕 n. 懦夫	cow（母牛）+ ard（人）= coward
cowboy	〔'kaʊˌbɔɪ 〕 n. 牛仔	cow（母牛）+ boy（男孩）= cowboy

crab	〔 kræb 〕 n. 螃蟹	
crack	〔 kræk 〕 v. 使破裂；說（笑話）	
cracker	〔'krækɚ 〕 n.（薄脆）餅乾；爆竹	crack（使破裂）+ er（n.）

13.

cram	〔kræm〕v. 填塞；K 書 n. 填鴨式的用功
cramp	〔kræmp〕n. 抽筋 cram（填塞）+ p = cramp
crane	〔kren〕n. 起重機；鶴

crazy	〔'krezɪ〕adj. 瘋狂的
crayon	〔'kreən〕n. 蠟筆【注意發音】
cradle	〔'kredl̩〕n. 搖籃【注意拼字，無 craddle 這個字】

crash	〔kræʃ〕v. n. 墜毀；撞毀 n. 汽車相撞聲
crawl	〔krɔl〕v. 爬行
crater	〔'kretɚ〕n. 火山口；隕石坑；（炸彈炸出的）彈坑

14.

create	〔krɪ'et〕v. 創造 cre (make) + ate (v.) = create
creation	〔krɪ'eʃən〕n. 創造 create（創造）– e + ion (n.) = creation
creative	〔krɪ'etɪv〕adj. 有創造力的 create（創造）– e + ive (adj.)

creativity	〔ˌkrie'tɪvətɪ〕n. 創造力 creative（有創造力的）– e + ity (n.)
creator	〔krɪ'etɚ〕n. 創造者；《the Creator》造物者；上帝
creature	〔'kritʃɚ〕n. 生物；動物 create（創造）+ ure (n.) = creature

credit	〔'krɛdɪt〕n. 信用 cred (believe) + it (n.)
credible	〔'krɛdəbl̩〕adj. 可信的 cred (believe) + ible（能夠…的）
credibility	〔ˌkrɛdə'bɪlətɪ〕n. 可信度 cred (believe) + ibility (ability)

15.

crime	〔kraɪm〕n. 罪
criminal	〔'krɪmənl̩〕n. 罪犯 crime（罪）– e + in（裡面）+ al (n.)
cripple	〔'krɪpl̩〕n. 跛子；瘸子 v. 使殘廢 crip (creep) + ple（重複的動作）

criticize	〔'krɪtəˌsaɪz〕v. 批評 crit (judge) + ic (n.) + ize (v.)
critical	〔'krɪtɪkl̩〕adj. 批評的；危急的 critic（批評者）+ al (adj.)
criticism	〔'krɪtəˌsɪzəm〕n. 批評 critic（批評者）+ ism (n.) = criticism

critic	〔'krɪtɪk〕n. 評論家；批評者 crit (judge) + ic (n.) = critic
crispy	〔'krɪspɪ〕adj. 酥脆的
crisis	〔'kraɪsɪs〕n. 危機 cri (judge) + sis (n.) = crisis

16.

crook	〔 krʊk 〕 *n.* 彎曲；騙子	
crooked	〔 ˈkrʊkɪd 〕 *adj.* 彎曲的　crook (彎曲) + ed (*adj.*) = crooked	
crocodile	〔 ˈkrɑkəˌdaɪl 〕 *n.* 鱷魚	

cross	〔 krɔs 〕 *v.* 越過
crossing	〔 ˈkrɔsɪŋ 〕 *n.* 穿越處
crouch	〔 krautʃ 〕 *v.* 蹲下；蹲；蹲伏

crow	〔 kro 〕 *n.* 烏鴉　*v.* (公雞) 啼叫
crowd	〔 kraud 〕 *n.* 群眾；人群　crow (烏鴉) + d = crowd
crown	〔 kraun 〕 *n.* 皇冠　crow (烏鴉) + n = crown

17.

cruel	〔 ˈkruəl 〕 *adj.* 殘忍的
cruelty	〔 ˈkruəltɪ 〕 *n.* 殘忍　cruel (殘忍的) + ty (*n.*) = cruelty
crude	〔 krud 〕 *adj.* 未經加工的　c + rude (粗魯的) = crude

cruise	〔 kruz 〕 *n.* 巡航；乘船遊覽
cruiser	〔 ˈkruzɚ 〕 *n.* 巡洋艦；巡邏車　cruise (巡航) + r (*n.*) = cruiser
crucial	〔 ˈkruʃəl 〕 *adj.* 關鍵性的；非常重要的

crumb	〔 krʌm 〕 *n.* 碎屑　注意：字尾為 mb 的 b 不發音。
crumble	〔 ˈkrʌmbl̩ 〕 *v.* 粉碎　crumb (碎屑) + le = crumble
crust	〔 krʌst 〕 *n.* 地殼

18.

cue	〔 kju 〕 *v.* 暗示　cue 要和 clue (提示；線索) 聯想在一起。
cube	〔 kjub 〕 *n.* 立方體
cucumber	〔 ˈkjukʌmbɚ 〕 *n.* 黃瓜

culture	〔 ˈkʌltʃɚ 〕 *n.* 文化　cult (*till*) + ure (*n.*)
cultural	〔 ˈkʌltʃərəl 〕 *adj.* 文化的　culture (文化) – e + al (*adj.*) = cultural
cultivate	〔 ˈkʌltəˌvet 〕 *v.* 培養　cultiv (*till*) + ate (*v.*)

cup	〔 kʌp 〕 *n.* 杯子
cupboard	〔 ˈkʌbɚd 〕 *n.* 碗櫥【注意發音】　cup (杯子) + board (木板)
cunning	〔 ˈkʌnɪŋ 〕 *adj.* 狡猾的

19.

cure	〔 kjʊr 〕 v. 治療	
curious	〔'kjʊrɪəs 〕 adj. 好奇的	cure（治療）– e + ious (adj.) = curious
curiosity	〔 ˌkjʊrɪ'ɑsətɪ 〕 n. 好奇心	curious（好奇的）– us + sity (n.)

current	〔'kɝənt 〕 adj. 現在的	curr (run) + ent (v.)
currency	〔'kɝənsɪ 〕 n. 貨幣	current（現在的）– t + cy (n.) = currency
curriculum	〔 kə'rɪkjələm 〕 n. 課程	curri (run) + culum (n.)

curry	〔'kɝɪ 〕 n. 咖哩
curse	〔 kɝs 〕 v. n. 詛咒　諧音：剋死。
curl	〔 kɝl 〕 n. 捲曲

20.

custom	〔'kʌstəm 〕 n. 習俗　【比較】costume 〔'kɑstjum 〕 n. 服裝	
customary	〔'kʌstəmˌɛrɪ 〕 adj. 習慣的	custom（習俗）+ ary (adj.)
customer	〔'kʌstəmɚ 〕 n. 顧客	custom（習俗）+ er（人）= customer

customs	〔'kʌstəmz 〕 n. 海關　custom（習俗）+ s = customs
cushion	〔'kʊʃən 〕 n. 墊子　【比較】fashion 〔'fæʃən 〕 n. 流行
curtain	〔'kɝtn̩ 〕 n. 窗簾

cub	〔 kʌb 〕 n. 幼獸
curb	〔 kɝb 〕 n.（人行道旁的）邊石；邊欄；路緣
curve	〔 kɝv 〕 n. 曲線

21.

dad	〔 dæd 〕 n. 爸爸
daddy	〔'dædɪ 〕 n. 爸爸
daffodil	〔'dæfəˌdɪl 〕 n. 黃水仙

dam	〔 dæm 〕 n. 水壩	
damage	〔'dæmɪdʒ 〕 v. 損害	dam（水壩）+ age（年紀）= damage
damn	〔 dæm 〕 v. 詛咒	dam（水壩）+ n (not) = damn

dance	〔 dæns 〕 v. 跳舞	
dancer	〔'dænsɚ 〕 n. 舞者	dance（跳舞）+ r（人）= dancer
dandruff	〔'dændrəf 〕 n. 頭皮屑　諧音：淡的落膚。是不可數名詞。	

22.

danger	('dendʒɚ) *n.* 危險	
dangerous	('dendʒərəs) *adj.* 危險的	danger (危險) + ous (*adj.*) = dangerous
dart	(dɑrt) *n.* 飛鏢	d + art (藝術) = dart

dead	(dɛd) *adj.* 死的	
deadline	('dɛd,laɪn) *n.* 最後期限	dead (死的) + line (線) = deadline
deadly	('dɛdlɪ) *adj.* 致命的	dead (死的) + ly (*adj.*) = deadly

deaf	(dɛf) *adj.* 聾的	
deafen	('dɛfən) *v.* 使聾	deaf (聾的) + en (*make*) = deafen
death	(dɛθ) *n.* 死亡	dead (死的) – d + th (*n.*) = death

23.

dare	(dɛr) *v.* 敢	
dash	(dæʃ) *v.* 猛衝 *n.* 破折號 (—)	
dazzle	('dæzl̩) *v.* 使目眩；使眼花	這字是 daze (dez) 重複字尾而來。

day	(de) *n.* 天	
dawn	(dɔn) *n.* 黎明	
daybreak	('de,brek) *n.* 破曉	day (天) + break (打破) = daybreak

deceive	(dɪ'siv) *v.* 欺騙	de (*away*) + ceive (*take*)
decay	(dɪ'ke) *v.* 腐爛	de (*down*) + cay (*fall*) = decay
decade	('dɛked) *n.* 十年	

24.

decide	(dɪ'saɪd) *v.* 決定	de (*off*) + cide (*cut*) = decide
decision	(dɪ'sɪʒən) *n.* 決定	decide (決定) – de + sion (*n.*) = decision
decisive	(dɪ'saɪsɪv) *adj.* 決定性的	decide (決定) – de + sive (*adj.*)

declare	(dɪ'klɛr) *v.* 宣佈	de (加強語氣) + clare (*clear*)
declaration	(,dɛklə'reʃən) *n.* 宣言	declare (宣佈) – e + ation (*n.*)
deck	(dɛk) *n.* 甲板；一副 (紙牌)	

decline	(dɪ'klaɪn) *v.* 拒絕；衰退	de (*down*) + cline (*bend*)
decorate	('dɛkə,ret) *v.* 裝飾	decor (裝飾) + ate (*v.*) = decorate
decoration	(,dɛkə'reʃən) *n.* 裝飾	decorate (裝飾) – e + ion (*n.*)

25.

defend	〔 dɪˈfɛnd 〕 v. 保衛	de (*down*) + fend (*strike*) = defend
defense	〔 dɪˈfɛns 〕 n. 防禦	這個字要先記 fence 〔 fɛns 〕 n. 籬笆。
defensive	〔 dɪˈfɛnsɪv 〕 adj. 防禦的	defense (防禦) – e + ive (*adj.*)

defeat	〔 dɪˈfit 〕 v. 打敗	de (*down*) + feat (功績) = defeat
defect	〔ˈdifɛkt 〕 n. 瑕疵；缺點	de (*down*) + fect (*make*)
deficiency	〔 dɪˈfɪʃənsɪ 〕 n. 不足	de (*down*) + fic (*make*) + ency (*n.*)

define	〔 dɪˈfaɪn 〕 v. 下定義	de (加強語氣) + fine (*limit*)
definite	〔ˈdɛfənɪt 〕 adj. 明確的	define (定義) – e + ite (*adj.*)
definition	〔ˌdɛfəˈnɪʃən 〕 n. 定義	definite (明確的) – e + ion (*n.*)

26.

delay	〔 dɪˈle 〕 v. 延遲；耽誤	de (*away*) + lay (*bring*) = delay
delegate	〔ˈdɛləˌget 〕 n. 代表　v. 代表	de + leg (*send*) + ate (人)
delegation	〔ˌdɛləˈgeʃən 〕 n. 代表團	delegate (代表) – e + ion (*n.*)

delight	〔 dɪˈlaɪt 〕 n. 高興	de (加強語氣) + light (光) = delight
delightful	〔 dɪˈlaɪtfəl 〕 adj. 令人高興的	delight (高興) + ful (*full*)
delinquent	〔 dɪˈlɪŋkwənt 〕 n. 犯罪者	de + linqu (*leave*) + ent (人)

delicious	〔 dɪˈlɪʃəs 〕 adj. 美味的
delicate	〔ˈdɛləkət , -kɪt 〕 adj. 細緻的
deliberate	〔 dɪˈlɪbərɪt 〕 adj. 故意的

27.

deliver	〔 dɪˈlɪvɚ 〕 v. 遞送	de (*away*) + liver (*free*) = deliver
delivery	〔 dɪˈlɪvərɪ 〕 n. 遞送	deliver (遞送) + y (*n.*) = delivery
demand	〔 dɪˈmænd 〕 v. 要求	de (*completely*) + mand (*order*)

democrat	〔ˈdɛməˌkræt 〕 n. 民主主義者；民主黨黨員	
democratic	〔ˌdɛməˈkrætɪk 〕 adj. 民主的	democrat (民主主義者) + ic (*adj.*)
democracy	〔 dəˈmɑkrəsɪ 〕 n. 民主政治	demo (*people*) + cracy (*rule*)

demonstrate	〔ˈdɛmənˌstret 〕 v. 示威；示範	
demonstration	〔ˌdɛmənˈstreʃən 〕 n. 示威；示範	demonstrate – e + ion (*n.*)
denounce	〔 dɪˈnauns 〕 v. 譴責	de (*down*) + nounce (*report*)

28.

depart 〔 dɪ'pɑrt 〕 v. 離開　de (*from*) + part (*part*) = depart

department 〔 dɪ'pɑrtmənt 〕 n. 部門；系　depart (離開) + ment

departure 〔 dɪ'pɑrtʃɚ 〕 n. 離開　depart (離開) + ure (*n.*) = departure

depend 〔 dɪ'pɛnd 〕 v. 依賴；依靠　de (*down*) + pend (*hang*)

dependable 〔 dɪ'pɛndəbl̩ 〕 adj. 可靠的　depend (依靠) + able (能夠…的)

dependent 〔 dɪ'pɛndənt 〕 adj. 依賴的　depend (依靠) + ent (*adj.*)

depress 〔 dɪ'prɛs 〕 v. 使沮喪　de (*down*) + press (壓)

depression 〔 dɪ'prɛʃən 〕 n. 沮喪；不景氣　depress (使沮喪) + ion (*n.*)

deprive 〔 dɪ'praɪv 〕 v. 剝奪；使喪失　de (*entirely*) + prive (*rob*)

29.

descend 〔 dɪ'sɛnd 〕 v. 下降　de (*down*) + scend (*climb*) = descend

descent 〔 dɪ'sɛnt 〕 n. 下降

descendant 〔 dɪ'sɛndənt 〕 n. 子孫　descend (下降) + ant (人)

describe 〔 dɪ'skraɪb 〕 v. 描述　de (*down*) + scribe (*write*)

description 〔 dɪ'skrɪpʃən 〕 n. 描述　describe (描述) – be + ption (*n.*)

descriptive 〔 dɪ'skrɪptɪv 〕 adj. 敘述的

design 〔 dɪ'zaɪn 〕 v. n. 設計　de (*down*) + sign (*mark*)

designer 〔 dɪ'zaɪnɚ 〕 n. 設計師　design (設計) + er (人) = designer

designate 〔'dɛzɪg,net 〕 v. 指定【注意發音】　design (設計) + ate (*v.*)

30.

despair 〔 dɪ'spɛr 〕 n. 絕望　諧音：弟死悲。

despise 〔 dɪ'spaɪz 〕 v. 輕視　de (*down*) + spi (*see*) + (i)se (*v.*)

desperate 〔'dɛspərɪt 〕 adj. 絕望的　despair (絕望) – air + rate (*adj.*)

destiny 〔'dɛstənɪ 〕 n. 命運　de (*down*) + stin (*stand*) + y (*n.*)

destined 〔'dɛstɪnd 〕 adj. 注定的

destination 〔,dɛstə'neʃən 〕 n. 目的地　destiny (命運) – y + ation

destroy 〔 dɪ'strɔɪ 〕 v. 破壞　de (*down*) + story (*build*)

destruction 〔 dɪ'strʌkʃən 〕 n. 破壞　de (*down*) + struct (*build*) + ion (*n.*)

destructive 〔 dɪ'strʌktɪv 〕 adj. 破壞性的　相反詞：constructive

31.

detect	〔 dɪˈtɛkt 〕 v. 偵查；偵測；查出；查明；察覺
detective	〔 dɪˈtɛktɪv 〕 n. 偵探　detect (發現) + ive (人) = detective
detain	〔 dɪˈten 〕 v. 拘留　de (*away*) + tain (*hold*) = detain

deter	〔 dɪˈtɝ 〕 v. 阻止；使打消念頭　de (加強語氣) + ter (*frighten*)
detergent	〔 dɪˈtɝdʒənt 〕 n. 清潔劑　deter (阻礙) + gent (*agent*)
deteriorate	〔 dɪˈtɪrɪəˌret 〕 v. 惡化【注意發音】

determine	〔 dɪˈtɝmɪn 〕 v. 決定；決心　de (*down*) + termine (*limit*)
determination	〔 dɪˌtɝməˈneʃən 〕 n. 決心　determine – e + ation (*n.*)
detail	〔 ˈditel , dɪˈtel 〕 n. 細節　de (*down*) + tail (尾巴) = detail

32.

devalue	〔 diˈvælju 〕 v. 使貶值　de (*down*) + value (價值)
develop	〔 dɪˈvɛləp 〕 v. 發展；研發　de (*apart*) + velop (*wrap*)
development	〔 dɪˈvɛləpmənt 〕 n. 發展　develop (發展) + ment (*n.*)

devise	〔 dɪˈvaɪz 〕 v. 設計；發明
device	〔 dɪˈvaɪs 〕 n. 裝置　devise 是動詞，字尾改成 ce 就變名詞。
devil	〔 ˈdɛvḷ 〕 n. 魔鬼　d + evil (邪惡的) = devil

devote	〔 dɪˈvot 〕 v. 使致力於　de (*down*) + vote (選票) = devote
devotion	〔 dɪˈvoʃən 〕 n. 致力；熱愛　devote (使致力於) – e + ion (*n.*)
devour	〔 dɪˈvaʊr 〕 v. 狼吞虎嚥　諧音：弟好餓。

33.

diagnose	〔 ˌdaɪəgˈnoz 〕 v. 診斷　dia (*through*) + gnose (*know*)
diagnosis	〔 ˌdaɪəgˈnosɪs 〕 n. 診斷　diagnose (診斷) – e + is (*n.*)
diabetes	〔 ˌdaɪəˈbitɪs 〕 n. 糖尿病　諧音：呆餓被踢死。

dial	〔 ˈdaɪəl 〕 v. 撥 (號)
dialect	〔 ˈdaɪəˌlɛkt 〕 n. 方言　dia (*between*) + lect (*choose*)
dialogue	〔 ˈdaɪəˌlɔg 〕 n. 對話　dia (*between*) + logue (*speak*)

diamond	〔 ˈdaɪəmənd 〕 n. 鑽石　諧音：呆餓夢得。
diaper	〔 ˈdaɪəpɚ 〕 n. 尿布　di + aper (*paper*) = diaper
diary	〔 ˈdaɪərɪ 〕 n. 日記

34.

dictate	〔'dɪktet 〕 *v.* 聽寫；口授　dict (*say*) + ate (*v.*) = dictate
dictation	〔 dɪk'teʃən 〕 *n.* 聽寫　dictate (聽寫) – e + ion (*n.*) = dictation
dictator	〔'dɪktetɚ , dɪk'tetɚ 〕 *n.* 獨裁者　dictate (聽寫) – e + or (人)
differ	〔'dɪfɚ 〕 *v.* 不同
different	〔'dɪfərənt 〕 *adj.* 不同的　differ (不同) + ent (*adj.*) = different
difference	〔'dɪfərəns 〕 *n.* 不同　differ (不同) + ence (*n.*) = difference
differentiate	〔,dɪfə'rɛnʃɪ,et 〕 *v.* 區別　different (不同的) + iate (*v.*)
difficult	〔'dɪfə,kʌlt 〕 *adj.* 困難的
difficulty	〔'dɪfə,kʌltɪ 〕 *n.* 困難　difficult (困難的) + y (*n.*) = difficulty

35.

dig	〔 dɪg 〕 *v.* 挖
digital	〔'dɪdʒɪtḷ 〕 *adj.* 數位的　dig (挖) + i + tal (*adj.*) = digital
dignity	〔'dɪgnətɪ 〕 *n.* 尊嚴　諧音：低你踢。
digest	〔 daɪ'dʒɛst 〕 *v.* 消化　〔'daɪdʒɛst 〕 *n.* 摘要；綱要
digestion	〔 daɪ'dʒɛstʃən 〕 *n.* 消化　digest (消化) + ion (*n.*) = digestion
dilemma	〔 də'lɛmə 〕 *n.* 困境　諧音：得累馬。
dim	〔 dɪm 〕 *adj.* 昏暗的
dime	〔 daɪm 〕 *n.* 一角硬幣　dim (昏暗的) + e = dime
dimension	〔 də'mɛnʃən , daɪ- 〕 *n.* 尺寸；(…度) 空間

36.

dine	〔 daɪn 〕 *v.* 用餐
dinner	〔'dɪnɚ 〕 *n.* 晚餐　dine (用餐) – e + ner = dinner
dinosaur	〔'daɪnə,sɔr 〕 *n.* 恐龍　諧音：呆腦獸。
dip	〔 dɪp 〕 *n.* 沾；浸
diploma	〔 dɪ'plomə 〕 *n.* 畢業證書　諧音：抵破樓嗎。
diplomacy	〔 dɪ'ploməsɪ 〕 *n.* 外交　diploma (畢業證書) + cy = diplomacy
diplomat	〔'dɪplə,mæt 〕 *n.* 外交官　diploma (畢業證書) + t (人)
diplomatic	〔,dɪplə'mætɪk 〕 *adj.* 外交的　diplomat (外交官) + ic (*adj.*)
diminish	〔 də'mɪnɪʃ 〕 *v.* 減少　dim (昏暗的) + in + ish (*v.*) = diminish

一口氣背 7000 字⑤

1.

direct	﹝ də'rɛkt ﹞ *adj.* 直接的	
direction	﹝ də'rɛkʃən ﹞ *n.* 方向	direct (直接的) + ion (*n.*) = direction
director	﹝ də'rɛktɚ ﹞ *n.* 導演	direct (直接的) + or (人) = director

directory   ﹝ də'rɛktərɪ ﹞ *n.* 電話簿   direct (直接的) + ory (*n.*)
dirt   ﹝ dɜt ﹞ *n.* 污垢
dirty   ﹝'dɜtɪ ﹞ *adj.* 髒的

disable   ﹝ dɪs'ebl ﹞ *v.* 使失去能力   dis (剝奪) + able (能夠…的)
disability   ﹝,dɪsə'bɪlətɪ ﹞ *n.* 無能力   dis (剝奪) + ability (能力)
disadvantage   ﹝,dɪsəd'væntɪdʒ ﹞ *n.* 缺點；不利的條件

2.

disagree   ﹝,dɪsə'gri ﹞ *v.* 不同意   dis (*not*) + agree (同意) = disagree
disagreement   ﹝,dɪsə'grimənt ﹞ *n.* 意見不合   disagree + ment (*n.*)
disappear   ﹝,dɪsə'pɪr ﹞ *v.* 消失   dis (*not*) + appear (出現) = disappear

disappoint   ﹝,dɪsə'pɔɪnt ﹞ *v.* 使失望   dis (*not*) + appoint (指派；任命)
disappointment   ﹝,dɪsə'pɔɪntmənt ﹞ *n.* 失望   disappoint (使失望) + ment (*n.*)
disapprove   ﹝,dɪsə'pruv ﹞ *v.* 不贊成   dis (*not*) + approve (贊成)

disaster   ﹝ dɪz'æstɚ ﹞ *n.* 災難   諧音：弟殺死他。
disastrous   ﹝ dɪz'æstrəs ﹞ *adj.* 悲慘的   disaster (災難) – e + ous (*adj.*)
disbelief   ﹝,dɪsbə'lif ﹞ *n.* 不信；懷疑   dis (*not*) + belief (信仰；信任)

3.

discard   ﹝ dɪs'kɑrd ﹞ *v.* 丟棄   dis (*away*) + card (卡片) = discard
discharge   ﹝ dɪs'tʃɑrdʒ ﹞ *v.* 解雇   dis (*not*) + charge (索費) = discharge
disciple   ﹝ dɪ'saɪpl ﹞ *n.* 弟子；門徒；追隨者   諧音：弟賽缽。

discipline   ﹝'dɪsəplɪn ﹞ *n.* 紀律；訓練   disciple (弟子) – e + ine
disciplinary   ﹝'dɪsəplɪn,ɛrɪ ﹞ *adj.* 紀律的   discipline – e + ary (*adj.*)
disclose   ﹝ dɪs'kloz ﹞ *v.* 洩漏   dis (*apart*) + close (關閉) = disclose

disco   ﹝'dɪsko ﹞ *n.* 迪斯可舞廳；迪斯可舞會；迪斯可音樂
discomfort   ﹝ dɪs'kʌmfɚt ﹞ *n.* 不舒服   dis (*not*) + comfort (舒服)
disconnect   ﹝,dɪskə'nɛkt ﹞ *v.* 切斷   dis (*not*) + connect (連結)

4.

discourage 〔 dɪsˋkɝɪdʒ 〕 v. 使氣餒 dis (*away*) + courage (勇氣)
discouragement 〔 dɪsˋkɝɪdʒmənt 〕 n. 氣餒 discourage + ment (*n.*)
discount 〔ˋdɪskaʊnt 〕 n. 折扣 dis (*away*) + count (算) = discount

discover 〔 dɪˋskʌvɚ 〕 v. 發現 dis (剝奪) + cover (覆蓋)
discovery 〔 dɪˋskʌvərɪ 〕 n. 發現 discover (發現) + y (*n.*)
discreet 〔 dɪˋskrit 〕 adj. 謹慎的 dis (*apart*) + creet (*separate*)

discriminate 〔 dɪˋskrɪmə͵net 〕 v. 歧視 dis + crimin (*space*) + ate (*v.*)
discrimination 〔 dɪ͵skrɪməˋneʃən 〕 n. 歧視 discriminate – e + ion (*n.*)
disguise 〔 dɪsˋgaɪz 〕 v. n. 偽裝 諧音:弟撕蓋子。

5.

discuss 〔 dɪˋskʌs 〕 v. 討論 dis (*apart*) + cuss (*strike*) = discuss
discussion 〔 dɪˋskʌʃən 〕 n. 討論 discuss (討論) + ion (*n.*) = discussion
disease 〔 dɪˋziz 〕 n. 疾病 dis (*without*) + ease (舒服) = disease

disgrace 〔 dɪsˋgres 〕 n. 恥辱 dis (*without*) + grace (優雅) = disgrace
disgraceful 〔 dɪsˋgresfəl 〕 adj. 可恥的 disgrace (恥辱) + ful (*adj.*)
disgust 〔 dɪsˋgʌst 〕 v. 使厭惡 dis (*without*) + gust (*taste*) = disgust

dish 〔 dɪʃ 〕 n. 盤子;菜餚
disk 〔 dɪsk 〕 n. 光碟
dismantle 〔 dɪsˋmæntl̩ 〕 v. 拆除 dis (*away*) + mantle (*cloak*)

6.

dispense 〔 dɪˋspɛns 〕 v. 分發;分配;給與;施與
dispensable 〔 dɪˋspɛnsəbl̩ 〕 adj. 可有可無的
dispatch 〔 dɪˋspætʃ 〕 v. 派遣 dis (*away*) + patch (修補) = dispatch

dispose 〔 dɪˋspoz 〕 v. 處置 dis (*away*) + pose (*put*)
disposal 〔 dɪˋspozl̩ 〕 n. 處理 dispose (處置) – e + al (*n.*) = disposal
disposable 〔 dɪˋspozəbl̩ 〕 adj. 用完即丟的

display 〔 dɪˋsple 〕 v. n. 展示 dis (*apart*) + play (*fold*) = display
displace 〔 dɪsˋples 〕 v. 取代 dis (*away*) + place (放) = displace
displease 〔 dɪsˋpliz 〕 v. 使不高興 dis (*not*) + please (使高興)

7.

dissuade 〔 dɪˈswed 〕 v. 勸阻　dis (*against*) + suade (*advise*) = dissuade

dissolve 〔 dɪˈzɑlv 〕 v. 溶解；化解　dis (*apart*) + solve (解決) = dissolve

dissident 〔ˈdɪsədənt 〕 n. 意見不同者　dis (*apart*) + sid (*sit*) + ent (人)

distant 〔ˈdɪstənt 〕 *adj.* 遙遠的　di(s) (*apart*) + stan (*stand*) + t (*adj.*)

distance 〔ˈdɪstəns 〕 n. 距離　di(s) (*apart*) + stan (*stand*) + ce (*n.*)

disturb 〔 dɪˈstɝb 〕 v. 打擾　dis (強調) + turb (*trouble*) = disturb

distinct 〔 dɪˈstɪŋkt 〕 *adj.* 不同的　di(s) (*apart*) + stinc (*sting*) + t (*adj.*)

distinctive 〔 dɪˈstɪŋktɪv 〕 *adj.* 獨特的　distinct (不同的) + ive (*adj.*)

distinction 〔 dɪˈstɪŋkʃən 〕 n. 差別　distinct (不同的) + ion (*n.*) = distinction

8.

dive 〔 daɪv 〕 v. 潛水

divert 〔 daɪˈvɝt 〕 v. 轉移　di (*from*) + vert (*turn*)

diversion 〔 daɪˈvɝʒən , də- , -ʃən 〕 n. 轉移；分散注意力；消遣

diverse 〔 daɪˈvɝs , də- 〕 *adj.* 各種的；多元的　di (*apart*) + verse (*turn*)

diversify 〔 daɪˈvɝsəˌfaɪ , də- 〕 v. 使多樣化；開發 (新產品)

diversity 〔 daɪˈvɝsətɪ , də- 〕 n. 多樣性　diverse (多元的) – e + ity (*n.*)

divide 〔 dəˈvaɪd 〕 v. 劃分；分割　di (*apart*) + vide (*separate*) = divide

division 〔 dəˈvɪʒən 〕 n. 劃分；分配　divide (劃分) – de + sion (*n.*)

divine 〔 dəˈvaɪn 〕 *adj.* 神聖的　div (*god*) + ine (*adj.*) = divine

9.

dock 〔 dɑk 〕 n. 碼頭

doctor 〔ˈdɑktɚ 〕 n. 醫生；博士　doct (*teach*) + or (人) = doctor

doctrine 〔ˈdɑktrɪn 〕 n. 教條；教義；信條　doctor (醫生) – o + ine (*n.*)

document 〔ˈdɑkjəmənt 〕 n. 文件　docu (*teach*) + ment (*n.*)

documentary 〔ˌdɑkjəˈmɛntərɪ 〕 n. 記錄片　document (文件) + ary (*adj. n.*)

dodge 〔 dɑdʒ 〕 v. n. 躲避　諧音：躲去。

doll 〔 dɑl 〕 n. 洋娃娃

dollar 〔ˈdɑlɚ 〕 n. 元　doll (洋娃娃) + ar = dollar

dolphin 〔ˈdɑlfɪn 〕 n. 海豚

10.

donate	('donet) *v.* 捐贈	don (*give*) + ate (*v.*) = donate
donation	(do'neʃən) *n.* 捐贈;捐款	donate (捐贈) – e + ion (*n.*)
donor	('donɚ) *n.* 捐贈者	don (*give*) + or (人) = donor

dominate	('dɑmə,net) *v.* 控制;支配	domin (*rule*) + ate (*v.*)
dominant	('dɑmənənt) *adj.* 支配的;佔優勢的;統治的;最有勢力的	
domestic	(də'mɛstɪk) *adj.* 國內的;家庭的	dome (圓頂) + stic (*adj.*)

dome	(dom) *n.* 圓頂	dom (*house*) + e = dome
doom	(dum) *v.* 註定	
donkey	('dɑŋkɪ) *n.* 驢子	把 monkey (猴子) 的 m 改成 d 就可以了。

11.

doorstep	('dɔr,stɛp) *n.* 門階	door (門) + step (階梯) = doorstep
doorway	('dɔr,we) *n.* 門口	door (門) + way (路) = doorway
dormitory	('dɔrmə,torɪ) *n.* 宿舍	dormit (*sleep*) + ory (地點) = dormitory

dose	(dos) *n.* (藥的) 一劑	諧音:多死。
dosage	('dosɪdʒ) *n.* 劑量	dose (藥的一劑) – e + age (*n.*) = dosage

dough	(do) *n.* 麵糰	
doughnut	('do,nʌt) *n.* 甜甜圈	dough (麵糰) + nut (堅果) = doughnut

doubt	(daʊt) *v. n.* 懷疑;不相信	dou (*two*) + bt (*v.*)
doubtful	('daʊtfəl) *adj.* 懷疑的	doubt (懷疑) + ful (*adj.*) = doubtful

12.

drag	(dræg) *v.* 拖	
dragon	('drægən) *n.* 龍	drag (拖) + on = dragon
dragonfly	('drægən,flaɪ) *n.* 蜻蜓	dragon (龍) + fly (飛) = dragonfly

drain	(dren) *n.* 排水溝 *v.* 排出⋯的水	d + rain (雨) = drain
drama	('drɑmə , 'dræmə) *n.* 戲劇	諧音:抓罵。
dramatic	(drə'mætɪk) *adj.* 戲劇的;誇張的	drama (戲劇) + tic (*adj.*)

draw	(drɔ) *v.* 拉;畫;吸引	
drawer	(drɔr) *n.* 抽屜;製圖者	draw (拉) + er = drawer
drawback	('drɔ,bæk) *n.* 缺點	draw (拉) + back (往回) = drawback

13.

dress	〔 drɛs 〕 *n.* 衣服；洋裝	
dresser	〔'drɛsɚ 〕 *n.* 梳妝台；帶鏡衣櫃　dress (衣服) + er = dresser	
dressing	〔'drɛsɪŋ 〕 *n.* 調味醬；穿衣；打扮　dress (衣服) + ing = dressing	

dread 〔 drɛd 〕 *v.* 害怕　d + read (讀書) = dread
dreadful 〔'drɛdfəl 〕 *adj.* 可怕的；糟透了的；非常討厭的
drawing 〔'drɔɪŋ 〕 *n.* 圖畫　draw (畫) + ing (*n.*) = drawing

dream 〔 drim 〕 *n.* 夢
dreary 〔'drɪrɪ 〕 *adj.* (天氣) 陰沉的；無聊的；令人沮喪的　諧音：追憶。
drift 〔 drɪft 〕 *v.* 漂流　諧音：墜浮的。

14.

drive 〔 draɪv 〕 *v.* 開車；驅使
driver 〔'draɪvɚ 〕 *n.* 駕駛人　drive (開車) + r (人) = driver
driveway 〔'draɪv‚we 〕 *n.* 私人車道　drive (開車) + way (路) = driveway

drink 〔 drɪŋk 〕 *v.* 喝　*n.* 飲料
drill 〔 drɪl 〕 *n.* 鑽孔機；練習；演習　*v.* 鑽孔
drip 〔 drɪp 〕 *v.* 滴下；充滿

drizzle 〔'drɪzḷ 〕 *v.* 下毛毛雨　dri (掉落) + zz (雨的樣子) + le (小)
drop 〔 drɑp 〕 *v.* 落下　*n.* 一滴　dr + o (水滴的形狀) + p (「波」的擬聲音)
drought 〔'draʊt 〕 *n.* 乾旱　dr (掉落) + ought (應該) = drought

15.

duck 〔 dʌk 〕 *n.* 鴨子
duckling 〔'dʌklɪŋ 〕 *n.* 小鴨　duck (鴨) + ling (小) = duckling
dull 〔 dʌl 〕 *adj.* 遲鈍的；笨的

dumb 〔 dʌm 〕 *v.* 啞的；笨的【注意發音】　諧音：當笨。
dump 〔 dʌmp 〕 *v.* 傾倒；拋棄　dump 也可以當名詞。
dumpling 〔'dʌmplɪŋ 〕 *n.* 水餃　dump (傾倒) + ling (小) = dumpling

dusk 〔 dʌsk 〕 *n.* 黃昏　同義字：twilight 〔'twaɪ‚laɪt 〕 *n.* 黃昏
dust 〔 dʌst 〕 *n.* 灰塵　*v.* 除去…的灰塵
dusty 〔'dʌstɪ 〕 *adj.* 滿是灰塵的　dust (灰塵) + y (*adj.*) = dusty

16.

earn 〔 ɝn 〕 v. 賺　諧音：餓，餓了就會去「賺」錢。

earnest 〔'ɝnɪst 〕 adj. 認眞的　earn (賺錢) + est (adj.) = earnest

earnings 〔'ɝnɪŋz 〕 n. pl. 收入　earn (賺錢) + ings (n. pl.) = earnings

economy 〔 ɪ'kɑnəmɪ 〕 n. 經濟　eco (house) + nom (manage) + y (n.)

economist 〔 ɪ'kɑnəmɪst 〕 n. 經濟學家

economic 〔͵ikə'nɑmɪk 〕 v. 經濟的

economical 〔͵ikə'nɑmɪkl̩ 〕 adj. 節省的；節儉的

economics 〔͵ikə'nɑmɪks 〕 n. 經濟學

eclipse 〔 ɪ'klɪps 〕 n. (日、月) 蝕　e (out) + clip (剪) + se (v.) = eclipse

17.

edit 〔'ɛdɪt 〕 v. 編輯　e (out) + dit (give) = edi

editor 〔'ɛdɪtɚ 〕 n. 編輯　edit (編輯) + or (人) = editor

edition 〔 ɪ'dɪʃən 〕 n. (發行物的) 版　edit (編輯) + ion (n.) = edition

educate 〔'ɛdʒə͵ket 〕 v. 教育　e (out) + duc (lead) + ate (v.)

education 〔͵ɛdʒə'keʃən 〕 n. 教育　educate (教育) – e + ion (n.) = education

educational 〔͵ɛdʒə'keʃənl̩ 〕 adj. 教育的；有教育意義的

edge 〔 ɛdʒ 〕 n. 邊緣；優勢

edible 〔'ɛdəbl̩ 〕 adj. 可吃的【注意發音】　ed (eat) + ible (可以⋯的)

editorial 〔͵ɛdə'tɔrɪəl 〕 n. 社論　adj. 編輯的　editor (編輯) + ial (n.)

18.

elect 〔 ɪ'lɛkt 〕 v. 選舉　e (out) + lect (choose) = elect

election 〔 ɪ'lɛkʃən 〕 n. 選舉　elect (選舉) + ion (n.) = election

electric 〔 ɪ'lɛktrɪk 〕 adj. 電的；用電的　electr (電) + ic (adj.) = electric

electrical 〔 ɪ'lɛktrɪkl̩ 〕 adj. 與電有關的　electr (電) + ical (adj.)

electrician 〔 ɪ͵lɛk'trɪʃən 〕 n. 電工　electric (電的) + ian (人) = electrician

electricity 〔 ɪ͵lɛk'trɪsətɪ 〕 n. 電　electric (電的) + ity (n.) = electricity

electron 〔 ɪ'lɛktrɑn 〕 n. 電子　electr (電) + on (n.) = electron

electronic 〔 ɪ͵lɛk'trɑnɪk 〕 adj. 電子的　electron (電子) + ic (adj.)

electronics 〔 ɪ͵lɛk'trɑnɪks 〕 n. 電子學　electronic (電子的) + s (n.)

19.

elegant	〔'ɛləgənt 〕 *adj.* 優雅的；精美的	e + leg (腿) + ant (螞蟻)
element	〔'ɛləmənt 〕 *n.* 要素	諧音：愛了沒。
elementary	〔,ɛlə'mɛntərɪ 〕 *adj.* 基本的	element (要素) + ary (*adj.*)

elephant	〔'ɛləfənt 〕 *n.* 大象	
elevate	〔'ɛlə,vet 〕 *v.* 提高	e (*up*) + lev (*raise*) + ate (*v.*) = elevate
elevator	〔'ɛlə,vetɚ 〕 *n.* 電梯；升降機	elevate (提高) – e + or (*n.*)

eligible	〔'ɛlɪdʒəbḷ 〕 *adj.* 有資格的	諧音：愛了酒保。
eloquent	〔'ɛləkwənt 〕 *adj.* 口才好的；滔滔不絕的	
eloquence	〔'ɛləkwəns 〕 *n.* 口才；雄辯	eloquent (口才好的) – t + ce (*n.*)

20.

embark	〔 ɪm'bɑrk 〕 *v.* 搭乘；從事	em (*in*) + bark (*boat*) = embark
embarrass	〔 ɪm'bærəs 〕 *v.* 使尷尬	em (*in*) + bar (*bar*) + rass (*grass*)
embarrassment	〔 ɪm'bærəsmənt 〕 *n.* 尷尬	embarrass (使尷尬) + ment (*n.*)

emerge	〔 ɪ'mɜdʒ 〕 *v.* 出現	e (*out*) + merge (合併)
emergency	〔 ɪ'mɜdʒənsɪ 〕 *n.* 緊急情況	emerge (出現) + ncy (*n.*)
embassy	〔'ɛmbəsɪ 〕 *n.* 大使館	諧音：愛奔西。

emigrate	〔'ɛmə,gret 〕 *v.* 移出	e (*out*) + migrate (移動；遷徙)
emigrant	〔'ɛməgrənt 〕 *n.* (移出的) 移民	emigrate – ate (*v.*) + ant (人)
emigration	〔,ɛmə'greʃən 〕 *n.* 移出	emigrate (移出) – e + ion (*n.*)

21.

emphasize	〔'ɛmfə,saɪz 〕 *v.* 強調	em (*in*) + pha (*show*) + size (*v.*)
emphasis	〔'ɛmfəsɪs 〕 *n.* 強調	emphasize (強調) – ize (*v.*) + (s)is (*n.*)
emphatic	〔 ɪm'fætɪk 〕 *adj.* 強調的；加重語氣的	

empire	〔'ɛmpaɪr 〕 *n.* 帝國	諧音：安派兒。
emperor	〔'ɛmpərɚ 〕 *n.* 皇帝	empire (帝國) 的衍生字。
employ	〔 ɪm'plɔɪ 〕 *v.* 雇用	em (*in*) + ploy (*fold*)

employee	〔,ɛmplɔɪ'i 〕 *n.* 員工	字尾 ee 表「被動」。
employer	〔 ɪm'plɔɪɚ 〕 *n.* 雇主	字尾 er 表「主動」。
employment	〔 ɪm'plɔɪmənt 〕 *n.* 雇用；工作	employ (雇用) + ment (*n.*)

22.

enable	〔 ɪn'ebḷ 〕 v. 使能夠	en (*in*) + able (能夠…的) = enable
enact	〔 ɪn'ækt 〕 v. 制定	in (*in*) + act (行為) = enact
enactment	〔 ɪn'æktmənt 〕 n. (法律的) 制定	enact (制定) + ment (*n.*)

enclose	〔 ɪn'kloz 〕 v. (隨函) 附寄	en (*in*) + close (關閉) = enclose
enclosure	〔 ɪn'kloʒɚ 〕 n. 附寄物	enclose (附寄) – e + ure (*n.*)
encounter	〔 ɪn'kaʊntɚ 〕 v. 遭遇	en (*in*) + counter (反對) = encounter

encourage	〔 ɪn'kɝɪdʒ 〕 v. 鼓勵	en (*in*) + courage (勇氣) = encourage
encouragement	〔 ɪn'kɝɪdʒmənt 〕 n. 鼓勵	encourage (鼓勵) + ment (*n.*)
encyclopedia	〔 ɪn,saɪklə'pidɪə 〕 n. 百科全書	諧音：硬塞可能被抵押。

23.

endure	〔 ɪn'djʊr 〕 v. 忍受	en (*in*) + dure (*last*) = endure
endurance	〔 ɪn'djʊrəns 〕 n. 忍耐；耐力	endure (忍受) – e + ance (*n.*)
endeavor	〔 ɪn'dɛvɚ 〕 v. 努力 n. 努力	諧音：硬待活。

energy	〔'ɛnɚdʒɪ 〕 n. 活力	en (*in*) + erg (*work*) + y (*n.*) = energy
energetic	〔,ɛnɚ'dʒɛtɪk 〕 adj. 充滿活力的	energy – y + etic (*adj.*)
enemy	〔'ɛnəmɪ 〕 n. 敵人	諧音：愛你米。

enforce	〔 ɪn'fors 〕 v. 執行	en (*in*) + force (力量)
enforcement	〔 ɪn'forsmənt 〕 n. 實施	enforce (執行) + ment (*n.*)
endanger	〔 ɪn'dendʒɚ 〕 v. 危害	en (*in*) + danger (危險) = endanger

24.

engine	〔'ɛndʒən 〕 n. 引擎	諧音：安靜。
engineer	〔,ɛndʒə'nɪr 〕 n. 工程師	engine (引擎) + er (人)
engineering	〔,ɛndʒə'nɪrɪŋ 〕 n. 工程學	engineer (工程師) + ing (*n.*)

engage	〔 ɪn'gedʒ 〕 v. 從事；訂婚	en (*in*) + gage (*pledge*)
engagement	〔 ɪn'gedʒmənt 〕 n. 訂婚	engage (訂婚) + ment (*n.*)

enhance	〔 ɪn'hæns 〕 n. 提高；改善	en (*in*) + hance (*high*)
enhancement	〔 ɪn'hænsmənt 〕 n. 提高；改善	enhance + ment (*n.*)

enjoy	〔 ɪn'dʒɔɪ 〕 v. 享受	en (*in*) + joy (快樂) = enjoy
enjoyable	〔 ɪn'dʒɔɪəbḷ 〕 adj. 令人愉快的	enjoy + able (可以…的)

25.

enlarge	〔 ɪn'lɑrdʒ 〕 v. 擴大	en (*in*) + large (大的) = enlarge
enlargement	〔 ɪn'lɑrdʒmənt 〕 n. 擴大;放大	enlarge (擴大) + ment (*n.*)
enormous	〔 ɪ'nɔrməs 〕 adj. 巨大的	e (*out*) + norm (標準) + ous (*adj.*)

enlighten	〔 ɪn'laɪtn̩ 〕 v. 啓蒙	en (*in*) + light (光) + en (*v.*) = enlighten
enlightenment	〔 ɪn'laɪtn̩mənt 〕 n. 啓發	enlighten (啓蒙) + ment (*n.*)

enrich	〔 ɪn'rɪtʃ 〕 v. 使豐富	en (*in*) + rich (豐富的) = enrich
enrichment	〔 ɪn'rɪtʃmənt 〕 n. 豐富;充實	enrich (使豐富) + ment (*n.*)

enroll	〔 ɪn'rol 〕 v. 登記;入學	en (*in*) + roll (滾) = enroll
enrollment	〔 ɪn'rolmənt 〕 n. 登記;註冊	enroll (登記) + ment (*n.*)

26.

enter	〔 'ɛntɚ 〕 v. 進入	
enterprise	〔 'ɛntɚ͵praɪz 〕 n. 企業	enter (進入) + prise (*prize*)

entry	〔 'ɛntrɪ 〕 n. 進入	enter (進入) – e + y (*n.*) = entry
entrance	〔 'ɛntrəns 〕 n. 入口;入學資格	enter (進入) – e + ance (*n.*)

entertain	〔 ͵ɛntɚ'ten 〕 v. 娛樂	enter (進入) + tain (甜) = entertain
entertainment	〔 ͵ɛntɚ'tenmənt 〕 n. 娛樂	entertain (娛樂) + ment (*n.*)

entire	〔 ɪn'taɪr 〕 adj. 整個的	en (*in*) + tire (使疲勞) = entire
entitle	〔 ɪn'taɪtl̩ 〕 v. 將…命名爲;給…權利	en (*in*) + title (名稱)
enthusiastic	〔 ɪn͵θjuzɪ'æstɪk 〕 adj. 熱心的	諧音:因素是愛死的一個。

27.

equal	〔 'ikwəl 〕 adj. 相等的;平等的　v. 等於	諧音:一鍋。
equivalent	〔 ɪ'kwɪvələnt 〕 adj. 相等的;等值的　n. 相等物	
equality	〔 ɪ'kwɑlətɪ 〕 n. 相等;平等【注意發音】	equal + ity (*n.*)

equate	〔 ɪ'kwet 〕 v. 把…視爲同等	equ (*equal*) + ate (*v.*) = equate
equation	〔 ɪ'kweʃən 〕 n. 方程式;等式;相等;等同看待	
equator	〔 ɪ'kwetɚ 〕 n. 赤道	

equip	〔 ɪ'kwɪp 〕 v. 裝備;使配備	
equipment	〔 ɪ'kwɪpmənt 〕 n. 設備	equip (裝備) + ment (*n.*)
EQ	〔͵i'kju 〕 n. 情緒商數	是指「自我情緒控制的指數」。

28.

erase	〔 ɪ'res 〕 v. 擦掉　e (*out*) + rase (*scrape*) = erase
eraser	〔 ɪ'resə 〕 n. 橡皮擦　erase (擦掉) + r (*n.*) = eraser
era	〔'ɪrə , 'irə 〕 n. 時代【注意發音】
erupt	〔 ɪ'rʌpt 〕 v. 爆發；突然發生　e (*out*) + rupt (*break*)
eruption	〔 ɪ'rʌpʃən 〕 n. 爆發；突然發生　erupt (爆發) + ion (*n.*)
erect	〔 ɪ'rɛkt 〕 v. 豎立；建立　e (*up*) + rect (*straight*) = erect
errand	〔'ɛrənd 〕 n. 差事　err (犯錯) + and = errand
error	〔'ɛrə 〕 n. 錯誤　err (犯錯) + or (*n.*) = error
erode	〔 ɪ'rod 〕 v. 侵蝕；損害　e (*out*) + rode (*gnaw*) = erode

29.

escort	〔'ɛskɔrt 〕 n. 護送者；男伴；護花使者　v. 護送
escalate	〔'ɛskə,let 〕 v. 逐漸擴大；迅速上漲
escalator	〔'ɛskə,letə 〕 n. 電扶梯
essay	〔'ɛse 〕 n. 文章；論說文　es (愛死) + say (說) = essay
essence	〔'ɛsn̩s 〕 n. 本質；精髓　ess (*be*) + ence (*n.*)
essential	〔 ə'sɛnʃəl 〕 adj. 必要的；非常重要的
establish	〔 ə'stæblɪʃ 〕 v. 建立　e + stabl (*stable*) + ish (*v.*) = establish
establishment	〔 ə'stæblɪʃmənt 〕 n. 建立；機構
estate	〔 ə'stet 〕 n. 地產；財產　e (*out*) + state (*stand*)

30.

eve	〔 iv 〕 n. (節日的) 前夕
event	〔 ɪ'vɛnt 〕 n. 事件；大型活動
eventual	〔 ɪ'vɛntʃuəl 〕 adj. 最後的　event (事件) + ual (*adj.*) = eventual
evacuate	〔 ɪ'vækju,et 〕 v. 疏散　e (*out*) + vacu (*empty*) + ate (*v.*)
evaluate	〔 ɪ'vælju,et 〕 v. 評估　e (*out*) + valu (*value*) + ate (*v.*)
evaluation	〔 ɪ,vælju'eʃən 〕 n. 評價；評估　evaluate (評估) – e + ion (*n.*)
evil	〔'ivl̩ 〕 adj. 邪惡的　【比較】devil 〔'dɛvl̩ 〕 n. 魔鬼
evident	〔'ɛvədənt 〕 adj. 明顯的　e (*out*) + vid (*see*) + ent (*adj.*)
evidence	〔'ɛvədəns 〕 n. 證據　evident (明顯的) – t + ce (*n.*) = evidence

31.

exact	〔 ɪg'zækt 〕*adj.* 精確的	ex (*out*) + act (動作) = exact
exaggerate	〔 ɪg'zædʒəˌret 〕*v.* 誇大	諧音：一個殺了就累。
exaggeration	〔 ɪgˌzædʒə'reʃən 〕*n.* 誇大	exaggerate (誇大) – e + ion (*n.*)

exam	〔 ɪg'zæm 〕*n.* 考試	
examination	〔 ɪgˌzæmə'neʃən 〕*n.* 考試；檢查	
examine	〔 ɪg'zæmɪn 〕*v.* 檢查；仔細研究；測驗	exam (考試) + ine (*v.*)

examiner	〔 ɪg'zæmɪnɚ 〕*n.* 主考官	examine (測驗) + r (人) = examiner
examinee	〔 ɪgˌzæmə'ni 〕*n.* 應試者	examine (測驗) – e + ee (受…的人)
example	〔 ɪg'zæmpl̩ 〕*n.* 例子	

32.

excel	〔 ɪk'sɛl 〕*v.* 擅長；勝過	ex (*out*) + cel (*rise*) = excel
excellent	〔'ɛksl̩ənt 〕*adj.* 優秀的	excel (擅長) + lent (*adj.*) = excellent
excellence	〔'ɛksl̩əns 〕*n.* 優秀	excellent (優秀的) – t + ce (*n.*) = excellence

except	〔 ɪk'sɛpt 〕*prep.* 除了	ex (*out*) + cept (*catch*) = except
exception	〔 ɪk'sɛpʃən 〕*n.* 例外	except (除了) + ion (*n.*) = exception
exceptional	〔 ɪk'sɛpʃənl̩ 〕*adj.* 例外的；優異的	exception (例外) + al (*adj.*)

exceed	〔 ɪk'sid 〕*v.* 超過	ex (*out*) + ceed (*go*) = exceed
excess	〔 ɪk'sɛs 〕*n.* 超過；過量	ex (*out*) + cess (*go*) = excess
excessive	〔 ɪk'sɛsɪv 〕*adj.* 過度的；過多的；過分的	excess + ive (*adj.*)

33.

excite	〔 ɪk'saɪt 〕*v.* 使興奮	ex (*out*) + cite (*call*) = excite
excitement	〔 ɪk'saɪtmənt 〕*n.* 興奮	excite (使興奮) + ment (*n.*)
exchange	〔 ɪks't ʃendʒ 〕*v.* 交換	ex (*out*) + change (改變) = exchange

exclude	〔 ɪk'sklud 〕*v.* 排除【注意發音】	ex (*out*) + clude (*close*)
exclusive	〔 ɪk'sklusɪv 〕*adj.* 獨家的；獨有的	exclude – de + sive (*adj.*)
exclaim	〔 ɪk'sklem 〕*v.* 大叫【注意發音】	ex (*out*) + claim (聲稱)

execute	〔'ɛksɪˌkjut 〕*v.* 執行；處死	諧音：愛死苦。
execution	〔ˌɛksɪ'kjuʃən 〕*n.* 執行；處死	execute (執行) – e + ion
executive	〔 ɪg'zɛkjutɪv 〕*n.* 主管 *adj.* 執行的；行政的	

34.

exist	〔 ɪg'zɪst 〕 v. 存在	ex (*out*) + (s)ist (*stand*) = exist
existence	〔 ɪg'zɪstəns 〕 n. 存在	exist (存在) + ence (*n.*) = existence
exit	〔'ɛgzɪt, 'ɛksɪt 〕 n. 出口	ex (*out*) + it (*go*) = exit
exhibit	〔 ɪg'zɪbɪt 〕 v. 展示【注意發音】	ex (*out*) + hibit (*habit*)
exhibition	〔,ɛksə'bɪʃən 〕 n. 展覽會【注意發音】	exhibit (展示) + ion (*n.*)
exhaust	〔 ɪg'zɔst 〕 v. 使精疲力盡；用光 n. 廢氣 諧音：一刻殺死。
exercise	〔'ɛksə‚saɪz 〕 v. 運動 n. 運動；練習
exert	〔 ɪg'zɝt 〕 v. 運用；施加 (壓力)；盡 (力)	ex (*out*) + ert (*join*)
exotic	〔 ɪg'zɑtɪk 〕 adj. 有異國風味的	exo (*outside*) + tic (*adj.*) = exotic

35.

expect	〔 ɪk'spɛkt 〕 v. 期待	ex (*out*) + (s)pect (*see*) = expect
expectation	〔,ɛkspɛk'teʃən 〕 n. 期望；期待	expect (期待) + ation (*n.*)
expedition	〔,ɛkspɪ'dɪʃən 〕 n. 探險；旅行	ex (*out*) + pedi (*foot*) + tion (*n.*)
expense	〔 ɪk'spɛns 〕 n. 費用	ex (*out*) + (s)pense (*spend*) = expense
expensive	〔 ɪk'spɛnsɪv 〕 adj. 昂貴的	expense (費用) – e + ive (*adj.*)
expel	〔 ɪk'spɛl 〕 v. 驅逐；開除	ex (*out*) + pel (*push*) = expel
experiment	〔 ɪk'spɛrəmənt 〕 n. 實驗	ex (*out*) + peri (*try*) + ment (*n.*)
experimental	〔 ɪk,spɛrə'mɛntḷ 〕 adj. 實驗的	experiment (實驗) + al (*adj.*)
experience	〔 ɪk'spɪrɪəns 〕 n. 經驗	experiment – ment + ence (*n.*)

36.

expand	〔 ɪk'spænd 〕 v. 擴大	ex (*out*) + pand (*spread*) = expand
expansion	〔 ɪk'spænʃən 〕 n. 擴大	expand (擴大) – d + sion (*n.*)
explain	〔 ɪk'splen 〕 v. 解釋	ex (加強語氣) + plain (清楚的) = explain
explode	〔 ɪk'splod 〕 v. 爆炸	ex (*out*) + plode (*applaud*) = explode
explosion	〔 ɪk'sploʒən 〕 n. 爆炸	explode (爆炸) – de + sion (*n.*)
explosive	〔 ɪk'splosɪv 〕 adj. 爆炸性的 n. 炸彈
explore	〔 ɪk'splor 〕 v. 在…探險；探測；探討；研究
exploration	〔,ɛksplə'reʃən 〕 n. 探險；研究	explore – e + ation (*n.*)
exploit	〔 ɪk'splɔɪt 〕 v. 開發；剝削

一口氣背 7000 字 ⑥

1.

expose	〔 ɪkˋspoz 〕 v. 暴露；使接觸	ex (*out*) + pose (*put*) = expose
exposure	〔 ɪkˋspoʒɚ 〕 n. 暴露；接觸	
export	〔 ɪksˋport 〕 v. 出口　ex (*out*) + port (*bring*)	

express　〔 ɪkˋsprɛs 〕 v. 表達　*adj.* 快遞的；快速的
expression　〔 ɪkˋsprɛʃən 〕 n. 表達；表情；說法
expressive　〔 ɪkˋsprɛsɪv 〕 *adj.* 表達的；富於表情的

expire　〔 ɪkˋspaɪr 〕 v. 到期　ex (*out*) + spire (*breathe*)
expiration　〔ˌɛkspəˋreʃən 〕 n. 期滿
exquisite　〔 ɪkˋskwɪzɪt 〕 *adj.* 精緻的；高雅的

2.

extend　〔 ɪkˋstɛnd 〕 v. 延伸；延長　ex (*out*) + tend (伸) = extend
extension　〔 ɪkˋstɛnʃən 〕 n. 延伸；(電話) 分機
extensive　〔 ɪkˋstɛnsɪv 〕 *adj.* 大規模的；廣泛的；大量的

exterior　〔 ɪkˋstɪrɪɚ 〕 *adj.* 外表的；外面的　n. 外部
external　〔 ɪkˋstɝnḷ 〕 *adj.* 外部的；外用的
extent　〔 ɪkˋstɛnt 〕 n. 程度

extinct　〔 ɪkˋstɪŋkt 〕 *adj.* 絕種的　extinction 〔 ɪkˋstɪŋkʃən 〕 n. 絕種
extract　〔 ɪkˋstrækt 〕 v. 拔出　〔ˋɛkstrækt 〕 n. 摘錄
extracurricular　〔ˌɛkstrəkəˋrɪkjəlɚ 〕 *adj.* 課外的

3.

fable　〔ˋfebḷ 〕 n. 寓言；故事　它的字根是 fab (*speak*)。
fabric　〔ˋfæbrɪk 〕 n. 布料；織品；織物
fabulous　〔ˋfæbjələs 〕 *adj.* 極好的

facial　〔ˋfeʃəl 〕 *adj.* 臉部的　face (臉) – e + ial (*adj.*) = facial
facility　〔 fəˋsɪlətɪ 〕 n. 設備；設施；廁所【常用複數】
facilitate　〔 fəˋsɪləˌtet 〕 v. 使便利　facility (設施) – y + ate (*v.*)

fact　〔 fækt 〕 n. 事實
faction　〔ˋfækʃən 〕 n. 派系　fact (*do*) + ion (*n.*)
factor　〔ˋfæktɚ 〕 n. 因素

4.

fail	〔 fel 〕 *v.* 失敗	
failure	〔 'feljə 〕 *n.* 失敗　fail (失敗) + ure = failure	
fade	〔 fed 〕 *v.* 褪色；逐漸消失	

fair	〔 fɛr 〕 *adj.* 公平的
fairly	〔 'fɛrlɪ 〕 *adv.* 公平地；相當地
fairy	〔 'fɛrɪ 〕 *n.* 仙女

faith	〔 feθ 〕 *n.* 信念；信任　faith 由字根 fid (信念) 變形。
faithful	〔 'feθfəl 〕 *adj.* 忠實的　faith (*faith*) + ful (*adj.*)
fake	〔 fek 〕 *adj.* 假的；仿冒的

5.

family	〔 'fæməlɪ 〕 *n.* 家庭；家人
familiar	〔 fə'mɪljə 〕 *adj.* 熟悉的
familiarity	〔 fə,mɪlɪ'ærətɪ 〕 *n.* 熟悉　familiar (*familiar*) + ity (*n.*)

fame	〔 fem 〕 *n.* 名聲
famous	〔 'feməs 〕 *adj.* 有名的
famine	〔 'fæmɪn 〕 *n.* 飢荒【注意發音】　諧音：非命。

fall	〔 fɔl 〕 *v.* 落下　*n.* 秋天
false	〔 fɔls 〕 *adj.* 錯誤的；偽造的；假的
falter	〔 'fɔltə 〕 *v.* 搖晃；站不穩

6.

fan	〔 fæn 〕 *n.* (影、歌、球等的) 迷；風扇　複數是 fans 〔 fænz 〕。
fancy	〔 'fænsɪ 〕 *adj.* 花俏的；昂貴的
fantasy	〔 'fæntəsɪ 〕 *n.* 幻想

fare	〔 fɛr 〕 *n.* 車資　可以記：到遠處 (far)，需要「車資」(fare)。
farewell	〔 ,fɛr'wɛl 〕 *n.* 告別【注意重音】　fare (*far*) + well (*good*)
fantastic	〔 fæn'tæstɪk 〕 *adj.* 極好的　fantasy – y + tic

farm	〔 farm 〕 *n.* 農田
farmer	〔 'farmə 〕 *n.* 農夫　farm + er
farther	〔 'farðə 〕 *adj.* 更遠的

7.

fate　〔 fet 〕 *n.* 命運
fatal　〔'fetḷ 〕 *adj.* 致命的
fatigue　〔 fə'tig 〕 *n.* 疲勞【注意發音】

favor　〔'fevɚ 〕 *n.* 恩惠；幫忙
favorable　〔'fevərəbḷ 〕 *adj.* 有利的　favor (*good*) + able (*able*)
favorite　〔'fevərɪt 〕 *adj.* 最喜愛的　可以跟 favorable 一起記。

fault　〔 fɔlt 〕 *n.* 過錯
faucet　〔'fɔsɪt 〕 *n.* 水龍頭　fauc (喉嚨) + et (*little*) = faucet
fax　〔 fæks 〕 *v.* 傳真　fac (*do*) + simile (*similar*) = facsimile

8.

fear　〔 fɪr 〕 *n.* 恐懼　*v.* 害怕
fearful　〔'fɪrfəl 〕 *adj.* 害怕的；可怕的
feasible　〔'fizəbḷ 〕 *adj.* 可實行的　feas (*do*) + ible (*able*)

feast　〔 fist 〕 *n.* 盛宴　和 festival (慶典) 同源、發音相近，可一起記。
feature　〔'fitʃɚ 〕 *n.* 特色　*v.* 以…為特色
feather　〔'fɛðɚ 〕 *n.* 羽毛　諧音：飛的。

February　〔'fɛbjʊˌɛrɪ 〕 *n.* 二月【注意發音】　這個字也可唸成〔'fɛbruˌɛrɪ 〕。
federal　〔'fɛdərəl 〕 *adj.* 聯邦的　字根 fed 語源跟 faith 相同，指信念。
federation　〔ˌfɛdə'reʃən 〕 *n.* 聯邦政府；聯盟

9.

fertile　〔'fɝtḷ 〕 *adj.* 肥沃的　諧音：肥土。相反詞是 sterile〔'stɛrəl 〕。
fertility　〔 fɝ'tɪlətɪ 〕 *n.* 肥沃
fertilizer　〔'fɝtḷˌaɪzɚ 〕 *n.* 肥料　fertile (肥沃的) – e + izer = fertilizer

female　〔'fimel 〕 *n.* 女性　*adj.* 女性的　相反詞是 male〔 mel 〕 *n.* 男性
feminine　〔'fɛmənɪn 〕 *adj.* 女性的　跟 female 唸法、意義相近，可一起記。
fence　〔 fɛns 〕 *n.* 籬笆

fetch　〔 fɛtʃ 〕 *v.* 拿來；去拿　諧音：飛取。
festival　〔'fɛstəvḷ 〕 *n.* 節日　festiv (*feast*) + al (*n.*)
ferry　〔'fɛrɪ 〕 *n.* 渡輪　字根 fer 的意思是 bring。

10.

fiancé	(fi'anse) *n.* 未婚夫	⎤ fiancé 和 fiancée 還可唸
fiancée	(fi'anse) *n.* 未婚妻	⎦ 成 (,fiən'se),是同音字。
fiber	('faɪbɚ) *n.* 纖維	

fiddle	('fɪdḷ) *n.* 小提琴　*v.* 撥弄　可用同樣是 fi 開頭的 finger 來記。
fidelity	(fə'dɛlətɪ) *n.* 忠實;忠誠;忠貞　fidel (*trust*) + ity(*n.*)
fiction	('fɪkʃən) *n.* 小說;虛構的事

field	(fild) *n.* 田野
fierce	(fɪrs) *adj.* 兇猛的;激烈的　由 fire (火) 發展而來。
figure	('fɪgjɚ) *n.* 數字;人物

11.

final	('faɪnḷ) *adj.* 最後的　字根 fin 意思就是 end (最後的)。
finance	('faɪnæns) *n.* 財務　*v.* 資助　可以用 fine (罰金) 來聯想到錢。
financial	(faɪ'nænʃəl) *adj.* 財務的

fire	(faɪr) *n.* 火
firecrackers	('faɪr,krækɚz) *n. pl.* 鞭炮　fire (*fire*) + crack(*break*) + er (*n.*)
fireman	('faɪrmən) *n.* 消防隊員

fireplace	('faɪr,ples) *n.* 壁爐
fireproof	('faɪr'pruf) *adj.* 防火的
firework	('faɪr,wɝk) *n.* 煙火　通常用複數。

12.

flag	(flæg) *n.* 旗子
flash	(flæʃ) *n.* 閃光;(光的) 閃爍
flashlight	('flæʃ,laɪt) *n.* 閃光燈;手電筒

flat	(flæt) *adj.* 平的
flatter	('flætɚ) *v.* 奉承;討好
flavor	('flevɚ) *n.* 口味

flake	(flek) *n.* 薄片
flame	(flem) *n.* 火焰　flame 是指閃動的「火焰」部分。
flare	(flɛr) *v.* (火光) 閃耀;(天然) 發光;閃亮;(火光) 搖曳

13.

flea	〔 fli 〕 *n.* 跳蚤	可以跟 flee (逃走) 一起記。
flee	〔 fli 〕 *v.* 逃走;逃離	flee 的三態變化爲:flee–fled–fled。
fleet	〔 flit 〕 *n.* 艦隊;船隊	

flesh	〔 flɛʃ 〕 *n.* 肉	可以這樣記:肉 (flesh) 一定要新鮮 (fresh)。
flexible	〔'flɛksəbl 〕 *adj.* 有彈性的	flex (*bend*) + ible (*able*)
flaw	〔 flɔ 〕 *n.* 瑕疵	與 flake (薄片) 同源。

flick	〔 flɪk 〕 *n. v.* 輕彈
flicker	〔'flɪkɚ 〕 *v.* 閃爍不定
fling	〔 flɪŋ 〕 *v.* 扔;抛

14.

flower	〔'flauɚ 〕 *n.* 花	
flour	〔 flaur 〕 *n.* 麵粉	flower 和 flour 是同音字。
flourish	〔'flɝɪʃ 〕 *v.* 繁榮;興盛	flour (*flower*) + ish (*v.*)

flu	〔 flu 〕 *n.* 流行性感冒	由 influenza 〔ˌɪnfruˈɛnzə 〕簡化而來。
fluent	〔'fluənt 〕 *adj.* 流利的	flu (*flow*) + ent (*adj.*)
fluency	〔'fluənsɪ 〕 *n.* 流利	

fluid	〔'fluɪd 〕 *n.* 液體	flu 就是 flow (流),流體就是「液體」。
flute	〔 flut 〕 *n.* 笛子	
flutter	〔'flʌtɚ 〕 *v.* 拍動 (翅膀)	許多 tter 結尾的字都是模仿聲音。

15.

fog	〔 fɔg , fɑg 〕 *n.* 霧
foggy	〔'fɑgɪ 〕 *adj.* 多霧的
foe	〔 fo 〕 *n.* 敵人;對手

fold	〔 fold 〕 *v.* 摺疊	
folk	〔 fok 〕 *n.* 人們 *adj.* 民間的	
folklore	〔'fok,lor 〕 *n.* 民間傳說	folk (*people*) + lore (*story*)

follow	〔'falo 〕 *v.* 跟隨;遵守	
follower	〔'faloɚ 〕 *n.* 信徒	follow (追隨) + er (人) = follower
following	〔'faləwɪŋ 〕 *adj.* 下列的	

16.

forecast	('for,kæst) *n.* 預測	(for'kæst) *v.* 預測
foresee	(for'si) *v.* 預料	fore (*before*) + see (*see*)
forehead	('for,hɛd) *n.* 額頭	fore (前) + head = forehead

foreign	('forɪn) *adj.* 外國的;不屬於本身的;外來的	
foreigner	('forɪnɚ) *adj.* 外國人	foreign (外國的) + er (人) = foreigner
forest	('forɪst) *n.* 森林	

forget	(fɚ'gɛt) *v.* 忘記
forgetful	(fɚ'gɛtfəl) *adj.* 健忘的 forget (忘記) + ful = forgetful
forgive	(fɚ'gɪv) *v.* 原諒

17.

form	(form) *v.* 形成	*n.* 形式
former	('formɚ) *n.* 前者	*adj.* 前任的
formal	('forml̩) *adj.* 正式的	form (形式) + al = formal

format	('formæt) *n.* 格式
formation	(for'meʃən) *n.* 形成
formidable	('formɪdəbl̩) *adj.* 可怕的;難對付的【注意重音】

formula	('formjələ) *n.* 公式
formulate	('formjə,let) *v.* 使公式化 formula – a + ate (*v.*) = formulate
forsake	(fɚ'sek) *v.* 拋棄 for (*away*) + sake (*seek*) = forsake

18.

fort	(fort) *n.* 堡壘 字根 fort、force 意為「力量」。
forth	(forθ , forθ) *adv.* 向前
forthcoming	('forθ'kʌmɪŋ) *adj.* 即將出現的

fortify	('fortə,faɪ) *v.* 強化 fort (*power*) + ify (*v.*)
fortune	('fortʃən) *n.* 運氣;財富
fortunate	('fortʃənɪt) *adj.* 幸運的

forty	('fortɪ) *n.* 四十
fourteen	(for'tin) *n.* 十四
forward	('forwɚd) *adv.* 向前 *adj.* 向前的 for (前) + ward (*way*)

19.

found 〔faʊnd〕v. 建立　可以用 fund（資金）來記。

foundation 〔faʊnˈdeʃən〕n. 建立；基礎　found（建立）+ ation

founder 〔ˈfaʊndɚ〕n. 創立者

foul 〔faʊl〕adj. 有惡臭的；污穢的；（比賽時）犯規的；邪惡的

fowl 〔faʊl〕n. 鳥；家禽　foul 和 fowl 讀音一樣，也同源。

fountain 〔ˈfaʊntn̩〕n. 噴泉；泉源　字根 tain 的意思是 keep。

fox 〔faks〕n. 狐狸

fossil 〔ˈfasl̩〕n. 化石　可以用 soil（土壤）來記 fossil（化石）。

foster 〔ˈfastɚ〕adj. 收養的　fo 表 food。

20.

fraction 〔ˈfrækʃən〕n. 小部分；分數　frac 由音近的 break 變化而來。

fracture 〔ˈfræktʃɚ〕n. 骨折；斷裂；裂縫　骨頭「破碎」，就是「骨折」。

fragile 〔ˈfrædʒəl〕adj. 易碎的；脆弱的　這個字也可唸成〔ˈfrædʒaɪl〕。

fragrant 〔ˈfregrənt〕adj. 芳香的

fragrance 〔ˈfregrəns〕n. 芳香　fragrant（芳香的）– t + ce = fragrance

fragment 〔ˈfrægmənt〕n. 碎片　frag (break) + ment (n.)

frail 〔frel〕adj. 虛弱的

frame 〔frem〕n. 框架；骨架

framework 〔ˈfrem͵wɝk〕n. 骨架；框架；結構

21.

frank 〔fræŋk〕adj. 坦白的

frantic 〔ˈfræntɪk〕adj. 發狂的　這個字由頭腦（brain）變形而來。

fraud 〔frɔd〕n. 詐欺；詐騙

free 〔fri〕adj. 自由的；免費的

freedom 〔ˈfridəm〕n. 自由

freeway 〔ˈfri͵we〕n. 高速公路

freeze 〔friz〕v. 結冰　freezing adj. 很冷的　frozen adj. 結冰的

freezer 〔ˈfrizɚ〕n. 冷凍庫；冷凍櫃

freight 〔fret〕n. 貨物【注意發音】　ei 在 gh 前多讀 /e/。

22.

friend	(frɛnd) n. 朋友	
friendly	('frɛndlɪ) adj. 友善的 字尾 ly 不一定是副詞，有時是形容詞。	
friendship	('frɛndʃɪp) n. 友誼 ship 爲抽象名詞字尾。	

fright　　　(fraɪt) n. 驚嚇 fright 跟 afraid，發音跟意思部分相似。
frighten　　('fraɪtn̩) v. 使驚嚇 fright (驚嚇) + en (v.) = frighten
Friday　　　('fraɪdɪ) n. 星期五

front　　　(frʌnt) n. 前面
frontier　　(frʌn'tɪr) n. 邊境；邊界 front (前面) + ier = frontier
frog　　　　(frɑg) n. 青蛙

23.

frustrate　　('frʌstret) v. 使受挫折
fulfill　　　(ful'fɪl) v. 實現；履行 (義務、約定)
fulfillment　(ful'fɪlmənt) n. 實現 fulfill (fulfill) + ment (n.)

fun　　　　(fʌn) n. 樂趣
function　　('fʌŋkʃən) n. 功能 v. 起作用；擔任
functional　('fʌŋkʃənl̩) adj. 功能的

fund　　　　(fʌnd) n. 資金；基金
fundamental　(,fʌndə'mɛntl̩) adj. 基本的
funny　　　　('fʌnɪ) adj. 好笑的；有趣的

24.

fur　　　　(fɝ) n. 毛皮 adj. 毛皮製的
furnish　　('fɝnɪʃ) v. 裝置家具
furniture　('fɝnɪtʃɚ) n. 傢俱 furnish (裝置家具) – sh + ture (n.)

fury　　　　('fjurɪ) n. 憤怒 用 fur 來記，惹「毛」了，就是「憤怒」。
furious　　('fjurɪəs) adj. 狂怒的 fur (fury) + ious (adj.)
future　　　('fjutʃɚ) n. 未來 adj. 未來的

further　　　('fɝðɚ) adj. 更進一步的 adv. 更進一步地
furthermore　('fɝðɚ,mor) adv. 此外 further (更進一步地) + more
fuss　　　　(fʌs) n. 大驚小怪

25.

gallon 〔ˈgælən 〕 n. 加侖（容量單位）　直接音譯 gallon（加侖）易記。
gallop 〔ˈgæləp 〕 v. 疾馳；騎馬疾馳
gallery 〔ˈgælərɪ 〕 n. 畫廊　 n. 走廊

gang 〔 gæŋ 〕 n. 幫派
gangster 〔ˈgæŋstɚ 〕 n. 歹徒　 gang (gang) + ster（人）
gamble 〔ˈgæmbḷ 〕 v. 賭博

garden 〔ˈgɑrdṇ 〕 n. 花園；庭園
gardener 〔ˈgɑrdṇɚ 〕 n. 園丁；園藝家
garbage 〔ˈgɑrbɪdʒ 〕 n. 垃圾

26.

garlic 〔ˈgɑrlɪk 〕 n. 大蒜　諧音：加力。
garment 〔ˈgɑrmənt 〕 n.【正式】衣服；服裝
garage 〔 gəˈrɑʒ 〕 n. 車庫

gas 〔 gæs 〕 n. 瓦斯；汽油；氣體　「瓦斯」就是 gas 的音譯。
gasoline 〔ˈgæsḷˌin 〕 n. 汽油
gasp 〔 gæsp 〕 v. 喘氣；屏息　這字發音是在模擬張大嘴「喘息」的聲音。

gate 〔 get 〕 n. 大門
gather 〔ˈgæðɚ 〕 v. 聚集
gathering 〔ˈgæðərɪŋ 〕 n. 聚會　 gather（聚集）+ ing (n.) = gathering

27.

general 〔ˈdʒɛnərəl 〕 adj. 一般的　 n. 將軍
generalize 〔ˈdʒɛnərəlˌaɪz 〕 v. 歸納；做出結論　 general + ize（動詞字尾）
gender 〔ˈdʒɛndɚ 〕 n. 性別　性別是與生俱來的，與 gene 音近同源。

generate 〔ˈdʒɛnəˌret 〕 v. 產生　 gener (produce) + ate (v.)
generation 〔ˌdʒɛnəˈreʃən 〕 n. 一代；代；產生（是 generate 的名詞）
generator 〔ˈdʒɛnəˌretɚ 〕 n. 發電機

generous 〔ˈdʒɛnərəs 〕 adj. 慷慨的　相反詞是 stingy 〔ˈstɪndʒɪ 〕
generosity 〔ˌdʒɛnəˈrɑsətɪ 〕 n. 慷慨
gene 〔 dʒin 〕 n. 基因

28.

gentle	〔ˈdʒɛntḷ〕*adj.* 溫柔的	
gentleman	〔ˈdʒɛntḷmən〕*n.* 紳士	
genuine	〔ˈdʒɛnjʊɪn〕*adj.* 真正的	

genius 〔ˈdʒinjəs〕*n.* 天才；天賦
genetic 〔dʒəˈnɛtɪk〕*adj.* 遺傳的　gene (基因) + tic (*adj.*) = genetic
genetics 〔dʒəˈnɛtɪks〕*n.* 遺傳學　字尾 ics 常表示一種學問。

geometry 〔dʒiˈɑmətrɪ〕*n.* 幾何學　geo (*earth*) + metry (*meter*)
geography 〔dʒiˈɑgrəfɪ〕*n.* 地理學　geo (*earth*) + graphy (*writing*)
geographical 〔ˌdʒiəˈgræfɪkḷ〕*adj.* 地理的

29.

gift 〔gɪft〕*n.* 禮物
gifted 〔ˈgɪftɪd〕*adj.* 有天份的
giant 〔ˈdʒaɪənt〕*n.* 巨人　*adj.* 巨大的

gigantic 〔dʒaɪˈgæntɪk〕*adj.* 巨大的
giggle 〔ˈgɪgḷ〕*v.* 咯咯地笑　giggle 是模仿「咯咯」的笑聲的擬聲字。

ginger 〔ˈdʒɪndʒɚ〕*n.* 薑　中文的「薑」，剛好跟 ginger 發音相近。
germ 〔dʒɝm〕*n.* 病菌

gesture 〔ˈdʒɛstʃɚ〕*n.* 手勢　gest (*bring*) + ure (*n.*)
giraffe 〔dʒəˈræf〕*n.* 長頸鹿

30.

glad 〔glæd〕*adj.* 高興的
glance 〔glæns〕*n. v.* 看一眼
glamour 〔ˈglæmɚ〕*n.* 魅力

glass 〔glæs〕*n.* 玻璃；玻璃杯
glasses 〔ˈglæsɪz〕*n. pl.* 眼鏡　「隱形眼鏡」則是 contact lenses。
glassware 〔ˈglæsˌwɛr〕*n.* 玻璃製品　glass (玻璃) + ware (製品)

glisten 〔ˈglɪsn̩〕*v.* 閃爍　注意 glisten 中的 t 不發音。
glitter 〔ˈglɪtɚ〕*v.* 閃爍
glimpse 〔glɪmps〕*n. v.* 看一眼；瞥見

31.

globe	〔glob〕*n.* 地球	/ob/的發音很容易聯想它是個大圓球。
global	〔'globl〕*adj.* 全球的	
glow	〔glo〕*v.* 發光	發光，符合gl字群的「發亮」特徵。

gloom	〔glum〕*n.* 陰暗	
gloomy	〔'glumɪ〕*adj.* 昏暗的	gloom（陰暗）+ y (*adj.*) = gloomy
glue	〔glu〕*n.* 膠水	

glory	〔'glorɪ〕*n.* 光榮；榮譽；輝煌	
glorious	〔'glorɪəs〕*adj.* 光榮的	glory – y + ious (*adj.*) = glorious
glove	〔glʌv〕*n.* 手套	

32.

go	〔go〕*v.* 去	
goal	〔gol〕*n.* 目標	
goat	〔got〕*n.* 山羊	「綿羊」是sheep，「小羊」是lamb〔læm〕。

god	〔gɑd〕*n.* 神	如果寫成大寫God，指的是「上帝」。
goddess	〔'gɑdɪs〕*n.* 女神	字尾ess常代表女性。
gobble	〔'gɑbl〕*v.* 狼吞虎嚥	可以用/gɑb/的發音聯想大口吞的樣子。

gold	〔gold〕*n.* 黃金	
golden	〔'goldn̩〕*adj.* 金色的；金製的	
golf	〔gɔlf , gɑlf〕*n.* 高爾夫球	

33.

gorge	〔gɔrdʒ〕*n.* 峽谷　*v.* 拚命吃喝	
gorgeous	〔'gɔrdʒəs〕*adj.* 非常漂亮的；華麗的	
gorilla	〔gə'rɪlə〕*n.* 大猩猩	

govern	〔'gʌvən〕*v.* 統治	
government	〔'gʌvənmənt〕*n.* 政府	govern（統治）+ ment (*n.*)
governor	〔'gʌvənɚ〕*n.* 州長	govern（統治）+ or（人）= governor

gossip	〔'gɑsəp〕*v.* 說閒話	
gospel	〔'gɑspl̩〕*n.* 福音	
gown	〔gaʊn〕*n.* 禮服	

34.

grace	〔 gres 〕 *n.* 優雅	
graceful	〔'gresfəl 〕 *adj.* 優雅的	grace (優雅) + ful (*adj.*) = graceful
gracious	〔'greʃəs 〕 *adj.* 親切的	

grade	〔 gred 〕 *n.* 成績	
gradual	〔'grædʒuəl 〕 *adj.* 逐漸的	grad (*step*) + ual (*adj.*)
graduate	〔'grædʒu,et 〕 *v.* 畢業	當名詞，作「畢業生」解，唸〔'grædʒuɪt 〕。

gram	〔 græm 〕 *n.* 公克	我們常用的 g，表示「公克」。
grammar	〔'græmɚ 〕 *n.* 文法	
grammatical	〔 grə'mætɪkl̩ 〕 *adj.* 文法上的	

35.

grand	〔 grænd 〕 *adj.* 雄偉的；壯麗的	
grandfather	〔'grænd,faðɚ 〕 *n.* 祖父	「祖母」是 grandmother。
grandson	〔'græn,sʌn 〕 *n.* 孫子	也可唸成〔'grænd,sʌn 〕。

grant	〔 grænt 〕 *v.* 答應；給予	
grape	〔 grep 〕 *n.* 葡萄	
grapefruit	〔'grep,frut 〕 *n.* 葡萄柚	grape (葡萄) + fruit = grapefruit

graph	〔 græf 〕 *n.* 圖表	
graphic	〔'græfɪk 〕 *adj.* 圖解的；(敘述等) 生動的；逼真的	
grasp	〔 græsp 〕 *v.* 抓住	跟 grab、grip 發音和意思都相近。

36.

grass	〔 græs 〕 *n.* 草	
grasshopper	〔'græs,hɑpɚ 〕 *n.* 蚱蜢	
grassy	〔'græsɪ 〕 *adj.* 多草的	grass (草) + y (*adj.*) = grassy

grateful	〔'gretfəl 〕 *adj.* 感激的	與 grace (優雅；恩典) 同源。
gratitude	〔'grætə,tjud 〕 *n.* 感激	grat (*please*) + itude (*n.*)
gravity	〔'grævətɪ 〕 *n.* 重力；地心引力	

gray	〔 gre 〕 *adj.* 灰色的	
grave	〔 grev 〕 *n.* 墳墓	
graze	〔 grez 〕 *v.* 吃草	

一口氣背 7000 字 ⑦

1.

great	〔 gret 〕adj. 很棒的；重大的	
grease	〔 gris 〕n. 油脂 【比較】oil〔ɔɪl〕n. 石油；食用油	
greasy	〔'grisɪ〕adj. 油膩的 grease (油脂) – e + y (adj.) = greasy	

greed	〔 grid 〕n. 貪心；貪婪
greedy	〔'gridɪ〕adj. 貪心的；貪婪的 greed (貪心) + y (adj.) = greedy

green	〔 grin 〕adj. 綠色的；環保的
greenhouse	〔'grin,haʊs〕n. 溫室

greet	〔 grit 〕v. 問候；迎接
greeting	〔'gritɪŋ〕n. 問候

2.

grocer	〔'grosɚ〕n. 雜貨商
grocery	〔'grosɚɪ〕n. 雜貨店 grocer (雜貨商) + y (n.) = grocery
groan	〔 gron 〕v. 呻吟 諧音：咕噥。

grope	〔 grop 〕v. 摸索；尋找 g + rope (繩子) = grope
gross	〔 gros 〕adj. 全部的；十足的；嚴重的 諧音：給若失。
ground	〔 graʊnd 〕n. 地面；理由 v. 禁足

grow	〔 gro 〕v. 成長；變得
growth	〔 groθ 〕n. 成長 grow (成長) + th (n.) = growth
growl	〔 graʊl 〕v. 咆哮 n. 低聲怒吼 grow (成長) + l (loud) = growl

3.

guard	〔 gɑrd 〕n. 警衛；警戒 v. 看守
guardian	〔'gɑrdɪən〕n. 監護人；守護者 guard (警衛) + ian (人)
guarantee	〔,gærən'ti〕v. n. 保證 諧音：給人踢。

guide	〔 gaɪd 〕n. 引導；指標；指南 v. 引導；帶領
guidance	〔'gaɪdns〕n. 指導；方針 guid (guide) + ance (n.)
guideline	〔'gaɪd,laɪn〕n. 指導方針；參考 guide (引導) + line (線)

guilt	〔 gɪlt 〕n. 罪；罪惡感
guilty	〔'gɪltɪ〕adj. 有罪的 guilt (罪) + y (adj.) = guilty
guitar	〔 gɪ'tɑr 〕n. 吉他

4.

habit	(ˈhæbɪt) *n.*	習慣
habitat	(ˈhæbəˌtæt) *n.*	棲息地　habit (習慣) + at = habitat
habitual	(həˈbɪtʃuəl) *adj.*	習慣性的；養成習慣的【注意發音】
hack	(hæk) *v.*	猛砍；侵入電腦
hacker	(ˈhækɚ) *n.*	駭客　hack (侵入電腦) + er (人) = hacker
haircut	(ˈhɛrˌkʌt) *n.*	理髮；髮型　hair (頭髮) + cut (剪) = haircut
hairdo	(ˈhɛrˌdu) *n.*	髮型　hair (頭髮) + do (做) = hairdo
hairdresser	(ˈhɛrˌdrɛsɚ) *n.*	美髮師　hair (頭髮) + dress (打扮) + er (人)
hairstyle	(ˈhɛrˌstaɪl) *n.*	髮型　hair (頭髮) + style (風格) = hairstyle

5.

hall	(hɔl) *n.*	大廳
hallway	(ˈhɔlˌwe) *n.*	走廊　hall (大廳) + way (路) = hallway
halt	(hɔlt) *n. v.*	停止
ham	(hæm) *n.*	火腿
hamburger	(ˈhæmbɝgɚ) *n.*	漢堡　ham (火腿) + burger (漢堡)
hammer	(ˈhæmɚ) *n.*	鐵鎚　*v.* 擊打　ham (火腿) + mer = hammer
handicap	(ˈhændɪˌkæp) *n.*	身心殘障；障礙　hand (手) + i + cap (帽子)
handicraft	(ˈhændɪˌkræft) *n.*	手工藝；手工藝品
handkerchief	(ˈhæŋkɚtʃɪf) *n.*	手帕　hand + ker (諧音「可」) + chief (主要的)

6.

handy	(ˈhændɪ) *adj.*	便利的；手邊的　hand (手) + y (*adj.*) = handy
hang	(hæŋ) *v.*	懸掛；吊死
hanger	(ˈhæŋɚ) *n.*	衣架　hang (懸掛) + er (*n.*) = hanger
harass	(həˈræs) *v.*	騷擾
harrassment	(həˈræsmənt) *n.*	騷擾　harrass (騷擾) + ment (*n.*)
harbor	(ˈharbɚ) *n.*	港口　諧音：海泊。
hard	(hard) *adj.*	困難的；硬的　*adv.* 努力地
harden	(ˈhardn̩) *v.*	變硬；使麻木　hard (*hard*) + en (*v.*)
hardship	(ˈhardʃɪp) *n.*	艱難　hard (困難的) + ship (*n.*) = hardship

7.

hardy	('hɑrdɪ) *adj.* 強健的；耐寒的	hard (硬的) + y (*adj.*) = hardy
hardware	('hɑrd,wɛr) *n.* 硬體；五金	hard (硬的) + ware (用具)
harsh	(hɑrʃ) *adj.* 嚴厲的；無情的	har (*hard*) + sh (噓) = harsh

harm	(hɑrm) *v. n.* 傷害	
harmful	('hɑrmfəl) *adj.* 有害的	harm (傷害) + ful (*adj.*) = harmful
harmony	('hɑrmənɪ) *n.* 和諧	harm (傷害) + (m)ony (沒你) = harmony

harmonica	(hɑr'mɑnɪkə) *n.* 口琴	harmonic (和諧的) + a = harmonica
harness	('hɑrnɪs) *v.* 利用　*n.* 馬具	har (*hair*) + ness (*n.*) = harness
harvest	('hɑrvɪst) *n.* 收穫；成果　*v.* 收穫	har (*hard*) + vest (背心)

8.

haste	(hest) *n.* 匆忙
hasten	('hesn̩) *v.* 催促；加速；趕快【t 不發音】
hasty	('hestɪ) *adj.* 匆忙的　haste (匆忙) – e + y (*adj.*) = hasty

hate	(het) *v.* 恨；討厭　*n.* 恨
hateful	('hetfəl) *adj.* 可恨的　hate (恨) + ful (*adj.*) = hateful
hatred	('hetrɪd) *n.* 憎恨　hat (帽子) + red (紅色) = hatred

haul	(hɔl) *v.* 拖；拉【和 hall 同音】　諧音：厚。
haunt	(hɔnt) *v.* (鬼魂) 出沒於；使困擾　h (*home*) + aunt = haunt
hawk	(hɔk) *n.* 老鷹

9.

head	(hɛd) *n.* 頭　*v.* 前往
headline	('hɛd,laɪn) *n.* (報紙的) 標題　head (頭) + line (台詞)
headquarters	('hɛd'kwɔrtɚz) *n.* 總部　head (頭) + quarters (地方)

health	(hɛlθ) *n.* 健康　heal (痊癒) + th (*n.*) = health
healthful	('hɛlθfəl) *adj.* 有益健康的　health (健康) + ful (*adj.*) = healthful
healthy	('hɛlθɪ) *adj.* 健康的；有益健康的　health (健康) + y (*adj.*)

heart	(hɑrt) *n.* 心；心地
hearty	('hɑrtɪ) *adj.* 真摯的；熱情友好的　heart (心) + y (*adj.*) = hearty
heap	(hip) *n.* 一堆

10.

heat	﹝ hit ﹞*n.* 熱	
heater	﹝ˈhitɚ﹞*n.* 暖氣機　heat (熱) + er (*n.*) = heater	
heel	﹝ hil ﹞*n.* 腳跟　*pl.* 高跟鞋	

heaven	﹝ˈhɛvən﹞*n.* 天堂
heavenly	﹝ˈhɛvənlɪ﹞*adj.* 天空的；天堂的　heaven (天堂) + ly (*adj.*)
heavy	﹝ˈhɛvɪ﹞*adj.* 重的；大量的；嚴重的

hell	﹝ hɛl ﹞*n.* 地獄
helmet	﹝ˈhɛlmɪt﹞*n.* 安全帽　hel (*hell*) + met (遇見) = helmet
helicopter	﹝ˈhɛlɪˌkɑptɚ﹞*n.* 直昇機　helic (*spiral*) + opter (*wing*)

11.

herb	﹝ ɝb , hɝb ﹞*n.* 草藥　herbal ﹝ˈhɝbl̩﹞*adj.* 草藥的；草本的
herd	﹝ hɝd ﹞*n.* (牛) 群
herald	﹝ˈhɛrəld﹞*n.* 預兆；前鋒　*v.* 預告　諧音：嘿囉。

heritage	﹝ˈhɛrətɪdʒ﹞*n.* 遺產　her (*heir*) + it (*go*) + age (*n.*)
hermit	﹝ˈhɝmɪt﹞*n.* 隱士　諧音：何覓，何處可以尋覓到「隱士」。
hero	﹝ˈhɪro﹞*n.* 英雄；偶像；男主角

heroic	﹝ hɪˈro‧ɪk ﹞*adj.* 英勇的；英雄的　hero (英雄) + ic (*adj.*)
heroine	﹝ˈhɛro‧ɪn ﹞*n.* 女英雄；女主角　hero (英雄) + ine = heroine
heroin	﹝ˈhɛro‧ɪn ﹞*n.* 海洛英　heroine 和 heroin 是同音字。

12.

hesitate	﹝ˈhɛzəˌtet﹞*v.* 猶豫　he (他) + sit (坐) + ate (吃) = hesitate
hesitation	﹝ˌhɛzəˈteʃən﹞*n.* 猶豫　hesitate (猶豫) – e + ion (*n.*) = hesitation
heterosexual	﹝ˌhɛtərəˈsɛkʃuəl﹞*n.* 異性戀　*adj.* 異性戀的

high	﹝ haɪ ﹞*adj.* 高的　*adv.* 高高地　*n.* 高點
highly	﹝ˈhaɪlɪ﹞*adv.* 非常地
highlight	﹝ˈhaɪˌlaɪt﹞*v.* 強調　*n.* 最精彩的部分　high (高的) + light (光)

highway	﹝ˈhaɪˌwe﹞*n.* 公路　high (高的) + way (路) = highway
hijack	﹝ˈhaɪˌdʒæk﹞*v.* 劫 (機)　hi (嗨) + jack (傑克) = hijack
hike	﹝ haɪk ﹞*v.* 健行

13.

hip	〔hɪp〕 *n.* 屁股
hippo	〔'hɪpo〕 *n.* 河馬 hip（屁股）+ po = hippo
hippopotamus	〔,hɪpə'pɑtəməs〕 *n.* 河馬 諧音：黑胖胖的馬子。

history	〔'hɪstrɪ〕 *n.* 歷史 his（他的）+ (s)tory（故事）= history
historic	〔hɪs'tɔrɪk〕 *adj.* 歷史上重要的 history（歷史）– y + ic (*adj.*)
historical	〔hɪs'tɔrɪkḷ〕 *adj.* 歷史的；歷史學的 history – y + ical (*adj.*)

hit	〔hɪt〕 *v.* 打；達到 *n.* 成功的事物
hiss	〔hɪs〕 *v.* 發出嘶嘶聲 *n.* 嘶嘶聲 爲擬聲字。
historian	〔hɪs'torɪən〕 *n.* 歷史學家 history (*knowing*) + ian（人）

14.

hobby	〔'hɑbɪ〕 *n.* 嗜好 【比較】habit *n.* 習慣
hockey	〔'hɑkɪ〕 *n.* 曲棍球運動
hollow	〔'hɑlo〕 *adj.* 中空的；虛假的 【注意】hello〔hə'lo〕

home	〔hom〕 *n.* 家
homeland	〔'hom,lænd〕 *n.* 祖國 home（家）+ land（土地）= homeland
homesick	〔'hom,sɪk〕 *adj.* 想家的 home（家）+ sick（生病的）

hometown	〔'hom'taun〕 *n.* 家鄉 home（家）+ town（市鎮）= hometown
homework	〔'hom,wɜk〕 *n.* 功課；準備作業
homosexual	〔,homə'sɛkʃuəl〕 *adj.* 同性戀的 *n.* 同性戀者

15.

honest	〔'ɑnɪst〕 *adj.* 誠實的
honesty	〔'ɑnɪstɪ〕 *n.* 誠實 honest（誠實的）+ y (*adj.*) = honesty
honeymoon	〔'hʌnɪ,mun〕 *n.* 蜜月 honey（蜂蜜）+ moon（月）

honor	〔'ɑnɚ〕 *n.* 光榮 *v.* 表揚
honorable	〔'ɑnərəbḷ〕 *adj.* 光榮的 honor（光榮）+ able（能夠…的）
honorary	〔'ɑnə,rɛrɪ〕 *adj.* 名譽的

hook	〔huk〕 *n.* 鉤子 *v.* 鉤住
hood	〔hud〕 *n.*（外衣上的）風帽；兜帽；（汽車）引擎蓋
hoof	〔huf , huf〕 *n.*（馬）蹄

16.

horizon 〔 hə'raɪzn̩ 〕 n. 地平線　pl. 知識範圍；眼界

horizontal 〔 ‚harə'zantl̩ 〕 adj. 平行的　horizon (地平線) + al (adj.)

hormone 〔 'hɔrmon 〕 n. 荷爾蒙

horror 〔 'hɔrɚ , 'harɚ 〕 n. 恐怖

horrify 〔 'hɔrə‚faɪ , 'harə‚faɪ 〕 v. 使驚嚇　horr (tremble) + ify (v.)

horrible 〔 'hɔrəbl̩ , 'harəbl̩ 〕 n. 可怕的　horr (horror) + ible (能夠⋯的)

horn 〔 hɔrn 〕 n. (牛、羊的) 角；喇叭

horse 〔 hɔrs 〕 n. 馬

hose 〔 hoz 〕 n. 軟管

17.

hospital 〔 'haspɪtl̩ 〕 n. 醫院

hospitable 〔 'haspɪtəbl̩ 〕 adj. 好客的　hospital (醫院) – l + (a)ble (能夠⋯的)

hospitality 〔 ‚haspɪ'tælətɪ 〕 n. 好客；慇懃款待　hospital (醫院) + ity (n.)

host 〔 host 〕 n. 主人；主持人　v. 擔任⋯的主人；主辦

hostess 〔 'hostɪs 〕 n. 女主人　host (主人) + ess (女性的「人」) = hostess

hostage 〔 'hastɪdʒ 〕 n. 人質　host (主人) + age (n.) = hostage

hostel 〔 'hastl̩ 〕 n. 青年旅館　host (主人) + el (n.) = hostel

hostile 〔 'hastl̩ , 'hastaɪl 〕 adj. 有敵意的；敵對的

hostility 〔 has'tɪlətɪ 〕 n. 敵意；反對　hostile (有敵意的) – e + ity (n.)

18.

house 〔 haʊs 〕 n. 房子

household 〔 'haʊs‚hold 〕 adj. 家庭的　n. 一家人；家庭　house + hold (握)

housekeeper 〔 'haʊs‚kipɚ 〕 n. 女管家；家庭主婦

housewife 〔 'haʊs‚waɪf 〕 n. 家庭主婦　house (家) + wife (妻子)

housework 〔 'haʊs‚wɝk 〕 n. 家事　house (家) + work (工作) = housework

housing 〔 'haʊzɪŋ 〕 n. 住宅　house (家) – e + ing (n.) = housing

hug 〔 hʌg 〕 v. n. 擁抱

hum 〔 hʌm 〕 v. 哼唱；嗡嗡作響　n. 蜜蜂嗡嗡聲　擬聲字。

howl 〔 haʊl 〕 v. 嗥叫；哀嚎；吼叫；大聲叫；咆哮；號啕大哭

19.

human 〔ˈhjumən 〕 n. 人　adj. 人的；人類的　hum (*earth*) + an (*n. adj.*)
humanity 〔 hjuˈmænətɪ 〕 n. 人類；人性　human (人) + ity (*n.*)
humanitarian 〔 hjuˌmænəˈtɛrɪən 〕 n. 人道主義者；慈善家　adj. 人道主義的

humid 〔ˈhjumɪd 〕 adj. 潮溼的　hum (*earth*) + id (*adj.*) = humid
humidity 〔 hjuˈmɪdətɪ 〕 n. 潮溼　hubid (*humid*) + ity (*n.*)
humiliate 〔 hjuˈmɪlɪˌet 〕 v. 使丟臉；羞辱　hum (*earth*) + ili + ate (吃 *v.*)

humor 〔ˈhjumɚ 〕 n. 幽默
humorous 〔ˈhjumərəs 〕 adj. 幽默的　humor (幽默) + ous (*adj.*)
humble 〔ˈhʌmbḷ 〕 adj. 謙卑的；卑微的　hum (*earth*) + ble (*adj.*)

20.

hunger 〔ˈhʌŋgɚ 〕 n. 飢餓；渴望
hungry 〔ˈhʌŋgrɪ 〕 adj. 飢餓的；渴望的　hunger (飢餓) – e + y (*adj.*)
hundred 〔ˈhʌndrəd 〕 n. 百

hunt 〔 hʌnt 〕 v. 打獵；獵捕　n. 尋找
hunter 〔ˈhʌntɚ 〕 n. 獵人　hunt (打獵) + er (人) = hunter
hunch 〔 hʌntʃ 〕 n. 直覺；預感

hurry 〔ˈhɝɪ 〕 v. n. 趕快；催促
hurricane 〔ˈhɝɪˌken 〕 n. 颶風；暴風雨　hurri (*hurry*) + can (可以) + e
hurdle 〔ˈhɝdḷ 〕 n. 障礙物；跨欄　諧音：很多。

21.

hydrogen 〔ˈhaɪdrədʒən 〕 n. 氫　hydro (*water*) + gen (*birth*) = hydrogen
hygiene 〔ˈhaɪdʒin 〕 n. 衛生　諧音：海禁。
hymn 〔 hɪm 〕 n. 聖歌；讚美詩　注意字尾的 n 不發音，和 him 同音。

hypocrite 〔ˈhɪpəˌkrɪt 〕 n. 偽君子　hypo (*under*) + crite (*critic*)
hypocrisy 〔 hɪˈpɑkrəsɪ 〕 n. 偽善；虛偽　hypocrite (偽君子) – te + sy (*n.*)
hysterical 〔 hɪsˈtɛrɪkḷ 〕 adj. 歇斯底里的　hysteria (歇斯底里) – a + cal (*adj.*)

husband 〔ˈhʌzbənd 〕 n. 丈夫　hus (*house*) + band (團體) = husband
hush 〔 hʌʃ 〕 v. 使安靜；(叫人保持安靜) 噓　擬聲字：啊噓。
hut 〔 hʌt 〕 n. 小木屋

22.

ice	﹝ aɪs ﹞ *n.* 冰	
iceberg	﹝ˈaɪs,bɝg﹞ *n.* 冰山　ice (冰) + berg (*mountain*) = iceberg
icy	﹝ˈaɪsɪ﹞ *adj.* 結冰的；冷漠的　ice – e + y (*adj.*) = icy

idea	﹝ aɪˈdiə ﹞ *n.* 想法；主意
ideal	﹝ aɪˈdiəl ﹞ *adj.* 理想的；完美的　*n.* 理想　idea + l (*n. adj.*)
identical	﹝ aɪˈdɛntɪkḷ ﹞ *adj.* 完全相同的　identity (身份) – ty + cal (*adj.*)

identify	﹝ aɪˈdɛntə,faɪ ﹞ *v.* 辨認；指認；認同
identity	﹝ aɪˈdɛntətɪ ﹞ *n.* 身份
identification	﹝ aɪ,dɛntəfəˈkeʃən ﹞ *n.* 身份證明；身份證件

23.

idiom	﹝ˈɪdɪəm﹞ *n.* 成語；慣用語　idio (*self*) + m (*mouth*) = idiom
idiot	﹝ˈɪdɪət﹞ *n.* 白痴　idio (*self*) + t (*n.*) = idiot
idle	﹝ˈaɪdḷ﹞ *adj.* 遊手好閒的；懶惰的　*v.* 無所事事

ignore	﹝ ɪgˈnor ﹞ *v.* 忽視　i(n) + gnore (*know*) = ignore
ignorant	﹝ˈɪgnərənt﹞ *adj.* 無知的　ignore (忽視) – e + ant (*adj.*)
ignorance	﹝ˈɪgnərəns﹞ *n.* 無知　ignore (忽視) – e + ance (*n.*) = ignorance

illusion	﹝ ɪˈluʒən ﹞ *n.* 幻覺；錯誤觀念　ill (生病的) + u + sion (*n.*)
illustrate	﹝ˈɪləstret﹞ *v.* 圖解說明；說明　il (*in*) + lustr (*light*) + ate (*v.*)
illustration	﹝,ɪləsˈtreʃən﹞ *n.* 插圖；實例　illustrate – e + ion (*n.*)

24.

imagine	﹝ ɪˈmædʒɪn ﹞ *v.* 想像　image (形象) – e + ine (*v.*) = imagine
imagination	﹝ ɪ,mædʒəˈneʃən ﹞ *n.* 想像力　imagine (想像) – e + ation (*n.*)
imaginative	﹝ ɪˈmædʒə,netɪv ﹞ *adj.* 有想像力的

imaginary	﹝ ɪˈmædʒə,nɛrɪ ﹞ *adj.* 虛構的；想像的　imagine – e + ary (*adj.*)
imaginable	﹝ ɪˈmædʒɪnəbḷ ﹞ *adj.* 想像得到的　imagine – e + able (可以…的)
image	﹝ˈɪmɪdʒ﹞ *n.* 形象；圖像　im (*I am*) + age (年紀) = image

imitate	﹝ˈɪmə,tet﹞ *v.* 模仿　im (*I am*) + it (事物) + ate (*v.*) = imitate
imitation	﹝,ɪməˈteʃən﹞ *n.* 模仿；仿製品　imitate (模仿) – e + ion (*n.*)
immediate	﹝ ɪˈmidɪɪt ﹞ *adj.* 立即的　im (*not*) + med (*middle*) + iate (*adj.*)

25.

imply	〔 ɪm'plaɪ 〕 v. 暗示；意味著　im (in) + ply (fold) = imply	
implicit	〔 ɪm'plɪsɪt 〕 adj. 暗示的；含蓄的　im (in) + plic (fold) + it (adj.)	
implication	〔͵ɪmplɪ'keʃən 〕 n. 暗示　implicit（暗示的）– it + ation (n.)	

import	〔 ɪm'port 〕 v. 進口　n. 進口品　im (in) + port（港口）
important	〔 ɪm'portn̩t 〕 adj. 重要的
importance	〔 ɪm'portn̩s 〕 n. 重要性

impress	〔 ɪm'prɛs 〕 v. 使印象深刻　im (in) + press（壓）= impress
impression	〔 ɪm'prɛʃən 〕 n. 印象　impress（使印象深刻）+ ion (n.)
impressive	〔 ɪm'prɛsɪv 〕 adj. 令人印象深刻的；令人感動的；令人欽佩的

26.

incident	〔'ɪnsədənt 〕 n. 事件
incidental	〔͵ɪnsə'dɛntl̩ 〕 adj. 附帶的；偶發的；伴隨
incline	〔 ɪn'klaɪn 〕 v. 使傾向於　in (towards) + cline (lean)

include	〔 ɪn'klud 〕 v. 包括　in (in) + clude (close) = include
including	〔 ɪn'kludɪŋ 〕 prep. 包括　include（包含）– e + ing = including
inclusive	〔 ɪn'klusɪv 〕 adj. 包括的；費用全包的

incense	〔'ɪnsɛns 〕 n.（供神焚燒的）香　〔 ɪn'sɛns 〕 v. 激怒
incentive	〔 ɪn'sɛntɪv 〕 n. 動機；鼓勵　諧音：陰森地府。
inch	〔 ɪntʃ 〕 n. 英吋

27.

indeed	〔 ɪn'did 〕 adv. 的確；真正地　in (in) + deed（行為）= indeed
independent	〔͵ɪndɪ'pɛndənt 〕 adj. 獨立的
independence	〔͵ɪndɪ'pɛndəns 〕 n. 獨立　independent – t + ce (n.)

index	〔'ɪndɛks 〕 n. 索引；跡象　pl. indices 〔'ɪndə͵siz 〕
indicate	〔'ɪndə͵ket 〕 v. 指出；顯示；表達
indication	〔͵ɪndə'keʃən 〕 n. 跡象；指標　indicate（指出）– e + ion (n.)

indifferent	〔 ɪn'dɪfrənt 〕 adj. 漠不關心的；冷漠的
indifference	〔 ɪn'dɪfrəns 〕 n. 漠不關心；冷漠　indifferent – t + ce (n.)
individual	〔͵ɪndə'vɪdʒʊəl 〕 n. 個人　adj. 個別的

28.

indignant 〔ɪn'dɪgnənt〕 *adj.* 憤怒的　in (*not*) + dign (*dignity*) + ant (*adj.*)
indignation 〔ˌɪndɪg'neʃən〕 *n.* 憤怒　in (*not*) + dign (*dignity*) + ation (*n.*)
indispensable 〔ˌɪndɪs'pɛnsəbḷ〕 *adj.* 不可或缺的

industrial 〔ɪn'dʌstrɪəl〕 *adj.* 工業的　industry (工業) – y + ial (*adj.*)
industrialize 〔ɪn'dʌstrɪəlˌaɪz〕 *v.* 使工業化　industrial (工業的) + ize (*v.*)
industry 〔'ɪndəstrɪ〕 *n.* 工業；產業；勤勉

infect 〔ɪn'fɛkt〕 *v.* 感染；傳染　in (*in*) + fect (*make*) = infect
infection 〔ɪn'fɛkʃən〕 *n.* 感染　infect (感染) + ion (*n.*) = infection
infectious 〔ɪn'fɛkʃəs〕 *adj.* 傳染性的　infect (感染) + ious (*adj.*)

29.

infer 〔ɪn'fɝ〕 *v.* 推論　in (*in*) + fer (*bring*) = infer
inference 〔'ɪnfərəns〕 *n.* 推論；推斷【注意重音】
inferior 〔ɪn'fɪrɪɚ〕 *adj.* 較差的；劣質的　諧音：一福利兒。

influence 〔'ɪnfluəns〕 *v. n.* 影響【注意重音】　in + flu (流感) + ence (*v. n.*)
influential 〔ˌɪnflu'ɛnʃəl〕 *adj.* 有影響力的　influence – ce + tial (*adj.*)
inflation 〔ɪn'fleʃən〕 *n.* 通貨膨脹；膨脹　in (*in*) + fla (*blow*) + tion (*n.*)

inform 〔ɪn'fɔrm〕 *v.* 通知　in (*into*) + form (形狀) = inform
information 〔ˌɪnfɚ'meʃən〕 *n.* 資訊；情報；消息　inform + ation (*n.*)
informative 〔ɪn'fɔrmətɪv〕 *adj.* 知識性的　inform (通知) + ive (*adj.*)

30.

ingenious 〔ɪn'dʒinjəs〕 *adj.* 聰明的；別出心裁的
ingenuity 〔ˌɪndʒə'nuətɪ〕 *n.* 聰明；創意　ingenious – ious + uity (*n.*)
ingredient 〔ɪn'gridɪənt〕 *n.* 原料；材料；要素

inhabit 〔ɪn'hæbɪt〕 *v.* 居住於　in (*in*) + habit (習慣) = inhabit
inhabitant 〔ɪn'hæbətənt〕 *n.* 居民　inhabit (居住於) + ant (人)
inherit 〔ɪn'hɛrɪt〕 *v.* 繼承　in (*in*) + her (*heir*) + it (*go*) = inherit

initial 〔ɪ'nɪʃəl〕 *adj.* 最初的　*n.* (字的) 起首字母　諧音：in 你手。
initiate 〔ɪ'nɪʃɪˌet〕 *v.* 創始；發起　in (*into*) + it (*go*) + iate (*v.*)
initiative 〔ɪ'nɪʃɪˌetɪv〕 *n.* 主動權　initiate (創始) – e + ive (*n.*)

31.

inject	〔 ɪnˋdʒɛkt 〕 v. 注射	in (*in*) + ject (*throw*) = inject
injection	〔 ɪnˋdʒɛkʃən 〕 n. 注射	inject (注射) + ion (*n.*) = injection
injustice	〔 ɪnˋdʒʌstɪs 〕 n. 不公平；不公正	in (*not*) + justice (公平；正義)
injure	〔ˋɪndʒɚ〕 v. 傷害	in (*not*) + jur (*just*) + e (*v.*) = injure
injury	〔ˋɪndʒərɪ〕 n. 傷；受傷	injure (傷害) – e + y (*n.*) = injury
inland	〔ˋɪnlənd〕 adj. 內陸的	in (*in*) + land (陸地) = inland
inn	〔 ɪn 〕 n. 小旅館；小酒館	
innocent	〔ˋɪnəsn̩t〕 adj. 清白的；天眞的	in (*in*) + noc (*harm*) + ent (*adj.*)
innocence	〔ˋɪnəsn̩s〕 n. 清白；天眞	innocent (清白的) – t + ce (*n.*)

32.

innovation	〔͵ɪnəˋveʃən〕 n. 創新；發明	in (*in*) + nov (*new*) + ation (*n.*)
innovative	〔ˋɪnoͺvetɪv〕 adj. 創新的	in (*in*) + nov (*new*) + ative (*adj.*)
innumerable	〔 ɪˋnjumərəbl̩ 〕 adj. 無數的【注意發音】	
inquire	〔 ɪnˋkwaɪr 〕 v. 詢問；打聽	in (*in*) + quire (*ask*) = inquire
inquiry	〔ˋɪnkwərɪ〕 n. 詢問；調查	inquire (詢問) – e + y (*n.*) = inquiry
insect	〔ˋɪnsɛkt〕 n. 昆蟲	in (*in*) + sect (*cut*) = insect
insert	〔 ɪnˋsɝt 〕 v. 插入	in (*in*) + sert (*put*) = insert
insist	〔 ɪnˋsɪst 〕 v. 堅持；堅持認爲	in (*on*) + sist (*stand*) = insist
insistence	〔 ɪnˋsɪstəns 〕 n. 堅持	insist (堅持) + ence (*n.*) = insistence

33.

inspect	〔 ɪnˋspɛkt 〕 v. 檢查	in (*in*) + spect (*see*) = inspect
inspection	〔 ɪnˋspɛkʃən 〕 n. 檢查；審查	inspect (檢查) + ion (*n.*)
inspector	〔 ɪnˋspɛktɚ 〕 n. 檢查員	
inspire	〔 ɪnˋspaɪr 〕 v. 激勵；給予靈感	in (*in*) + spire (*breathe*)
inspiration	〔͵ɪnspəˋreʃən〕 n. 靈感；鼓舞	
instance	〔ˋɪnstəns〕 n. 實例	in (*near*) + stan (*stand*) + ce (*n.*) = instance
install	〔 ɪnˋstɔl 〕 v. 安裝；安置	in (*in*) + stall (攤位) = install
installment	〔 ɪnˋstɔlmənt 〕 n. 分期付款的錢	
installation	〔͵ɪnstəˋleʃən〕 n. 安裝；安裝設備	

34.

institute	（'ɪnstə,tjut）*n.* 協會；學院　*v.* 設立；制定　in + stitute (*stand*)
institution	（,ɪnstə'tjuʃən）*n.* 機構；習俗　institute（建立）– e + ion (*n.*)
instinct	（'ɪnstɪŋkt）*n.* 本能；直覺　in (*in*) + stinct (*sting*) = instinct

instruct	（ɪn'strʌkt）*v.* 教導　in (*in*) + struct (*build*)
instruction	（ɪn'strʌkʃən）*n.* 教導　*pl.* 使用說明　instruct（教導）+ ion (*n.*)
instructor	（ɪn'strʌktə）*n.* 講師　instruct（教導）+ or（人）= instructor

insure	（ɪn'ʃur）*v.* 為⋯投保　in (*in*) + sure（確定的）= insure
insurance	（ɪn'ʃurəns）*n.* 保險　insure（為⋯投保）– e + ance (*n.*)
insult	（'ɪnsʌlt）*n.* 侮辱　（ɪn'sʌlt）*v.* 侮辱

35.

integrate	（'ɪntə,gret）*v.* 整合；合併；（使）融入
integration	（,ɪntə'greʃən）*n.* 整合；融入　integrate（整合）– e + ion (*n.*)
integrity	（ɪn'tɛgrətɪ）*n.* 正直；完整　integrate（整合）– ate + ity (*n.*)

intellect	（'ɪntḷ,ɛkt）*n.* 智力　intel (*between*) + lect (*choose*)
intelligent	（ɪn'tɛlədʒənt）*adj.* 聰明的　intel + lig (*choose*) + ent (*adj.*)
intelligence	（ɪn'tɛlədʒəns）*n.* 聰明才智；情報　intelligent – t + ce (*n.*)

intense	（ɪn'tɛns）*n.* 強烈的　in (*in*) + tense（拉緊的；緊張的）= intense
intensify	（ɪn'tɛnsə,faɪ）*v.* 加強　intense（強烈的）– e + ify (*v.*) = intensify
intensity	（ɪn'tɛnsətɪ）*n.* 強度　intense（強烈的）– e + ity (*n.*) = intensity

36.

intent	（ɪn'tɛnt）*n.* 意圖；目的　*adj.* 專心的　in (*in*) + tent (*stretch*)
intention	（ɪn'tɛnʃən）*n.* 企圖　intent（意圖）+ ion (*n.*) = intention
intensive	（ɪn'tɛnsɪv）*adj.* 密集的　intense（強烈的）– e + ive (*adj.*)

interact	（,ɪntə'ækt）*v.* 互動；相互作用　inter (*between*) + act（行動）
interaction	（,ɪntə'ækʃən）*n.* 互動　interact（互動）+ ion (*n.*) = interaction
intermediate	（,ɪntə'midɪɪt）*adj.* 中級的　inter + med (*middle*) + iate (*adj.*)

interfere	（,ɪntə'fɪr）*v.* 干涉；妨礙　inter (*between*) + fere (*strike*)
interference	（,ɪntə'fɪrəns）*n.* 干涉　interfere（干涉）+ (e)nce (*n.*)
interior	（ɪn'tɪrɪə）*adj.* 內部的　*n.* 內部；內陸

一口氣背 7000 字 ⑧

1.

internal 〔 ɪnˋtɝnḷ 〕 adj. 內部的
international 〔 ͵ɪntɚˋnæʃənḷ 〕 adj. 國際的　inter + national（國家的）
Internet 〔 ˋɪntɚ͵nɛt 〕 n. 網際網路　Inter (between) + net（網路）

interpret 〔 ɪnˋtɝprɪt 〕 v. 解釋；口譯　inter (between) + pret (price)
interpretation 〔 ɪn͵tɝprɪˋteʃən 〕 n. 解釋　interpret（解釋）+ ation (n.)
interpreter 〔 ɪnˋtɝprɪtɚ 〕 n. 口譯者　inter + pret (price) + er（人）

interrupt 〔 ͵ɪntɚˋrʌpt 〕 v. 打斷　inter (between) + rupt (break)
interruption 〔 ͵ɪntɚˋrʌpʃən 〕 n. 打斷　interrupt（打斷）+ ion (n.)
intersection 〔 ͵ɪntɚˋsɛkʃən 〕 n. 十字路口　inter + sect (cut) + ion (n.)

2.

intervene 〔 ͵ɪntɚˋvin 〕 v. 介入；調停
intervention 〔 ͵ɪntɚˋvɛnʃən 〕 n. 介入　inter + vent (come) + ion (n.)
interview 〔 ˋɪntɚ͵vju 〕 n. 面試　inter (between) + view（看）

intimate 〔 ˋɪntəmɪt 〕 adj. 親密的
intimacy 〔 ˋɪntəməsɪ 〕 n. 親密　intimate – te + cy = intimacy
intimidate 〔 ɪnˋtɪmə͵det 〕 v. 威脅；使害怕

intrude 〔 ɪnˋtrud 〕 v. 闖入；打擾　in (into) + trude (thrust)
intruder 〔 ɪnˋtrudɚ 〕 n. 入侵者　intrud（闖入）+ er（人）= intruder
intuition 〔 ͵ɪntjʊˋɪʃən 〕 n. 直覺　in (in) + tui (watch) + tion (n.)

3.

invade 〔 ɪnˋved 〕 v. 入侵　in (into) + vade (go)
invasion 〔 ɪnˋveʒən 〕 n. 侵略
invaluable 〔 ɪnˋvæljəbḷ 〕 adj. 無價的；珍貴的

invent 〔 ɪnˋvɛnt 〕 v. 發明　in (upon) + vent (come)
invention 〔 ɪnˋvɛnʃən 〕 n. 發明　invent（發明）+ ion (n.) = invention
inventor 〔 ɪnˋvɛntɚ 〕 n. 發明者　invent（發明）+ or（人）= inventor

invest 〔 ɪnˋvɛst 〕 v. 投資　in (in) + vest (clothe)
investigate 〔 ɪnˋvɛstə͵get 〕 v. 調查　in (in) + vestig (trace) + ate (v.)
investigation 〔 ɪn͵vɛstəˋgeʃən 〕 n. 調查

4.

iron 〔'aɪən〕 *n.* 鐵 *v.* 熨燙

irony 〔'aɪrənɪ〕 *n.* 諷刺

ironic 〔aɪ'rɑnɪk〕 *adj.* 諷刺的 irony – y + ic = ironic

irritate 〔'ɪrə,tet〕 *v.* 激怒

irritation 〔,ɪrə'teʃən〕 *n.* 激怒 irritate (激怒) – e + ion = irritation

irritable 〔'ɪrətəb!〕 *adj.* 易怒的 irritate (激怒) – te + ble (*adj.*) = irritable

isle 〔aɪl〕 *n.* 島【用於詩歌或地名中】 這個字 s 不發音。

island 〔'aɪlənd〕 *n.* 島 is (是) + land (土地)

isolate 〔'aɪs!,et〕 *v.* 使隔離 isol (*island*) + ate (*v.*)

5.

jack 〔dʒæk〕 *n.* 起重機 大寫是人名 Jack (傑克)。

jacket 〔'dʒækɪt〕 *n.* 夾克

jam 〔dʒæm〕 *n.* 果醬;阻塞 jam 作「阻塞」解時,是可數名詞。

janitor 〔'dʒænətɚ〕 *n.* 管理員 jani (*Janus* 門神) + tor (人)

January 〔'dʒænjʊ,ɛrɪ〕 *n.* 一月

jasmine 〔'dʒæsmɪn〕 *n.* 茉莉;茉莉花

jade 〔dʒed〕 *n.* 玉

jail 〔dʒel〕 *n.* 監獄

jaw 〔dʒɔ〕 *n.* 顎 【比較】jaws 〔dʒɔz〕 *n. pl.* (動物的) 嘴

6.

jealous 〔'dʒɛləs〕 *adj.* 嫉妒的

jealousy 〔'dʒɛləsɪ〕 *n.* 嫉妒

jeans 〔dʒinz〕 *n. pl.* 牛仔褲

jeep 〔dʒip〕 *n.* 吉普車

jeer 〔dʒɪr〕 *v.* 嘲笑

jelly 〔'dʒɛlɪ〕 *n.* 果凍

Jew 〔dʒu〕 *n.* 猶太人

jewel 〔'dʒuəl〕 *n.* 珠寶【可數名詞】 jew (*Jew* 猶太人) + el

jewelry 〔'dʒuəlrɪ〕 *n.* 珠寶 jewel (珠寶) + ry (集合名詞字尾) = jewelry

7.

join	〔dʒɔɪn〕 *v.* 加入	
joint	〔dʒɔɪnt〕 *n.* 關節　　join (加入) + t = joint	
jog	〔dʒɑg〕 *v.* 慢跑	
job	〔dʒɑb〕 *n.* 工作	
jolly	〔'dʒɑlɪ〕 *adj.* 愉快的	
joke	〔dʒok〕 *n.* 笑話；玩笑	
journey	〔'dʒɜnɪ〕 *n.* 旅程	
journal	〔'dʒɜnḷ〕 *n.* 期刊；雜誌；報紙；日誌；日記　journ (*day*) + al (*n.*)	
journalist	〔'dʒɜnḷɪst〕 *n.* 記者　journal (期刊) + ist (人)	

8.

joy	〔dʒɔɪ〕 *n.* 喜悅	
joyful	〔'dʒɔɪfəl〕 *adj.* 愉快的	
joyous	〔'dʒɔɪəs〕 *adj.* 愉快的	
judge	〔dʒʌdʒ〕 *v.* 判斷　*n.* 法官	
judgment	〔'dʒʌdʒmənt〕 *n.* 判斷　ju (*law*) + dg (*point out*) + ment (*n.*)	
jug	〔dʒʌg〕 *n.* 水罐	
juice	〔dʒus〕 *n.* 果汁	
juicy	〔'dʒusɪ〕 *adj.* 多汁的　juice (果汁) – e + y (*adj.*) = juicy	
July	〔dʒu'laɪ〕 *n.* 七月	

9.

jungle	〔'dʒʌŋgḷ〕 *n.* 叢林	
junior	〔'dʒunjɚ〕 *adj.* 年少的　【反義詞】senior 〔'sinjɚ〕 *adj.* 年長的	
junk	〔dʒʌŋk〕 *n.* 垃圾；無價值的東西	
just	〔dʒʌst〕 *adv.* 僅　*adj.* 公正的	
justice	〔'dʒʌstɪs〕 *n.* 正義；公正；公平　just (*law*) + ice (*n.*)	
justify	〔'dʒʌstə,faɪ〕 *v.* 使正當化；為～辯護　just (*right*) + ify (*v.*)	
June	〔dʒun〕 *n.* 六月	
jury	〔'dʒurɪ〕 *n.* 陪審團	
juvenile	〔'dʒuvə,naɪl〕 *adj.* 青少年的　juven (*young*) + ile (*adj.*)	

10.

kettle	〔 'kɛtḷ 〕 *n.* 茶壺	
key	〔 ki 〕*n.* 鑰匙　*adj.* 非常重要的；關鍵性的	
keyboard	〔 'ki͵bord 〕 *n.* 鍵盤	

kid	〔 kɪd 〕 *n.* 小孩　*v.* 開玩笑
kidnap	〔 'kɪdnæp 〕 *v.* 綁架　kid (小孩) + nap (午睡) = kidnap
kidney	〔 'kɪdnɪ 〕 *n.* 腎臟

kill	〔 kɪl 〕 *v.* 殺死；止 (痛)；打發 (時間)
kilogram	〔 'kɪlə͵græm 〕 *n.* 公斤　常用 kilo 〔 'kɪlo 〕 代替 kilogram。
kilometer	〔 kə'lɑmətɚ 〕 *n.* 公里

11.

kin	〔 kɪn 〕 *n.* 親戚【集合名詞】
kind	〔 kaɪnd 〕 *adj.* 親切的；仁慈的　*n.* 種類
kindergarten	〔 'kɪndɚ͵gɑrtṇ 〕 *n.* 幼稚園　字尾的 garten 不要拼成 garden。

kindle	〔 'kɪndḷ 〕 *v.* 點燃；使明亮
king	〔 kɪŋ 〕 *n.* 國王　「皇后；女王」則是 queen 〔 kwin 〕。
kingdom	〔 'kɪŋdəm 〕 *n.* 王國　king (國王) + dom (*domain*) = kingdom

kit	〔 kɪt 〕 *n.* 一套用具
kitchen	〔 'kɪtʃɪn 〕 *n.* 廚房　kit (一套用具) + chen = kitchen
kitten	〔 'kɪtṇ 〕 *n.* 小貓　【比較】puppy 〔 'pʌpɪ 〕 *n.* 小狗

12.

knee	〔 ni 〕 *n.* 膝蓋
kneel	〔 nil 〕 *v.* 跪下　knee (膝蓋) + l = kneel
knife	〔 naɪf 〕 *n.* 刀子

knot	〔 nɑt 〕 *n.* 結；緣份；結合　k + not
knock	〔 nɑk 〕 *v.* 敲
knob	〔 nɑb 〕 *n.* 圓形把手

knowledge	〔 'nɑlɪdʒ 〕 *n.* 知識
knowledgeable	〔 'nɑlɪdʒəbḷ 〕 *adj.* 有知識的；知識豐富的
knuckle	〔 'nʌkḷ 〕 *n.* 指關節

13.

lab	〔 læb 〕 *n.* 實驗室	
labor	〔'lebɚ 〕 *n.* 勞力；勞動；勞工	
laboratory	〔'læbrə,torɪ 〕 *n.* 實驗室　labora (*work*) + tory (*place*)	

lad 〔 læd 〕 *n.* 小伙子；少年　【比較】lass 〔 læs 〕 *n.* 小妞；少女；姑娘
lady 〔'ledɪ 〕 *n.* 女士
ladybug 〔'ledɪ,bʌg 〕 *n.* 瓢蟲　lady (女士) + bug (昆蟲) = ladybug

lag 〔 læg 〕 *n.* 落後
lamb 〔 læm 〕 *n.* 羔羊　注意，lamb 字尾的 b 不發音。
lamp 〔 læmp 〕 *n.* 燈；檯燈

14.

land 〔 lænd 〕 *n.* 陸地　*v.* 降落
landlady 〔'lænd,ledɪ 〕 *n.* 女房東　land (土地) + lady (女士) = landlady
landlord 〔'lænd,lɔrd 〕 *n.* 房東　land (土地) + lord (主人) = landlord

landmark 〔'lænd,mɑrk 〕 *n.* 地標　land (土地) + mark (記號)
landscape 〔'lænskep 〕 *n.* 風景
landslide 〔'lænd,slaɪd 〕 *n.* 山崩　land (土地) + slide (滑落)

lane 〔 len 〕 *n.* 巷子；車道
language 〔'læŋgwɪdʒ 〕 *n.* 語言
lantern 〔'læntɚn 〕 *n.* 燈籠

15.

laugh 〔 læf 〕 *v.* 笑
laughter 〔'læftɚ 〕 *n.* 笑
latitude 〔'lætə,tjud 〕 *n.* 緯度　lat (*side*) + itude (抽象名詞字尾) = latitude

launch 〔 lɔntʃ 〕 *v.* 發射；發動
laundry 〔'lɔndrɪ 〕 *n.* 洗衣服；待洗的衣物　laun (*wash*) + dry (烘乾)
lawn 〔 lɔn 〕 *n.* 草地

law 〔 lɔ 〕 *n.* 法律；定律
lawmaker 〔'lɔ,mekɚ 〕 *n.* 立法委員；立法者　law (法律) + maker (製作者)
lawyer 〔'lɔjɚ 〕 *n.* 律師　law (法律) + yer (人) = lawyer

16.

lay	﹝ le ﹞ *v.*	放置；下（蛋）；奠定
layman	﹝'lemən﹞ *n.*	門外漢；外行人　lay（下蛋）+ man（人）
layout	﹝'le,aʊt﹞ *n.*	設計圖；格局；版面設計

lead	﹝ lid ﹞ *v.* 帶領　*n.* 率先　﹝ lɛd ﹞ *n.* 鉛
leader	﹝'lidɚ﹞ *n.* 領導者
leadership	﹝'lidɚ,ʃɪp﹞ *n.* 領導能力

leaf	﹝ lif ﹞ *n.* 葉子
league	﹝ lig ﹞ *n.* 聯盟　【比較】colleague ﹝'kɑlig﹞ *n.* 同事（= *co-worker*）
leak	﹝ lik ﹞ *v.* 漏出　*n.* 漏洞；漏水；小便

17.

leg	﹝ lɛg ﹞ *n.* 腿
legend	﹝'lɛdʒənd﹞ *n.* 傳說
legendary	﹝'lɛdʒənd,ɛrɪ﹞ *adj.* 傳奇的　legend（傳說）+ ary（*adj.*）= legendary

legislator	﹝'lɛdʒɪs,letɚ﹞ *n.* 立法委員　legis（*law*）+ la（*bring*）+ tor（*person*）
legislative	﹝'lɛdʒɪs,letɪv﹞ *adj.* 立法的
legislation	﹝,lɛdʒɪs'leʃən﹞ *n.* 立法

legislature	﹝'lɛdʒɪs,letʃɚ﹞ *n.* 立法機關
legal	﹝'ligḷ﹞ *adj.* 合法的；法律的　leg（*law*）+ al（*adj.*）= legal
legitimate	﹝ lɪ'dʒɪtəmɪt﹞ *adj.* 正當的；合理的；合法的

18.

letter	﹝'lɛtɚ﹞ *n.* 信；字母【一個字母是 a letter】
lettuce	﹝'lɛtɪs﹞ *n.* 萵苣
level	﹝'lɛvḷ﹞ *n.* 水平線；水平面；水準；地位；層級；程度

liberate	﹝'lɪbə,ret﹞ *v.* 解放　liber（*free*）+ ate（*v.*）
liberation	﹝,lɪbə'reʃən﹞ *n.* 解放運動
liberty	﹝'lɪbɚtɪ﹞ *n.* 自由　liber（*free*）+ ty（*n.*）

library	﹝'laɪ,brɛrɪ﹞ *n.* 圖書館　【比較】study ﹝'stʌdɪ﹞ *n.* 書房
librarian	﹝ laɪ'brɛrɪən﹞ *n.* 圖書館員　library（圖書館）– y + ian（人）
license	﹝'laɪsn̩s﹞ *n.* 執照　lic（*be permitted*）+ ense（表動作的名詞字尾）

19.

lifeboat 〔'laɪf,bot 〕*n.* 救生艇　【比較】life vest 救生衣
lifeguard 〔'laɪf,gɑrd 〕*n.* 救生員　life (生命) + guard (守護) = lifeguard
lifelong 〔'laɪf'lɔŋ 〕*adj.* 終身的

lighten 〔'laɪtn̩ 〕*v.* 照亮；變亮；減輕　light (光) + en (*v.*)
lighthouse 〔'laɪt,haʊs 〕*n.* 燈塔
lightning 〔'laɪtnɪŋ 〕*n.* 閃電　【比較】thunder 〔'θʌndɚ 〕*n.* 雷

likely 〔'laɪklɪ 〕*adj.* 可能的　likely 可用於「人」和「非人」。
likelihood 〔'laɪklɪ,hʊd 〕*n.* 可能性　likeli (*likely*) + hood (*n.*)
likewise 〔'laɪk,waɪz 〕*adv.* 同樣地　like (同樣的) + wise (*adv.*) = likewise

20.

limit 〔'lɪmɪt 〕*v. n.* 限制
limitation 〔,lɪmə'teʃən 〕*n.* 限制　limit (限制) + ation (*n.*) = limitation
limousine 〔'lɪmə,zin , ,lɪmə'zin 〕*n.* 大轎車　常簡稱 limo 〔'lɪmo 〕。

linger 〔'lɪŋgɚ 〕*v.* 逗留；徘徊
linguist 〔'lɪŋgwɪst 〕*n.* 語言學家　lingu (*language*) + ist (人) = linguist
link 〔 lɪŋk 〕*v.* 連結

lipstick 〔'lɪp,stɪk 〕*n.* 口紅　lip (嘴唇) + stick (棒狀物)
liquid 〔'lɪkwɪd 〕*n.* 液體　【比較】solid *n.* 固體　gas *n.* 氣體
liquor 〔'lɪkɚ 〕*n.* 烈酒　liquid (液體) – id + or = liquor

21.

liter 〔'litɚ 〕*n.* 公升
literate 〔'lɪtərɪt 〕*adj.* 識字的　【反義詞】illiterate 〔 ɪ'lɪtərɪt 〕*adj.* 不識字的
literacy 〔'lɪtərəsɪ 〕*n.* 識字　liter (*letter*) + acy (*n.*) = literacy

literature 〔'lɪtərətʃɚ 〕*n.* 文學；文學作品　liter (*letter*) + ature (*n.*)
literary 〔'lɪtə,rɛrɪ 〕*adj.* 文學的　liter (*letter*) + ary (*adj.*)
literal 〔'lɪtərəl 〕*adj.* 字面的　副詞是 literally 〔'lɪtərəlɪ 〕*adv.* 照字面地。

little 〔'lɪtl̩ 〕*adj.* 小的；很少的；幾乎沒有的
litter 〔'lɪtɚ 〕*v.* 亂丟垃圾
lizard 〔'lɪzɚd 〕*n.* 蜥蜴　【比較】wizard 〔'wɪzəd 〕*n.* 巫師

22.

locate	〔 lo'ket , 'loket 〕 v. 使位於；找出；查出 (確定的地方)	
location	〔 lo'keʃən 〕 n. 位置　loc (*place*) + ation (*n.*)	
local	〔 'lokl 〕 adj. 當地的　　n. 當地人；本地居民　loc (*place*) + al (*adj.*)	

lobby	〔 'labɪ 〕 n. 大廳
lobster	〔 'labstɚ 〕 n. 龍蝦　【比較】shrimp 〔 ʃrɪmp 〕 n. 蝦子
lodge	〔 ladʒ 〕 v. 住宿；投宿　　n. 小屋

lock	〔 lak 〕 v. 鎖　　n. 鎖
locker	〔 'lakɚ 〕 n. 置物櫃　lock (鎖) + er = locker
locomotive	〔 ˌlokə'motɪv 〕 n. 火車頭　loco (*place*) + motive

23.

logic	〔 'ladʒɪk 〕 n. 邏輯　log (*speak*) + ic (*n.*)
logical	〔 'ladʒɪkl 〕 adj. 合乎邏輯的　logic (邏輯) + al (*adj.*) = logical
lollipop	〔 'lalɪˌpap 〕 n. 棒棒糖　pop 〔 pap 〕 n. 流行音樂

lone	〔 lon 〕 adj. 孤單的　　【衍伸詞】loner 〔 'lonɚ 〕 n. 獨行俠
lonely	〔 'lonlɪ 〕 adj. 寂寞的
lonesome	〔 'lonsəm 〕 adj. 寂寞的　lone (孤單的) + some (*adj.*) = lonesome

long	〔 lɔŋ 〕 adj. 長的　　adv. 長時間地　　n. 長時間　　v. 渴望
longevity	〔 lan'dʒɛvətɪ 〕 n. 長壽　long (*long*) + ev (*age*) + ity (*n.*)
longitude	〔 'landʒəˌtjud 〕 n. 經度　long (*long*) + itude (*n.*)

24.

lotus	〔 'lotəs 〕 n. 蓮花
lotion	〔 'loʃən 〕 n. 乳液　　【比較】toner 〔 'tonɚ 〕 n. 化妝水
lottery	〔 'latərɪ 〕 n. 彩券　lot (籤) + tery = lottery

loud	〔 laʊd 〕 adj. 大聲的　　adv. 大聲地
loudspeaker	〔 'laʊd'spikɚ 〕 n. 喇叭；擴音器　loud + speaker (說話者)
lounge	〔 laʊndʒ 〕 n. 交誼廳；休息室；(機場等的) 等候室

lousy	〔 'laʊzɪ 〕 adj. 差勁的
loyal	〔 'lɔɪəl 〕 adj. 忠實的　　【比較】royal 〔 'rɔɪəl 〕 adj. 皇家的
loyalty	〔 'lɔɪəltɪ 〕 n. 忠實；忠誠；忠心　loyal (忠實的) + ty (*n.*)

25.

lucky 〔'lʌkɪ〕 *adj.* 幸運的

luggage 〔'lʌgɪdʒ〕 *n.* 行李【為不可數名詞】

lullaby 〔'lʌlə,baɪ〕 *n.* 搖籃曲　lull（使入睡）+ a + by（*bye*）

lunar 〔'lunɚ〕 *adj.* 月亮的

lunatic 〔'lunə,tɪk〕 *n.* 瘋子　*adj.* 精神錯亂的【注意發音】

lure 〔lur〕 *v.* 誘惑

lush 〔lʌʃ〕 *adj.* 綠油油的

luxury 〔'lʌkʃərɪ , 'lʌgʒərɪ〕 *n.* 豪華　lux（洗髮精品牌）+ ury = luxury

luxurious 〔lʌg'ʒurɪəs〕 *adj.* 豪華的

26.

magic 〔'mædʒɪk〕 *n.* 魔術；魔法

magical 〔'mædʒɪkḷ〕 *adj.* 神奇的　magic（魔術）+ al (*adj.*) = magical

magician 〔mə'dʒɪʃən〕 *n.* 魔術師　magic（魔術）+ ian（人）

magnet 〔'mægnɪt〕 *n.* 磁鐵

magnetic 〔mæg'nɛtɪk〕 *adj.* 有磁性的

magnitude 〔'mægnə,tjud〕 *n.* 規模；震度　magn (*great*) + itude (*n.*)

magnify 〔'mægnə,faɪ〕 *v.* 放大　magn (*great*) + ify (*v.*)

magnificent 〔mæg'nɪfəsṇt〕 *adj.* 壯麗的；很棒的

magazine 〔'mægə,zin〕 *n.* 雜誌【注意發音】

27.

maid 〔med〕 *n.* 女傭

maiden 〔'medṇ〕 *n.*【文】少女；未婚的年輕女子　*adj.* 未婚的

mail 〔mel〕 *v.* 郵寄　*n.* 信件

main 〔men〕 *adj.* 主要的

mainland 〔'men,lænd〕 *n.* 大陸　main（主要的）+ land（陸地）

mainstream 〔'men,strim〕 *n.* 主流　main（主要的）+ stream（溪流）

maintain 〔men'ten〕 *v.* 維持；維修　main (*hand*) + tain (*hold*)

maintenance 〔'mentənəns〕 *n.* 維修　須注意拼字。

machinery 〔mə'ʃinərɪ〕 *n.* 機器　machine（機器）+ ry（集合名詞字尾）

28.

majestic 〔 mə'dʒɛstɪk 〕 *adj.* 雄偉的
majesty 〔'mædʒɪstɪ 〕 *n.* 威嚴
makeup 〔'mek͵ʌp 〕 *n.* 化妝品；化妝　當動詞寫成 make up（化妝）。

major 〔'medʒɚ 〕 *adj.* 主要的
majority 〔 mə'dʒɔrətɪ 〕 *n.* 大多數　【反義詞】minority *n.* 少數
malaria 〔 mə'lɛrɪə 〕 *n.* 瘧疾　mal (*bad*) + aria (*air*)

male 〔 mel 〕 *n.* 男性　*adj.* 男性的
mall 〔 mɔl 〕 *n.* 購物中心
mammal 〔'mæml̩ 〕 *n.* 哺乳類動物　【比較】reptile *n.* 爬蟲類動物

29.

man 〔 mæn 〕 *n.* 男人；人類
manage 〔'mænɪdʒ 〕 *v.* 管理；設法
manageable 〔'mænɪdʒəbl̩ 〕 *adj.* 可管理的　manage（管理）+ able (*adj.*)

manager 〔'mænɪdʒɚ 〕 *n.* 經理　manage（管理）+ r = manager
management 〔'mænɪdʒmənt 〕 *n.* 管理　manage（管理）+ ment (*n.*)
Mandarin 〔'mændərɪn 〕 *n.* 國語；北京話　小寫的 mandarin 是「橘子」。

mango 〔'mæŋgo 〕 *n.* 芒果
manifest 〔'mænə͵fɛst 〕 *v.* 表露　mani (*hand*) + fest (*strike*)
manipulate 〔 mə'nɪpjə͵let 〕 *v.* 操縱；控制　mani + pul (*pull*) + ate (*v.*)

30.

mar 〔 mar 〕 *v.* 損傷；損毀　【比較】Mars 〔 marz 〕 *n.* 火星
marble 〔'marbl̩ 〕 *n.* 大理石；彈珠
March 〔 martʃ 〕 *n.* 三月　小寫的 march 是「行軍；前進」。

margin 〔'mardʒɪn 〕 *n.* 邊緣；差距；頁邊的空白
marginal 〔'mardʒɪnl̩ 〕 *adj.* 邊緣的；非常小的；少量的

mark 〔 mark 〕 *n.* 記號
market 〔'markɪt 〕 *n.* 市場

marshal 〔'marʃəl 〕 *n.* 警察局長；消防局長；(陸軍或空軍) 元帥
martial 〔'marʃəl 〕 *adj.* 戰爭的；戰鬥的；軍事的；好戰的

31.

marry	〔'mærɪ 〕 *v.* 和…結婚；結婚	marry = be married to
marriage	〔'mærɪdʒ 〕 *n.* 婚姻	
marathon	〔'mærə,θɑn 〕 *n.* 馬拉松	

marvel	〔'mɑrvl 〕 *v.* 驚訝；驚嘆	
marvelous	〔'mɑrvləs 〕 *adj.* 令人驚嘆的；很棒的	marvel + ous (*adj.*)
masculine	〔'mæskjəlɪn 〕 *adj.* 男性的　 *n.* 男性；陽性	

map	〔 mæp 〕 *n.* 地圖
maple	〔'mepl 〕 *n.* 楓樹
marine	〔 mə'rin 〕 *adj.* 海洋的　mart (*sea*) + ine (*adj.*)

32.

mass	〔 mæs 〕 *adj.* 大量的；大眾的	
massive	〔'mæsɪv 〕 *adj.* 巨大的	
massacre	〔'mæsəkɚ 〕 *n.* 大屠殺　mass (大量的) + acre (英畝)	

master	〔'mæstɚ 〕 *v.* 精通　 *n.* 主人；大師
mastery	〔'mæstərɪ 〕 *n.* 精通　master (精通) + y (*n.*) = mastery
masterpiece	〔'mæstɚ,pis 〕 *n.* 傑作　master (大師) + piece (一件作品)

mash	〔 mæʃ 〕 *v.* 搗碎
mask	〔 mæsk 〕 *n.* 面具
massage	〔 mə'sɑʒ 〕 *n.* 按摩　【比較】message 〔'mɛsɪdʒ 〕 *n.* 訊息

33.

mate	〔 met 〕 *n.* 伴侶
material	〔 mə'tɪrɪəl 〕 *n.* 物質；材料
materialism	〔 mə'tɪrɪəl,ɪzəm 〕 *n.* 物質主義；唯物論

math	〔 mæθ 〕 *n.* 數學
mathematics	〔,mæθə'mætɪks 〕 *n.* 數學　math + ematics = mathematics
mathematical	〔,mæθə'mætɪkl 〕 *adj.* 數學的

matter	〔'mætɚ 〕 *n.* 事情；物質　 *v.* 重要
mattress	〔'mætrɪs 〕 *n.* 床墊
match	〔 mætʃ 〕 *v.* 搭配；與…匹敵　 *n.* 火柴；配偶

34.

mat	〔 mæt 〕 *n.* 墊子	
mature	〔 mə'tʃʊr 〕 *adj.* 成熟的　【反義詞】childish *adj.* 幼稚的	
maturity	〔 mə'tʃʊrətɪ 〕 *n.* 成熟　mature (成熟的) – e + ity (*n.*)	

May 〔 me 〕 *n.* 五月
mayor 〔 'meə 〕 *n.* 市長
mayonnaise 〔 'meə,nez , 'mænez 〕 *n.* 美乃滋【注意發音】

mean 〔 min 〕 *v.* 意思是　*adj.* 卑鄙的；惡劣的
meaning 〔 'minɪŋ 〕 *n.* 意義　mean (意思是) + ing (*n.*) = meaning
meaningful 〔 'minɪŋfḷ 〕 *adj.* 有意義的　meaning (意義) + ful (*adj.*)

35.

measure 〔 'mɛʒə 〕 *v.* 測量　*n.* 措施
measurable 〔 'mɛʒərəbḷ 〕 *adj.* 可測量的　measure (測量) – e + able (*adj.*)
measurement 〔 'mɛʒəmənt 〕 *n.* 測量　measure (測量) + ment (*n.*)

mechanic 〔 mə'kænɪk 〕 *n.* 技工　mechan (*machine*) + ic (*n.*)
mechanical 〔 mə'kænɪkḷ 〕 *adj.* 機械的
mechanics 〔 mə'kænɪks 〕 *n.* 機械學

medicine 〔 'mɛdəsṇ 〕 *n.* 藥；醫學
medical 〔 'mɛdɪkḷ 〕 *adj.* 醫學的；醫療的　med (*heal*) + ical (*adj.*)
medication 〔 ,mɛdɪ'keʃən 〕 *n.* 藥物治療　med (*heal*) + ic (人) + ation (*n.*)

36.

mediate 〔 'midɪ,et 〕 *v.* 調解；調停　medi (*middle*) + ate (*v.*) = mediate
meditate 〔 'mɛdə,tet 〕 *v.* 沉思；冥想；打坐
meditation 〔 ,mɛdə'teʃən 〕 *n.* 打坐；沉思；冥想

medium 〔 'midɪəm 〕 *adj.* 中等的
medieval 〔 ,midɪ'ivḷ 〕 *adj.* 中世紀的；中古時代的
melancholy 〔 'mɛlən,kɑlɪ 〕 *adj.* 憂鬱的　melan(*black*) + chol (*bile*) + y (*adj.*)

mellow 〔 'mɛlo 〕 *adj.* 成熟的
melody 〔 'mɛlədɪ 〕 *n.* 旋律
melon 〔 'mɛlən 〕 *n.* 甜瓜；(各種的) 瓜【尤指西瓜、香瓜】

一口氣背 7000 字 ⑨

1.

mend	〔 mɛnd 〕 *v.* 修補；改正
mental	〔'mɛntḷ 〕 *adj.* 心理的；精神的　ment (*mind*) + al (*adj.*) = mental
mentality	〔 mɛn'tælətɪ 〕 *n.* 心理狀態；心態；思維方式　mental + ity (*n.*)
mention	〔'mɛnʃən 〕 *v.* 提到　ment (*mind*) + ion (*v. n.*) = mention
menu	〔'mɛnju 〕 *n.* 菜單　這個字只要記住 men + u 就可背下來。
menace	〔'mɛnɪs 〕 *n.* 威脅；禍害　*v.* 威脅　men (男人) + ace (A牌)
mercy	〔'mɝsɪ 〕 *n.* 慈悲；寬恕
merchant	〔'mɝtʃənt 〕 *n.* 商人　merch (*market*) + ant (人)　諧音：莫秤。
merchandise	〔'mɝtʃən͵daɪz 〕 *n.*【集合名詞】商品；貨物

2.

mess	〔 mɛs 〕 *n.* 雜亂
messy	〔'mɛsɪ 〕 *adj.* 雜亂的　mess (雜亂) + y (*adj.*) = messy
message	〔'mɛsɪdʒ 〕 *n.* 訊息
messenger	〔'mɛsṇdʒɚ 〕 *n.* 送信的人【注意拼字】　message + (e)r (人)
merry	〔'mɛrɪ 〕 *adj.* 歡樂的
merit	〔'mɛrɪt 〕 *n.* 優點；價值　*v.* 值得
metal	〔'mɛtḷ 〕 *n.* 金屬　【比較】medal *n.* 獎牌；petal *n.* 花瓣
metaphor	〔'mɛtəfɚ 〕 *n.* 比喻；比喻說法；隱喻；象徵
meter	〔'mitɚ 〕 *n.* 公尺；儀；錶　【比較】centimeter *n.* 公分

3.

microphone	〔'maɪkrə͵fon 〕 *n.* 麥克風　micro (*small*) + phone (*sound*)
microscope	〔'maɪkrə͵skop 〕 *n.* 顯微鏡　micro (*small*) + scope (*scope*)
microwave	〔'maɪkrə͵wev 〕 *n.* 微波；微波爐　micro (*small*) + wave (波浪)
migrant	〔'maɪgrənt 〕 *n.* 移居者；移民；候鳥　*adj.* 移居的；遷移的
migrate	〔'maɪgret 〕 *v.* 遷移；遷徙
migration	〔 maɪ'greʃən 〕 *n.* 遷移；遷徙
mile	〔 maɪl 〕 *n.* 英哩
mileage	〔'maɪlɪdʒ 〕 *n.* 哩程；(旅行等的) 總哩程數
milestone	〔'maɪl͵ston 〕 *n.* 里程碑；重要階段

4.

minimal	('mɪnɪml̩) *adj.* 極小的	minim (*small*) + al (*adj.*) = minimal
minimize	('mɪnə,maɪz) *v.* 使減到最小	minim (*small*) + ize (*v.*)
minimum	('mɪnəməm) *n.* 最小量	minim (*small*) + um (「最高級」字尾)

minister	('mɪnɪstɚ) *n.* 部長	mini (*small*) + ster (人) = minister
ministry	('mɪnɪstrɪ) *n.* 部	
miniature	('mɪnɪətʃɚ) *adj.* 小型的 *n.* 小型物	

minor	('maɪnɚ) *adj.* 次要的 *v.* 副修 *n.* 副修	
minority	(mə'nɔrətɪ , maɪ-) *n.* 少數	minor (次要的) + ity (*n.*)
minus	('maɪnəs) *prep.* 減	

5.

miracle	('mɪrəkl̩) *n.* 奇蹟	mir (*mirror*) + acle (*n.*) = miracle
miraculous	(mə'rækjələs) *adj.* 奇蹟般的	miracle – le + ulous (*adj.*)
mirror	('mɪrɚ) *n.* 鏡子 *v.* 反映	

mischief	('mɪstʃɪf) *n.* 惡作劇；頑皮	mis (*bad*) + chief (首領)
mischievous	('mɪstʃɪvəs) *adj.* 愛惡作劇的【注意發音】	
misfortune	(mɪs'fɔrtʃən) *n.* 不幸	mis (*bad*) + fortune (運氣)

miser	('maɪzɚ) *n.* 小氣鬼；守財奴	形容詞為 miserly ('maɪzɚlɪ)。
miserable	('mɪzərəbl̩) *adj.* 悲慘的	miser (小氣鬼) + able (能夠…的)
misery	('mɪzərɪ) *n.* 悲慘	miser (小氣鬼) + y (*n.*) = misery

6.

miss	(mɪs) *v.* 錯過；想念	
mission	('mɪʃən) *n.* 任務	miss (想念) + ion (*n.*) = mission
missionary	('mɪʃən,ɛrɪ) *n.* 傳教士 *adj.* 傳道的	mission + ary (人)

missile	('mɪsl̩) *n.* 飛彈	mission (任務) – on + le = missile
missing	('mɪsɪŋ) *adj.* 失蹤的	miss (想念) + ing (*adj.*) = missing
mist	(mɪst) *n.* 薄霧	諧音：迷失的，在「薄霧」裡走路容易迷失。

mister	('mɪstɚ) *n.* 先生	
mistress	('mɪstrɪs) *n.* 女主人；情婦	mister – e + ess (女性的「人」)
misunderstand	(,mɪsʌndɚ'stænd) *v.* 誤會	

7.

mob	〔 mɑb 〕 *n.* 暴民；亂民；烏合之眾
mobile	〔'mobl̩ 〕 *adj.* 可移動的；活動的　mob (暴民) + ile (*adj.*)
mobilize	〔'mobl̩ˏaɪz 〕 *v.* 動員；召集　mobile (可移動的) – e + ize (*v.*)

model	〔'mɑdl̩ 〕 *n.* 模特兒；模型；模範　mode (模式) + l = model
moderate	〔'mɑdərɪt 〕 *adj.* 適度的；溫和的　mode (模式) + rate (*adj.*)
mock	〔 mɑk 〕 *v.* 嘲笑；嘲弄；譏笑　*adj.* 模擬的

modern	〔'mɑdən 〕 *adj.* 現代的
modernize	〔'mɑdənˏaɪz 〕 *v.* 使現代化　modern (現代的) + ize (*v.*)
modernization	〔ˏmɑdənə'zeʃən 〕 *n.* 現代化　modernize – e + ation (*n.*)

8.

modest	〔'mɑdɪst 〕 *adj.* 謙虛的；樸素的　mode (模式) + st (*adj.*)
modesty	〔'mɑdəstɪ 〕 *n.* 謙虛；樸素
modify	〔'mɑdəˏfaɪ 〕 *v.* 修正；更改；(文法) 修飾

mold	〔 mold 〕 *n.* 模子；模型　mold 是美式，英式為 mould。
moment	〔'momənt 〕 *n.* 時刻；片刻　mo (*move*) + ment (*n.*)
momentum	〔 mo'mɛntəm 〕 *n.* 動力　moment (時刻) + um (*n.*)

moist	〔 mɔɪst 〕 *adj.* 潮濕的；(眼睛) 淚汪汪的　諧音：摸一濕的。
moisture	〔'mɔɪstʃɚ 〕 *n.* 濕氣；水分　moist (潮濕的) + ure (*n.*)
molecule	〔'mɑləˏkjul 〕 *n.* 分子　mole (痣) + cule (表示「小」的字尾)

9.

monotony	〔 mə'nɑtn̩ɪ 〕 *n.* 單調　mono (*single*) + ton (*tone*) + y (*n.*)
monotonous	〔 mə'nɑtn̩əs 〕 *adj.* 單調的　monotony (單調) – y + ous (*adj.*)
monopoly	〔 mə'nɑpl̩ɪ 〕 *n.* 獨佔；壟斷　mono (*single*) + poly (*sell*)

monster	〔'mɑnstɚ 〕 *n.* 怪物
monstrous	〔'mɑnstrəs 〕 *adj.* 怪物般的；殘忍的【注意拼字】
monument	〔'mɑnjəmənt 〕 *n.* 紀念碑　諧音：馬牛們。

monk	〔 mʌŋk 〕 *n.* 修道士；和尚　「修女；尼姑」則是 nun 〔 nʌn 〕。
monkey	〔'mʌŋkɪ 〕 *n.* 猴子
monarch	〔'mɑnɚk 〕 *n.* 君主【注意發音】　mon(o) (*single*) + arch (*ruler*)

10.

moral	〔ˈmɔrəl〕*adj.* 道德的　*n.* 道德教訓；寓意
morality	〔mɔˈrælətɪ〕*n.* 道德；道德觀　moral（道德的）+ ity（*n.*）
morale	〔moˈræl〕*n.* 士氣【注意發音】　moral（道德）+ e = morale

mortal　〔ˈmɔrtḷ〕*adj.* 必死的；致命的　*n.* 普通人；凡人
mosquito　〔məˈskito〕*n.* 蚊子　*pl.* mosquito(e)s　諧音：冒死去偷。
moss　〔mɔs〕*n.* 青苔；蘚苔；苔

moth　〔mɔθ〕*n.* 蛾　諧音：莫死，希望飛「蛾」不要冒死去撲火。
mother　〔ˈmʌðɚ〕*n.* 母親
motherhood　〔ˈmʌðɚˌhud〕*n.* 母性　mother（母親）+ hood（*n.*）

11.

motive　〔ˈmotɪv〕*n.* 動機；緣由　mot（*move*）+ ive（*n.*）= motive
motivate　〔ˈmotəˌvet〕*v.* 激勵；使有動機；激起（行動）
motivation　〔ˌmotəˈveʃən〕*n.* 動機　motivate（激勵）– e + ion（*n.*）

motion　〔ˈmoʃən〕*n.* 動作；移動　mot（*move*）+ ion（*n.*）= motion
motor　〔ˈmotɚ〕*n.* 馬達　mot（*move*）+ or（*n.*）= motor
motorcycle　〔ˈmotɚˌsaɪkḷ〕*n.* 摩托車　motor（馬達）+ cycle（自行車）

mount　〔maʊnt〕*v.* 爬上；增加　*n.* …山
mountain　〔ˈmaʊntṇ〕*n.* 山；大量　mount（山）+ ain = mountain
mountainous　〔ˈmaʊntṇəs〕*adj.* 多山的；巨大的　mountain（山）+ ous（*adj.*）

12.

mouse　〔maʊs〕*n.* 老鼠；滑鼠　*pl.* mice
mouth　〔maʊθ〕*n.* 嘴巴　祕訣是碰到 th 時，舌頭該伸出。
mouthpiece　〔ˈmaʊθˌpis〕*n.*（電話的）送話口；電話筒對嘴的一端；代言人

move　〔muv〕*v.* 移動；搬家　*n.* 行動
movement　〔ˈmuvmənt〕*n.* 動作；運動　move（移動）+ ment（*n.*）
movable　〔ˈmuvəbḷ〕*adj.* 可移動的　move（移動）– e + able（可以…的）

movie　〔ˈmuvɪ〕*n.* 電影
mow　〔mo〕*n.* 割（草）　諧音：茂。ow 在字尾通常讀 /o/。
mower　〔ˈmoɚ〕*n.* 割草機　mow（割草）+ er（*n.*）= mower

13.

mud	〔mʌd〕 *n.* 泥巴	
muddy	〔ˈmʌdɪ〕 *adj.* 泥濘的　mud（泥巴）+ dy（*adj.*）= muddy	
mug	〔mʌg〕 *n.* 馬克杯　諧音：馬克，就是「馬克杯」。	

multiple 〔ˈmʌltəpḷ〕 *adj.* 多重的　multi（*many*）+ ple（*fold*）
multiply 〔ˈmʌltəˌplaɪ〕 *v.* 繁殖；大量增加；乘　multiple – e + y（*v.*）
mumble 〔ˈmʌmbḷ〕 *v.* 喃喃地說；含糊不清地說

murder 〔ˈmɝdɚ〕 *v.* 謀殺；徹底擊敗　*n.* 謀殺　諧音：磨的。
murderer 〔ˈmɝdərɚ〕 *n.* 兇手　murder（謀殺）+ er（人）= murderer
murmur 〔ˈmɝmɚ〕 *n.* 低語　*v.* 小聲地說；喃喃自語

14.

muscle 〔ˈmʌsḷ〕 *n.* 肌肉　mus（*mouse*）+ cle（小）= muscle
muscular 〔ˈmʌskjələ〕 *adj.* 肌肉的；肌肉發達的　muscle – le + ular（*adj.*）
mushroom 〔ˈmʌʃrum〕 *n.* 蘑菇　*v.* 迅速增加　mush（糊狀物）+ room（房間）

muse 〔mjuz〕 *v.* 沉思　*n.* 謬斯（Muse 文藝女神）；創作靈感
museum 〔mjuˈziəm〕 *n.* 博物館
musician 〔mjuˈzɪʃən〕 *n.* 音樂家　music（音樂）+ ian（人）= musician

must 〔mʌst〕 *aux.* 一定　*n.* 必備之物
mustard 〔ˈmʌstəd〕 *n.* 芥末　must（一定）+ ard = mustard
mustache 〔ˈmʌstæʃ, məˈstæʃ〕 *n.* 八字鬍　must（一定）+ ache（痛）

15.

mute 〔mjut〕 *adj.* 啞的；沈默的；無聲的
mule 〔mjul〕 *n.* 騾　mule 是騾的叫聲，是公驢和母馬所生的。
municipal 〔mjuˈnɪsəpḷ〕 *adj.* 市立的；市政府的

mutter 〔ˈmʌtɚ〕 *v.* 喃喃地說；抱怨　mut（閉嘴）+ ter（重複）= mutter
mutton 〔ˈmʌtn̩〕 *n.* 羊肉　諧音：媽燙，媽媽燙「羊肉」給我吃。
mutual 〔ˈmjutʃuəl〕 *adj.* 互相的　諧音：木球。

mystery 〔ˈmɪstrɪ〕 *n.* 神祕；神秘的事物；謎　諧音：迷思特例。
myth 〔mɪθ〕 *n.* 神話；迷思；不真實的事　諧音：迷思。
mythology 〔mɪˈθɑlədʒɪ〕 *n.* 神話　myth（神話）+ ology（*study*）= mythology

16.

nag	〔 næg 〕v. 嘮叨	諧音：那個，一直叫你做那個，就是「嘮叨」。
nap	〔 næp 〕n. 小睡	
napkin	〔'næpkɪn 〕n. 餐巾；餐巾紙	nap (小睡) + kin (親戚) = napkin

narrate	〔'næret 〕v. 敘述【注意發音】	narr (*know*) + ate (*v.*)
narrator	〔'næretɚ 〕n. 敘述者；旁白	narrate (敘述) – e + or (人)
narrative	〔'nærətɪv 〕n. 敘述 adj. 敘述的	narrate (敘述) – e + ive (*n. adj.*)

nation	〔'neʃən 〕n. 國家	nat (*birth*) + ion (*n.*) = nation
national	〔'næʃənḷ 〕adj. 全國的	nation (國家) + al (*adj.*) = national
nationality	〔,næʃən'æləti 〕n. 國籍	national (國家的) + ity (*n.*) = nationality

17.

nature	〔'netʃɚ 〕n. 自然；本質	nat (*born*) + ure (*n.*) = nature
natural	〔'nætʃərəl 〕adj. 自然的	nature (自然) – e + al (*adj.*) = natural
naturalist	〔'nætʃərəlɪst 〕n. 自然主義者	natural (自然的) + ist (人)

naval	〔'nevḷ 〕adj. 海軍的	nav (*ship*) + al (*adj.*)
navel	〔'nevḷ 〕n. 肚臍	諧音：內縫，「肚臍」天生縫在肚子內。
naughty	〔'nɔtɪ 〕adj. 頑皮的	naught (零) + y (*adj.*) = naughty

navigate	〔'nævə,get 〕v. 航行；穿越	nav (*ship*) + ig (*drive*) + ate (*v.*)
navigation	〔,nævə'geʃən 〕n. 航行	navigate (航行) – e + ion (*n.*)
navy	〔'nevɪ 〕n. 海軍	nav (*ship*) + y (*n.*) = navy

18.

nearby	〔'nɪr'baɪ 〕adv. 在附近	near (靠近的) + by (旁邊) = nearby
nearly	〔'nɪrlɪ 〕adv. 幾乎	near (靠近的) + ly (*adv.*) = nearly
nearsighted	〔,nɪr'saɪtɪd 〕adj. 近視的；短視近利的	

neck	〔 nɛk 〕n. 脖子	
necklace	〔'nɛklɪs 〕n. 項鍊	neck (脖子) + lace (蕾絲) = necklace
necktie	〔'nɛk,taɪ 〕n. 領帶	neck (脖子) + tie (帶子) = necktie

need	〔 nid 〕v. 需要 n. 需要	
needy	〔'nidɪ 〕adj. 窮困的	need (需要) + y (*adj.*) = needy
needle	〔'nidḷ 〕n. 針；針頭	need (需要) + le (*n.*) = needle

19.

neglect	〔 nɪ'glɛkt 〕 v. n. 忽略	neg (*not*) + lect (*choose*) = neglect
negotiate	〔 nɪ'goʃɪ,et 〕 v. 談判；協商	諧音：你狗謝。
negotiation	〔 nɪ,goʃɪ'eʃən 〕 n. 談判；協商	negotiate (談判) – e + ion (*n.*)

neighbor	〔'nebɚ 〕 n. 鄰居	諧音：內伯。
neighborhood	〔'nebɚ,hud 〕 n. 鄰近地區	neighbor (鄰居) + hood (*n.*)
nephew	〔'nɛfju 〕 n. 姪兒；外甥	【比較】niece〔 nis 〕 n. 姪女；外甥女

nerve	〔 nɝv 〕 n. 神經；勇氣	
nervous	〔'nɝvəs 〕 *adj.* 緊張的；神經的	nerve (神經) – e + ous (*adj.*)
nest	〔 nɛst 〕 n. 巢	

20.

net	〔 nɛt 〕 n. 網 *adj.* 淨餘的；純的	
network	〔'nɛt,wɝk 〕 n. (電腦) 網路；網路系統；網狀組織	
neutral	〔'njutrəl 〕 *adj.* 中立的；中性的	neutr (*neither*) + al (*adj.*)

news	〔 njuz 〕 n. 新聞	new (新的) + s (*n.*) = news
newscast	〔'njuz,kæst 〕 n. 新聞播報	news (新聞) + cast (播)
newscaster	〔'njuz,kæstɚ 〕 n. 新聞播報員	newscast (新聞播報) + or (人)

nickel	〔'nɪkl̩ 〕 n. 五分錢硬幣；鎳	諧音：你摳。
nickname	〔'nɪk,nem 〕 n. 綽號 *v.* 給…取綽號	
niece	〔 nis 〕 n. 姪女；外甥女	

21.

night	〔 naɪt 〕 n. 晚上	
nightingale	〔'naɪtn̩,gel 〕 n. 夜鶯	night (晚上) + in (*in*) + gale (*sing*)
nightmare	〔'naɪt,mɛr 〕 n. 惡夢；可怕的情景	night + mare (*monster*)

nominate	〔'nɑmə,net 〕 v. 提名	nomin (*name*) + ate (*v.*)
nomination	〔,nɑmə'neʃən 〕 n. 提名	nominate (提名) – e + ion (*n.*)
nominee	〔,nɑmə'ni 〕 n. 被提名人	

norm	〔 nɔrm 〕 n. 標準；常見的事物 *pl.* 行為準則	
normal	〔'nɔrml̩ 〕 *adj.* 正常的	norm (標準) + al (*adj.*) = normal
north	〔 nɔrθ 〕 n. 北方	

22.

note	〔 not 〕*n.* 筆記　*v.* 注意　not (*mark*) + e (*n.*) = note
notable	〔'notəbḷ〕*adj.* 值得注意的　note (注意) – e + able (可以…的)
notebook	〔'notˌbuk〕*n.* 筆記本；筆記型電腦　note (筆記) + book (書)
notice	〔'notɪs〕*v.* 注意到　*n.* 通知　note (筆記) – e + ice (*v. n.*)
noticeable	〔'notɪsəbḷ〕*adj.* 明顯的【注意重音】　notice + able (可以…的)
notify	〔'notəˌfaɪ〕*v.* 通知　note (筆記) – e + ify (*v.*) = notify
nose	〔 noz 〕*n.* 鼻子
notion	〔'noʃən〕*n.* 觀念；想法　note (注意) – e + ion (*n.*) = notion
notorious	〔 no'torɪəs 〕*adj.* 惡名昭彰的；聲名狼藉的

23.

noun	〔 naʊn 〕*n.* 名詞
nourish	〔'nɝɪʃ〕*v.* 滋養；培育　nour (*nurse*) + ish (*v.*) = nourish
nourishment	〔'nɝɪʃmənt〕*n.* 滋養品；食物　nourish (滋養) + ment (*n.*)
novel	〔'nɑvḷ〕*n.* 小說　*adj.* 新奇的　nov (*new*) + el (*n. adj.*) = novel
novelist	〔'nɑvḷɪst〕*n.* 小說家　novel (小說) + ist (人) = novelist
novice	〔'nɑvɪs〕*n.* 初學者；新手　nov (*new*) + ice (*n.*) = novice
nude	〔 njud 〕*adj.* 裸體的　諧音：怒的。
nuclear	〔'njuklɪɚ〕*adj.* 核子的　nu (諧音「牛」) + clear (清楚的)
nucleus	〔'njuklɪəs〕*n.* 核心；原子核　*pl.* nuclei〔'njuklɪˌaɪ〕

24.

number	〔'nʌmbɚ〕*n.* 數字；數量；號碼
numerous	〔'njumərəs〕*adj.* 非常多的【注意發音】
nuisance	〔'njusn̩s〕*n.* 討厭的人或物　諧音：牛紳士。
nurse	〔 nɝs 〕*n.* 護士　*v.* 照顧
nursery	〔'nɝsərɪ〕*n.* 育兒室；托兒所　nurse (護士) + ry (*n.*) = nursery
nurture	〔'nɝtʃɚ〕*v.* 養育；培養　*n.* 養育　nurt (*nurse*) + ure (*n. v.*)
nutrition	〔 nju'trɪʃən 〕*n.* 營養　nutri (*nourish*) + tion (*n.*)
nutritious	〔 nju'trɪʃəs 〕*adj.* 有營養的　nutrition – ion (*n.*) + ious (*adj.*)
nutrient	〔'njutrɪənt〕*n.* 營養素；養分　nutrition – tion (*n.*) + ent (*n.*)

25.

oak	﹝ ok ﹞ *n.* 橡樹	
oath	﹝ oθ ﹞ *n.* 宣誓　諧音：毆死，違反「宣誓」會被毆死。	
oatmeal	﹝'ot͵mil﹞ *n.* 燕麥片；燕麥粥　oat (燕麥) + meal (餐)	

obey	﹝ ə'be ﹞ *v.* 遵守；服從　諧音：毆背，不「服從」就毆他背後。	
obedient	﹝ ə'bidɪənt ﹞ *adj.* 服從的　ob (to) + edi (hear) + ent (adj.)	
obedience	﹝ ə'bidɪəns ﹞ *n.* 服從　obedient (服從的) – t + ce (n.) = obedience	

object	﹝ əb'dʒɛkt ﹞ *v.* 反對　*n.* 物品；受詞；目標﹝'abdʒɪkt﹞	
objection	﹝ əb'dʒɛkʃən ﹞ *n.* 反對　object (反對) + ion (n.) = objection	
objective	﹝ əb'dʒɛktɪv ﹞ *adj.* 客觀的　*n.* 目標　object (反對) + ive (adj. n.)	

26.

oblige	﹝ ə'blaɪdʒ ﹞ *v.* 使感激；強迫　ob (to) + lig (bind) + e (v.)	
obligation	﹝͵ablə'geʃən ﹞ *n.* 義務；責任；人情債；恩惠	
oblong	﹝'ablɔŋ ﹞ *n.* 長方形　*adj.* 長方形的　ob (加強語氣) + long (長的)	

observe	﹝ əb'zɜv ﹞ *v.* 觀察；遵守　ob (to) + serve (服務) = observe	
observation	﹝͵abzɚ'veʃən ﹞ *n.* 觀察	
observer	﹝ əb'zɜvɚ ﹞ *n.* 觀察者　observe (觀察) + (e)r (人) = observer	

obstacle	﹝'abstəkl̩ ﹞ *n.* 阻礙；障礙　ob (against) + sta (stand) + cle (n.)	
obstinate	﹝'abstənɪt ﹞ *adj.* 頑固的　ob (against) + stin (stand) + ate (adj.)	
obscure	﹝ əb'skjur ﹞ *adj.* 模糊的；默默無名的　諧音：阿伯死哭兒。	

27.

occasion	﹝ ə'keʒən ﹞ *n.* 場合；特別的大事	
occasional	﹝ ə'keʒənl̩ ﹞ *adj.* 偶爾的	

occupy	﹝'akjə͵paɪ ﹞ *v.* 佔領；居住；使忙碌	
occupation	﹝͵akjə'peʃən ﹞ *n.* 職業；佔領	

occur	﹝ ə'kɜ ﹞ *v.* 發生　oc (before) + cur (run) = occur	
occurrence	﹝ ə'kɜəns ﹞ *n.* 事件　occur (發生) + r (重複字尾) + ence (n.)	

October	﹝ ak'tobɚ ﹞ *n.* 十月　Octo (eight) + ber (n.) = October	
octopus	﹝'aktəpəs ﹞ *n.* 章魚　octo (eight) + pus (foot) = octopus	
ocean	﹝'oʃən ﹞ *n.* 海洋；大量	

28.

offend 〔 əˈfɛnd 〕 v. 冒犯；得罪；觸怒　of (*against*) + fend (抵擋)
offense 〔 əˈfɛns 〕 n. 攻擊；生氣
offensive 〔 əˈfɛnsɪv 〕 *adj.* 無禮的

office 〔ˈɔfɪs 〕 n. 辦公室
officer 〔ˈɔfəsɚ 〕 n. 軍官；警官　office (辦公室) + (e)r (人) = officer
official 〔 əˈfɪʃəl 〕 *adj.* 正式的；官方的　 n. 官員；公務員；高級職員

offer 〔ˈɔfɚ 〕 v. 提供；願意　 n. 提供　of (*to*) + fer (*bring*) = offer
offering 〔ˈɔfərɪŋ 〕 n. 提供；捐獻物　offer (提供) + ing (*n.*) = offering
offspring 〔ˈɔf͵sprɪŋ 〕 n. 子孫；結果　off (*out*) + spring (跳)

29.

opera 〔ˈɑpərə 〕 n. 歌劇　oper (*work*) + a (*n.*) = opera
operate 〔ˈɑpə͵ret 〕 v. 操作；動手術　oper (*work*) + ate (*v.*) = operate
operation 〔͵ɑpəˈreʃən 〕 n. 手術；運作；操作　operate – e + ion (*n.*)

operational 〔͵ɑpəˈreʃən̩l 〕 *adj.* 操作上的；運作正常的　operation + al (*adj.*)
operator 〔ˈɑpə͵retɚ 〕 n. 接線生；操作員　operate (操作) – e + or (人)
opinion 〔 əˈpɪnjən 〕 n. 意見；看法　op (*opt*) + in (*in*) + ion (*n.*) = opinion

oppose 〔 əˈpoz 〕 v. 反對　op (*against*) + pose (*put*)
opposition 〔͵ɑpəˈzɪʃən 〕 n. 反對　opposite (相反的) – e + ion (*n.*)
opposite 〔ˈɑpəzɪt 〕 *adj.* 相反的；對面的　oppose (反對) – e + ite (*adj.*)

30.

oppress 〔 əˈprɛs 〕 v. 壓迫　op (*against*) + press (壓) = oppress
oppression 〔 əˈprɛʃən 〕 n. 壓迫　oppress (壓迫) + ion (*n.*) = oppression
opponent 〔 əˈponənt 〕 n. 對手　op (*against*) + pon (*place*) + ent (人)

optimism 〔ˈɑptə͵mɪzəm 〕 n. 樂觀　optim (*best*) + ism (*n.*)
optimistic 〔͵ɑptəˈmɪstɪk 〕 *adj.* 樂觀的　optimism (樂觀) – m + tic (*adj.*)
opportunity 〔͵ɑpɚˈtjunətɪ 〕 n. 機會　op (*to*) + port (港口) + un + ity (*n.*)

option 〔ˈɑpʃən 〕 n. 選擇　opt (選擇) + ion (*n.*) = option
optional 〔ˈɑpʃən̩l 〕 *adj.* 選擇的　option (選擇) + al (*adj.*) = optional
oral 〔ˈɔrəl 〕 *adj.* 口頭的；口部的　這個字也可唸 (ˈorəl)。

31.

order	('ɔrdɚ) n. 命令;順序 v. 命令	
orderly	('ɔrdɚlɪ) adj. 整齊的;有秩序的 n. (醫院的) 雜工;勤務兵	
ordinary	('ɔrdn̩ˏɛrɪ) adj. 普通的;平淡的 ordin (order) + ary (adj.)	
organ	('ɔrgən) n. 器官;機構	
organic	(ɔr'gænɪk) adj. 有機的;天然的;器官的	
organism	('ɔrgənˏɪzəm) n. 生物	
organize	('ɔrgənˏaɪz) v. 組織;安排;籌辦 organ (器官) + ize (v.)	
organizer	('ɔrgənˏaɪzɚ) n. 組織者;主辦人	
organization	(ˏɔrgənə'zeʃən) n. 組織;機構	

32.

origin	('ɔrədʒɪn) n. 起源;出身【常用複數】 ori (rise) + gin = origin
original	(ə'rɪdʒənḷ) adj. 最初的;原本的;新穎的 n. 原物;原文
originality	(əˏrɪdʒə'nælətɪ) n. 創意;獨創性;獨創能力
originate	(ə'rɪdʒəˏnet) v. 起源;發明 origin (起源) + ate (v.)
Orient	('orɪˏɛnt) n. 東方 Ori (rise) + ent (n.) = Orient
Oriental	(ˏorɪ'ɛntḷ) adj. 東方的 Orient (東方) + al (adj.) = Oriental
orphan	('ɔrfən) n. 孤兒 諧音:毆份。
orphanage	('ɔrfənɪdʒ) n. 孤兒院 orphan (孤兒) + age (地點)
ornament	('ɔrnəmənt) n. 裝飾 v. 裝飾;點綴

33.

out	(aʊt) adv. 向外 adj. 過時的 v. 暴露;公開
outbreak	('aʊtˏbrek) n. 爆發 out (向外) + break (破裂) = outbreak
outcome	('aʊtˏkʌm) n. 結果 out (向外) + come (到來) = outcome
outdo	(aʊt'du) v. 勝過 out (向外) + do (做) = outdo
outdoor	('aʊtˏdor) adj. 戶外的 out (向外) + door (門) = outdoor
outdoors	('aʊt'dorz) adv. 在戶外 outdoor (戶外的) + s = outdoors
outer	('aʊtɚ) adj. 外部的 out (向外) + er = outer
outfit	('aʊtˏfɪt) n. 服裝 v. 裝配 out (向外) + fit (穿) = outfit
outgoing	('aʊtˏgoɪŋ) adj. 外向的 out (向外) + go (走) + ing (adj.)

34.

outlaw	(ˋaʊt͵lɔ) *n.* 罪犯　*v.* 禁止　out (在外) + law (法律) = outlaw	
outlet	(ˋaʊt͵lɛt) *n.* 出口；發洩途徑；商店；插座　out + let (釋放)	
outline	(ˋaʊt͵laɪn) *n.* 大綱；輪廓　*v.* 畫…的輪廓　out + line (線)	

output	(ˋaʊt͵pʊt) *n.* 產量；產品；(機械、電) 輸出 (量)
outlook	(ˋaʊt͵lʊk) *n.* 看法　out (向外) + look (看) = outlook
outnumber	(aʊtˋnʌmbɚ) *v.* 比…多；數量勝過　out + number (數量)

outright	(ˋaʊt͵raɪt) *adj.* 直率的；完全的　*adv.* 直率地
outrage	(ˋaʊt͵redʒ) *n.* 暴行；激憤　*v.* 激怒　out (向外) + rage (生氣)
outrageous	(aʊtˋredʒəs) *adj.* 殘暴的；無理的　outrage (暴行) + ous (*adj.*)

35.

outside	(ˋaʊtˋsaɪd) *adv.* 在外面　out (在外) + side (邊) = outside
outsider	(aʊtˋsaɪdɚ) *n.* 外人　outside (在外面) + (e)r (人) = outsider
outskirts	(ˋaʊt͵skɝts) *n. pl.* 郊區　out (在外) + skirts (裙子) = outskirts

outset	(ˋaʊt͵sɛt) *n.* 開始；開端　out (在外) + set (設置) = outset
outstanding	(ˋaʊtˋstændɪŋ) *adj.* 傑出的；出眾的；顯著的
outward	(ˋaʊtwɚd) *adj.* 向外的；明顯的　out (向外) + ward (*turn*)

outing	(ˋaʊtɪŋ) *n.* 出遊；郊遊　out (向外) + ing (*n.*) = outing
oval	(ˋovḷ) *adj.* 橢圓形的　ov + al (*adj.*) = oval
oven	(ˋʌvən) *n.* 烤箱　諧音：喔溫。

36.

overdo	(ˋovɚˋdu) *v.* 做…過火；做…過度　over (超過) + do (做)
overeat	(ˋovɚˋit) *v.* 吃得過多　over (超過) + eat (吃) = overeat
overcome	(͵ovɚˋkʌm) *v.* 克服；戰勝　over (超過) + come (來)

overflow	(͵ovɚˋflo) *v.* 氾濫；淹沒；流出　over (超過) + flow (流)
overhear	(͵ovɚˋhɪr) *v.* 無意間聽到；偶然聽到；偷聽到
overlap	(͵ovɚˋlæp) *v.* 重疊；與…部分一致

overlook	(͵ovɚˋlʊk) *v.* 忽視；俯瞰　over (超過) + look (看) = overlook
oversleep	(ˋovɚˋslip) *v.* 睡過頭　over (超過) + sleep (睡) = oversleep
overtake	(͵ovɚˋtek) *v.* 趕上；超越；超車　over (超過) + take (拿)

一口氣背 7000 字 ⑩

1.

overhead	(ˈovɚˌhɛd) *adj.*	頭上的
overnight	(ˈovɚˈnaɪt) *adv.*	一夜之間；突然
overpass	(ˈovɚˌpæs) *n.*	天橋；高架橋；高架道路

overwork　(ˈovɚˈwɝk) *v. n.* 工作過度
overturn　(ˌovɚˈtɝn) *v.* 打翻；推翻
overthrow　(ˌovɚˈθro) *v.* 推翻；打翻　over + throw = overthrow

overcoat　(ˈovɚˌkot) *n.* 大衣
overall　(ˈovɚˌɔl) *adj.* 全面的
overwhelm　(ˌovɚˈhwɛlm) *v.* 壓倒；使無法承受

2.

own　(on) *v.* 擁有　*adj.* 自己的
owner　(ˈonɚ) *n.* 擁有者
ownership　(ˈonɚˌʃɪp) *n.* 所有權　owner (*owner*) + ship (*n.*)

ox　(ɑks) *n.* 公牛
oxygen　(ˈɑksədʒən) *n.* 氧　化學符號的 O，就是「氧」(oxygen)。
oyster　(ˈɔɪstɚ) *n.* 牡蠣　牡蠣的閩南發音「蚵」與 oyster 開頭發音相似。

owe　(o) *v.* 欠
owl　(aʊl) *n.* 貓頭鷹　owl 是擬聲字，來自牠「嗷嗷」的鳴叫聲。
ozone　(ˈozon) *n.* 臭氧　化學式是 O_3。　O (氧) + zone = ozone

3.

pack　(pæk) *v.* 打包；包裝　*n.* 小包
packet　(ˈpækɪt) *n.* 小包　pack (包裝) + et (小的) = packet
package　(ˈpækɪdʒ) *n.* 包裹；一套方案；套裝軟體

pad　(pæd) *n.* 墊子；便條紙；襯墊　pad 是一種「片狀物」。
paddle　(ˈpædl̩) *n.* 槳　pad + dle　重覆 d 表重覆動作。
pact　(pækt) *n.* 協定

page　(pedʒ) *n.* 頁
pace　(pes) *n.* 步調　諧音：配速。
pacific　(pəˈsɪfɪk) *adj.* 和平的　paci (*peace*) + fic (*adj.*)

4.

pain	〔 pen 〕 *n.* 疼痛;痛苦
painful	〔'penfəl 〕 *adj.* 疼痛的;痛苦的
pail	〔 pel 〕 *n.* 桶

paint	〔 pent 〕 *v.* 畫;油漆　用水彩筆 (brush) 畫,稱為 paint。
painter	〔'pentɚ 〕 *n.* 畫家;油漆工
painting	〔'pentɪŋ 〕 *n.* 畫

pal	〔 pæl 〕 *n.* 朋友;夥伴;同志
palace	〔'pælɪs 〕 *n.* 宮殿　諧音:爬蕾絲。
pale	〔 pel 〕 *adj.* 蒼白的

5.

pan	〔 pæn 〕 *n.* 平底鍋　pan 跟「片」、「扁」發音相近。
pancake	〔'pæn,kek 〕 *n.* 薄煎餅　pan + cake = pancake
panda	〔'pændə 〕 *n.* 貓熊　唸起來像「胖的」,容易和胖胖的貓熊聯想。

pane	〔 pen 〕 *n.* 窗玻璃;(窗戶上的) 一塊玻璃　pane 發音像一「片」。
panel	〔'pænḷ 〕 *n.* 面板;專門小組
panic	〔'pænɪk 〕 *v. n.* 恐慌　形容詞是 panicky 〔'pænɪkɪ 〕 *adj.* 恐慌的。

palm	〔 pɑm 〕 *n.* 手掌　注意:palm 中的 l 不發音。
pamphlet	〔'pæmflɪt 〕 *n.* 小冊子　pam (*palm*) + phl (*love*) + et (*little*)
pants	〔 pænts 〕 *n. pl.* 褲子

6.

paradise	〔'pærə,daɪs 〕 *n.* 天堂;樂園　para (*beside*) + dise (神) = paradise
paradox	〔'pærə,dɑks 〕 *n.* 矛盾　para (*against*) + dox (*opinion*) = paradox
parachute	〔'pærə,ʃut 〕 *n.* 降落傘　para (*against*) + chute (*fall*)

paragraph	〔'pærə,græf 〕 *n.* 段落
parallel	〔'pærə,lɛl 〕 *adj.* 平行的
paralyze	〔'pærə,laɪz 〕 *v.* 使麻痺;使癱瘓

parcel	〔'pɑrsḷ 〕 *n.* 郵包;郵寄包裹
pardon	〔'pɑrdṇ 〕 *n. v.* 原諒
parliament	〔'pɑrləmənt 〕 *n.* 國會

7.

part	〔 part 〕 *n.* 部分　*v.* 分開	
party	〔'partɪ 〕 *n.* 宴會；政黨	
partial	〔'parʃəl 〕 *adj.* 部分的；局部的；不完全的　part (部分) + ial	

participate 〔 par'tɪsə,pet 〕 *v.* 參加　parti (*part*) + cip (*take*) + ate (*v.*)
participation 〔 pɚ,tɪsə'peʃən 〕 *n.* 參與
participant 〔 pɚ'tɪsəpənt 〕 *n.* 參加者　participate – ate + ant (人)

participle 〔'partəsəpl̩ 〕 *n.* 分詞【注意重音】
particle 〔'partɪkl̩ 〕 *n.* 粒子　parti + cle (*small*) = particle
particular 〔 pɚ'tɪkjələ 〕 *adj.* 特別的　副詞是 particularly (特別地)。

8.

partly 〔'partlɪ 〕 *adv.* 部分地
partner 〔'partnɚ 〕 *n.* 夥伴　就是共享一「部分」(part) 的「人」(er)。
partnership 〔'partnɚʃɪp 〕 *n.* 合夥關係　partner (伙伴) + ship (*n.*)

pass 〔 pæs 〕 *v.* 經過
passage 〔'pæsɪdʒ 〕 *n.* 一段 (文章)
passenger 〔'pæsn̩dʒɚ 〕 *n.* 乘客　pass (*pass*) + en (中綴) + ger (*people*)

passion 〔'pæʃən 〕 *n.* 熱情　compassion「同情」去掉 com 是 passion。
passionate 〔'pæʃənɪt 〕 *adj.* 熱情的
passive 〔'pæsɪv 〕 *adj.* 被動的　「被動的」人通常得「過」(pass) 且過。

9.

past 〔 pæst 〕 *adj.* 過去的　*n.* 過去
pasta 〔'pɑstɑ , 'pæstə 〕 *n.* 義大利麵　來自拉丁文 *pasta* (麵糰)。
pastime 〔'pæs,taɪm 〕 *n.* 消遣　就是用來「度過」(pass)「時間」的。

paste 〔 pest 〕 *n.* 漿糊；糊狀物；糊；醬；膏；麵糰
pastry 〔'pestrɪ 〕 *n.* 糕餅　也來自「麵糰」的意思。
pat 〔 pæt 〕 *v.* 輕拍　跟「拍」的中文發音很相似。

patch 〔 pætʃ 〕 *n.* 補丁　可以想像一張「補丁」,「啪」一聲貼到破洞上。
path 〔 pæθ 〕 *n.* 小徑
pathetic 〔 pə'θɛtɪk 〕 *adj.* 可憐的；無用的；差勁的

10.

patriot	('petrɪət) *n.* 愛國者	patri 是希臘文 pater (*father*) 的變形。
patriotic	(ˌpetrɪ'atɪk) *adj.* 愛國的	patriot (愛國者) + ic (*adj.*) = patriotic
patron	('petrən) *n.* 贊助者；顧客；老主顧	字根也是 patri (*father*)。

patient	('peʃənt) *adj.* 有耐心的 *n.* 病人	pati (*suffer*) + ent (*adj.*)
patience	('peʃəns) *n.* 耐心	
payment	('pemənt) *n.* 付款	pay (付款) + ment (*n.*) = payment

pave	(pev) *v.* 鋪 (路)	pave 跟中文的「鋪」唸起來很像。
pavement	('pevmənt) *n.* 人行道；路面	pave (鋪) + ment (*n.*) = pavement
paw	(pɔ) *n.* (貓、狗的) 腳掌	「貓、老鷹的爪」則是 claw (klɔ)。

11.

pea	(pi) *n.* 豌豆	這個字衍生出 peanut、peasant (農夫) 等相關字。
peace	(pis) *n.* 和平	
peaceful	('pisfəl) *adj.* 和平的；平靜的；寧靜的	

peach	(pitʃ) *n.* 桃子	
peacock	('pi,kɑk) *n.* 孔雀	pea (豌豆) + cock (公雞) = peacock
peanut	('pi,nʌt) *n.* 花生	pea (豌豆) + nut (堅果) = peanut

pear	(pɛr) *n.* 西洋梨【注意發音】	
pearl	(pɝl) *n.* 珍珠	字源學者認爲跟 pear (西洋梨) 有關。
peasant	('pɛzn̩t) *n.* 農夫【注意發音】	peas (*pea*) + ant (*man*)

12.

pedal	('pɛdl̩) *n.* 踏板；腳踏板	字根 ped 意爲「腳；步」。
peddler	('pɛdlɚ) *n.* 小販	「小販」(peddler) 沿街販賣，「腳」力很重要。
pedestrian	(pə'dɛstrɪən) *n.* 行人	就是用「腳」(ped) 走的「人」(ian)。

pen	(pɛn) *n.* 筆	
pencil	('pɛnsl̩) *n.* 鉛筆	
penalty	('pɛnl̩tɪ) *n.* 處罰；刑罰；懲罰	

penetrate	('pɛnə,tret) *v.* 穿透	pen + etr (*enter*) + ate (*v.*)
penguin	('pɛngwɪn) *n.* 企鵝	
peninsula	(pə'nɪnsələ) *n.* 半島	pen (*half*) + insula (*island*)

13.

per	〔 pɚ 〕 *prep.* 每…	
perceive	〔 pɚ'siv 〕 *v.* 察覺　per (*through*) + ceive (*take*) = perceive	
perception	〔 pɚ'sɛpʃən 〕 *n.* 知覺;感受　per + cept (*take*) + ion (*n.*)	

percent	〔 pɚ'sɛnt 〕 *n.* 百分之…　per (每) + cent (百分之一) = percent
percentage	〔 pɚ'sɛntɪdʒ 〕 *n.* 百分比
perch	〔 pɝtʃ 〕 *n.* (鳥的) 棲木　*v.* (鳥) 停 (在…)

perfect	〔'pɝfɪkt 〕 *adj.* 完美的;最適當的
perfection	〔 pɚ'fɛkʃən 〕 *n.* 完美
perfume	〔'pɝfjum 〕 *n.* 香水　*v.* 灑香水【注意重音】

14.

perform	〔 pɚ'fɔrm 〕 *v.* 表演;執行
performance	〔 pɚ'fɔrməns 〕 *n.* 表演;表現
performer	〔 pɚ'fɔrmɚ 〕 *n.* 表演者　perform (表演) + er (人)

peril	〔'pɛrəl 〕 *n.* 危險【注意發音】
perish	〔'pɛrɪʃ 〕 *v.* 死亡;毀滅;消滅;腐敗
permanent	〔'pɝmənənt 〕 *adj.* 永久的

permit	〔 pɚ'mɪt 〕 *v.* 允許　per (*through*) + mit (*go*)
permission	〔 pɚ'mɪʃən 〕 *n.* 許可
permissible	〔 pɚ'mɪsəbl̩ 〕 *adj.* 可允許的

15.

persist	〔 pɚ'sɪst 〕 *v.* 堅持;持續　字中的 si 可唸成 /zɪ/ 或 /sɪ/。
persistence	〔 pɚ'sɪstəns 〕 *n.* 堅持;堅忍不拔　persist (堅持) + ence (*n.*)
persistent	〔 pɚ'sɪstənt 〕 *adj.* 持續的;堅忍不拔的

personal	〔'pɝsn̩l̩ 〕 *adj.* 個人的
personality	〔,pɝsn̩'æləti 〕 *n.* 個性
personnel	〔,pɝsn̩'ɛl 〕 *n.* 全體職員;人事部　法文。person + nel。

persuade	〔 pɚ'swed 〕 *v.* 說服　per (*thoroughly*) + suade (*sweet*)
persuasion	〔 pɚ'sweʒən 〕 *n.* 說服力　persuade (說服) – de + sion
persuasive	〔 pɚ'swesɪv 〕 *adj.* 有說服力的　persuade (說服) – de + sive

16.

pet	〔 pɛt 〕 *n.* 寵物	
petal	〔 'pɛtḷ 〕 *n.* 花瓣　這個字長得像「踏板」(pedal)。	
petroleum	〔 pə'trolɪəm 〕 *n.* 石油　petr (石) + oleum (*oil*) = petroleum	

pest	〔 pɛst 〕 *n.* 害蟲；討厭的人或物　諧音：噴死他。	
pesticide	〔 'pɛstɪ,saɪd 〕 *n.* 殺蟲劑　pesti (*pest*) + cide (*cut*)	
petty	〔 'pɛtɪ 〕 *adj.* 小的；微不足道的	

pharmacy	〔 'farməsɪ 〕 *n.* 藥房	
pharmacist	〔 'farməsɪst 〕 *n.* 藥劑師　可以和 charm (魔力) 聯想。	
phase	〔 fez 〕 *n.* 階段　【比較】phrase 〔 frez 〕 *n.* 片語	

17.

photo	〔 'foto 〕 *n.* 照片　是 photograph (照片) 的簡稱。
photograph	〔 'fotə,græf 〕 *n.* 照片
photographer	〔 fə'tagrəfə 〕 *n.* 攝影師　photo (光) + graph (*write*) + er (人)

physics	〔 'fɪzɪks 〕 *n.* 物理學
physicist	〔 'fɪzəsɪst 〕 *n.* 物理學家　physics (物理學) – s + ist (人)
physician	〔 fə'zɪʃən 〕 *n.* 內科醫生

philosophy	〔 fə'lasəfɪ 〕 *n.* 哲學；人生觀　philo (*love*) + sophy (*wisdom*)
philosopher	〔 fə'lasəfə 〕 *n.* 哲學家
phenomenon	〔 fə'namə,nan 〕 *n.* 現象　和 phantom (幽靈) 同源。

18.

pick	〔 pɪk 〕 *v.* 挑選；摘
pickle	〔 'pɪkḷ 〕 *n.* 酸黃瓜；泡菜
pickpocket	〔 'pɪk,pakɪt 〕 *n.* 扒手　pick (撿) + pocket (口袋) = pickpocket

picnic	〔 'pɪknɪk 〕 *n.* 野餐　*v.* 去野餐
picture	〔 'pɪktʃə 〕 *n.* 圖畫；照片
picturesque	〔 ,pɪktʃə'rɛsk 〕 *adj.* 風景如畫的　字尾 que 常有異國情調。

pie	〔 paɪ 〕 *n.* 派；餡餅　中文的「派」是 pie 直接音譯過來的。
piety	〔 'paɪətɪ 〕 *n.* 虔誠；孝順　可以用諧音「拜」來記憶。
pier	〔 pɪr 〕 *n.* 碼頭；橋墩

19.

pig	〔 pɪg 〕 *n.* 豬	
pigeon	〔'pɪdʒɪn 〕 *n.* 鴿子　pigeon 是常見的灰色鴿子，dove 則是白色。	
pilgrim	〔'pɪlgrɪm 〕 *n.* 朝聖者　pil (*beyond*) + grim (*earth*)	
pill	〔 pɪl 〕 *n.* 藥丸　「生病」(ill) 了，就要吃「藥丸」(pill)。	
pillar	〔'pɪlɚ 〕 *n.* 柱子　pill (藥丸) + ar = pillar	
pillow	〔'pɪlo 〕 *n.* 枕頭	
pin	〔 pɪn 〕 *n.* 別針；大頭針　大寫的 PIN 指「個人識別碼；安全密碼」。	
pinch	〔 pɪntʃ 〕 *v.* 捏　「捏」了會痛，好像被「別針」(pin) 刺了一下。	
pimple	〔'pɪmpḷ 〕 *n.* 青春痘　【比較】acne 〔'æknɪ 〕 *n.* 粉刺	

20.

pine	〔 paɪn 〕 *n.* 松樹	
pineapple	〔'paɪn‚æpḷ 〕 *n.* 鳳梨	
ping-pong	〔'pɪŋ‚paŋ 〕 *n.* 乒乓球　音譯為「乒乓」，取自來回擊球的聲音。	
pint	〔 paɪnt 〕 *n.* 品脫　pint 這個字直接音譯成「品脫」。	
pioneer	〔‚paɪə'nɪr 〕 *n.* 先驅；先鋒　pion (*soldier*) + eer (*man*)	
pious	〔'paɪəs 〕 *adj.* 虔誠的　piety (虔誠) – ety + ous (*adj.*) = pious	
pipe	〔 paɪp 〕 *n.* 管子；煙斗；笛子	
pipeline	〔'paɪp‚laɪn 〕 *n.* 管線　pipe (管子) + line (線) = pipeline	
pirate	〔'paɪrət 〕 *n.* 海盜　*v.* 盜版	

21.

pit	〔 pɪt 〕 *n.* 洞；坑；礦坑　「洞」(pit) 裡可以「放」(put) 東西。	
pitch	〔 pɪtʃ 〕 *v.* 投擲　*n.* 投擲；音調	
pitcher	〔'pɪtʃɚ 〕 *n.* 投手；水壺；水罐　pitcher 沒有蓋子，jug 可有可無。	
piss	〔 pɪs 〕 *v.* 小便　通俗的講法是 pee 〔 pi 〕，生活中很常聽到。	
pistol	〔'pɪstḷ 〕 *n.* 手槍　pis (*pitch*) + tol (*tube*)	
pizza	〔'pitsə 〕 *n.* 披薩【注意音標】	
plan	〔 plæn 〕 *n. v.* 計劃	
plant	〔 plænt 〕 *n.* 植物；工廠　*v.* 種植	
plantation	〔 plæn'teʃən 〕 *n.* 大農場；農園；種植場　plant (植物) + ation	

22.

player	('pleɚ) *n.* 選手；運動員；演奏者；播放器	
playground	('ple,graʊnd) *n.* 運動場；遊樂場	play + ground = playground
playwright	('ple,raɪt) *n.* 劇作家；編寫劇本的人	

plea	(pli) *n.* 懇求；答辯	
plead	(plid) *v.* 懇求；答辯；極力主張	plea (懇求) + d = plead
please	(pliz) *v.* 取悅　*adv.* 請	

pleasant	('plɛznt) *adj.* 令人愉快的	please (取悅) – e + ant (*adj.*)
pleasure	('plɛʒɚ) *n.* 樂趣	please (取悅) – e + ure (*n.*) = pleasure
pledge	(plɛdʒ) *v.* 保證；發誓	

23.

plug	(plʌg) *n.* 插頭　*v.* 插插頭	和 pluck (拔出) 同源。
plum	(plʌm) *n.* 梅子	
plumber	('plʌmɚ) *n.* 水管工人【注意發音】	

pluck	(plʌk) *v.* 拔出；摘 (花)	
plus	(plʌs) *prep.* 加上	評等時 A⁺ 唸作 A plus。
plunge	(plʌndʒ) *v.* 跳進	「跳進」水裡也會有「啪啦」/ plʌ / 的水聲。

plenty	('plɛntɪ) *n.* 豐富	
plentiful	('plɛntɪfəl) *adj.* 豐富的	pl (*plural*) + enti (*n.*) + ful (*adj.*)
plight	(plaɪt) *n.* 困境；苦境	p (不) + light = plight

24.

pocket	('pɑkɪt) *n.* 口袋	
pocketbook	('pɑkɪt,bʊk) *n.* 口袋書；袖珍版的書；皮夾；錢包；小筆記本	
poem	('po‧ɪm) *n.* 詩	

poet	('po‧ɪt) *n.* 詩人	
poetry	('po‧ɪtrɪ) *n.* 詩【集合名詞】	
poetic	(po'ɛtɪk) *adj.* 詩的；充滿詩情畫意的	poet (詩人) + ic (*adj.*)

point	(pɔɪnt) *n.* 點	
poison	('pɔɪzn) *n.* 毒藥	
poisonous	('pɔɪznəs) *adj.* 有毒的	poison (毒藥) + ous = poisonous

25.

police	〔 pə'lis 〕 *n.* 警察；警方	police 是集合名詞，通常和 the 連用。
policeman	〔 pə'lismən 〕 *n.* 警察	
policy	〔'pɑləsɪ 〕 *n.* 政策	

politics	〔'pɑlə,tɪks 〕 *n.* 政治學	poli (*many*) + tics (*study*)
political	〔 pə'lɪtɪkl̩ 〕 *adj.* 政治的	politics (政治) – s + al = political
politician	〔,pɑlə'tɪʃən 〕 *n.* 政治人物；政客	

pollute	〔 pə'lut 〕 *v.* 污染	東西「潑路」就會「污染」。
pollution	〔 pə'luʃən 〕 *n.* 污染	
pollutant	〔 pə'lutn̩t 〕 *n.* 污染物	

26.

pond	〔 pɑnd 〕 *n.* 池塘	
ponder	〔'pɑndɚ 〕 *v.* 沉思；仔細考慮	字源來自量東西有幾「磅」。
pony	〔'ponɪ 〕 *n.* 小馬	

pop	〔 pɑp 〕 *adj.* 流行的	簡化自 popular。這個字不要和 pub 搞混。
popcorn	〔'pɑp,kɔrn 〕 *n.* 爆米花	pop (爆) + corn (玉米) = popcorn

popular	〔'pɑpjələ 〕 *adj.* 受歡迎的；流行的	跟 people 同源。
popularity	〔,pɑpjə'lærətɪ 〕 *n.* 受歡迎；流行；普遍	popular + ity (*n.*)

populate	〔'pɑpjə,let 〕 *v.* 居住於	popular – ar + ate = populate
population	〔,pɑpjə'leʃən 〕 *n.* 人口；(動物的) 群體	populate – e + ion

27.

port	〔 port 〕 *n.* 港口；港市	
portable	〔'portəbl̩ 〕 *adj.* 手提的	port (攜帶) + able (*adj.*) = portable
porter	〔'portɚ 〕 *n.* (行李) 搬運員	port (攜帶) + er (人) = porter

portion	〔'porʃən 〕 *n.* 部分	portion 變形自 part (部分)。
portrait	〔'portret 〕 *n.* 肖像	「肖像」一定要畫出人的「特徵」(trait)。
portray	〔 por'tre 〕 *v.* 描繪；描寫	

pose	〔 poz 〕 *n.* 姿勢 *v.* 擺姿勢	
position	〔 pə'zɪʃən 〕 *n.* 位置	
positive	〔'pɑzətɪv 〕 *adj.* 肯定的；樂觀的；正面的	相反詞是 negative。

28.

possess	〔 pə'zɛs 〕 v. 擁有	
possession	〔 pə'zɛʃən 〕 n. 擁有	
possibility	〔 ˌpɑsə'bɪlətɪ 〕 n. 可能性	

post　　　　　　〔 post 〕 n. 郵政；柱子；崗位；(網路) 貼文　v. 郵寄
postage　　　　〔 'postɪdʒ 〕 n. 郵資　post (郵寄) + age (n.) = postage
postcard　　　　〔 'post,kɑrd 〕 n. 明信片　post (郵寄) + card (卡片) = postcard

poster　　　　　〔 'postɚ 〕 n. 海報
postpone　　　　〔 post'pon 〕 v. 延期；延後　post (*behind*) + pone (*put*)
postponement　〔 post'ponmənt 〕 n. 延期；延後　postpone (延期) + ment (n.)

29.

pot　　　　　　〔 pɑt 〕 n. 鍋子；壺；陶罐
pottery　　　　〔 'pɑtɚɪ 〕 n. 陶器；陶藝　最古早的鍋子，是「陶器」做成的。
potential　　　　〔 pə'tɛnʃəl 〕 n. 潛力；可能性　adj. 有潛力的；可能的

pour　　　　　　〔 por 〕 v. 傾倒；下傾盆大雨
poultry　　　　〔 'poltrɪ 〕 n. 家禽【注意發音】　poul (*fowl*) + try (集合名詞)
poverty　　　　〔 'pɑvɚtɪ 〕 n. 貧窮　是 poor (貧窮的) 的名詞。

power　　　　　〔 'paʊɚ 〕 n. 力量
powerful　　　　〔 'paʊɚfəl 〕 adj. 強有力的
powder　　　　〔 'paʊdɚ 〕 n. 粉末　可用諧音記：拿來「泡的」，就是「粉末」。

30.

pray　　　　　　〔 pre 〕 v. 祈禱
prayer　　　　　〔 'preɚ 〕 n. 祈禱者　這字做「祈禱；祈禱文」解，唸〔 prɛr 〕。
praise　　　　　〔 prez 〕 v. n. 稱讚

practice　　　　〔 'præktɪs 〕 v. 練習　n. 實踐；慣例；做法
practical　　　　〔 'præktɪkl̩ 〕 adj. 實際的
prairie　　　　〔 'prɛrɪ 〕 n. 大草原【注意發音】　prai (*prey*) + rie (ry = 集合名詞)

precede　　　　〔 prɪ'sid 〕 v. 在…之前　pre (*before*) + cede (*go*)
precedent　　　　〔 'prɛsədənt 〕 n. 先例；判例；慣例
preach　　　　〔 pritʃ 〕 v. 說教

31.

predict 〔 prɪ'dɪkt 〕 v. 預測　pre (在前) + dict (說) = predict
prediction 〔 prɪ'dɪkʃən 〕 n. 預測
precise 〔 prɪ'saɪs 〕 adj. 精確的　pre (before) + cise (cut)

prefer 〔 prɪ'fɝ 〕 v. 比較喜歡
preferable 〔 'prɛfərəbḷ 〕 adj. 比較好的；較合人意的【注意重音】
preference 〔 'prɛfərəns 〕 n. 比較喜歡

precious 〔 'prɛʃəs 〕 adj. 珍貴的　preci (price) + ous (adj.) = precious
pregnant 〔 'prɛgnənt 〕 adj. 懷孕的　pre (在前) + gn (生) + ant (adj.)
pregnancy 〔 'prɛgnənsɪ 〕 n. 懷孕

32.

premature 〔 ˌprimə'tʃʊr 〕 adj. 過早的；不成熟的；早產的
preliminary 〔 prɪ'lɪməˌnɛrɪ 〕 adj. 初步的；預備的
prehistoric 〔 ˌprihɪs'tɔrɪk 〕 adj. 史前的

preface 〔 'prɛfɪs 〕 n. 序言【注意發音】　pre (在前) + face (面)
prejudice 〔 'prɛdʒədɪs 〕 n. 偏見　pre (before) + jud (judge) + ice (n.)
predecessor 〔 'prɛdɪˌsɛsɚ 〕 n. (某職位的) 前任；前輩

prepare 〔 prɪ'pɛr 〕 v. 準備
preparation 〔 ˌprɛpə'reʃən 〕 n. 準備
preposition 〔 ˌprɛpə'zɪʃən 〕 n. 介系詞　pre (before) + posit (put) + ion (n.)

33.

present 〔 'prɛznt 〕 adj. 出席的；現在的　n. 禮物；現在
presence 〔 'prɛzns 〕 n. 出席
presentation 〔 ˌprɛzn'teʃən 〕 n. 報告；演出；贈送；呈現；提出；引見

preside 〔 prɪ'zaɪd 〕 v. 主持　pre (before) + side (sit) = preside
president 〔 'prɛzədənt 〕 n. 總統；總裁　pre (before) + sid (sit) + ent (n.)
presidential 〔 ˌprɛzə'dɛnʃəl 〕 adj. 總統的　president + ial = presidential

preserve 〔 prɪ'zɝv 〕 v. 保存　pre (before) + serve (keep)
prescribe 〔 prɪ'skraɪb 〕 v. 開藥方；規定　pre (before) + scribe (write)
prescription 〔 prɪ'skrɪpʃən 〕 n. 藥方

34.

press	〔 prɛs 〕 *v.* 壓；按	
pressure	〔 'prɛʃɚ 〕 *n.* 壓力	
prestige	〔 prɛs'tiʒ 〕 *n.* 聲望	pre (*before*) + stige (*stage*)

prevent	〔 prɪ'vɛnt 〕 *v.* 預防；阻止	pre (*before*) + vent (*event*) = prevent
prevention	〔 prɪ'vɛnʃən 〕 *n.* 預防	prevent (預防) + ion (*n.*) = prevention
preventive	〔 prɪ'vɛntɪv 〕 *adj.* 預防的	prevent (預防) + ive (*adj.*)

price	〔 praɪs 〕 *n.* 價格；代價	
priceless	〔 'praɪslɪs 〕 *adj.* 無價的；珍貴的	price (價格) + less (不)
pride	〔 praɪd 〕 *n.* 驕傲	是 proud (驕傲的) 的名詞。長得像，容易記。

35.

prime	〔 praɪm 〕 *adj.* 主要的；上等的	
primary	〔 'praɪ͵mɛrɪ 〕 *adj.* 主要的；基本的	prime (主要的) – e + ary
primitive	〔 'prɪmətɪv 〕 *adj.* 原始的	

prince	〔 prɪns 〕 *n.* 王子；親王	
princess	〔 'prɪnsɪs 〕 *n.* 公主	字尾 ess 表「女性」。

principal	〔 'prɪnsəpḷ 〕 *n.* 校長 *adj.* 主要的	
principle	〔 'prɪnsəpḷ 〕 *n.* 原則	principal 和 principle 是同音字易搞混。

print	〔 prɪnt 〕 *v. n.* 印刷；列印	
printer	〔 'prɪntɚ 〕 *n.* 印表機	

36.

prior	〔 'praɪɚ 〕 *adj.* 之前的	pri (先前) + or = prior
priority	〔 praɪ'ɔrətɪ 〕 *n.* 優先權	prior (之前的) + ity (*n.*) = priority
prisoner	〔 'prɪznɚ 〕 *n.* 囚犯；俘虜	

private	〔 'praɪvɪt 〕 *adj.* 私人的	
privacy	〔 'praɪvəsɪ 〕 *n.* 隱私權	private (私人的) – te + cy = privacy
privilege	〔 'prɪvḷɪdʒ 〕 *n.* 特權	privi (*private*) + lege (*law*)

proceed	〔 prə'sid 〕 *v.* 前進	pro (*forward*) + ceed (*go*) = proceed
procedure	〔 prə'sidʒɚ 〕 *n.* 程序	pro (*forward*) + ced (*go*) + ure (*n.*)
process	〔 'prɑsɛs 〕 *n.* 過程 *v.* 加工；處理	pro (*forward*) + cess (*go*)

一口氣背 7000 字 ⑪

1.

produce	〔 prə'djus 〕 *v.* 生產；製造
producer	〔 prə'djusə 〕 *n.* 生產者；製造者；製作人
product	〔'pradəkt 〕 *n.* 產品

produce 〔 prə'djus 〕 *v.* 生產；製造
producer 〔 prə'djusə 〕 *n.* 生產者；製造者；製作人
product 〔'pradəkt 〕 *n.* 產品

production 〔 prə'dʌkʃən 〕 *n.* 生產
productive 〔 prə'dʌktɪv 〕 *adj.* 有生產力的；多產的
productivity 〔ˌprodʌk'tɪvətɪ 〕 *n.* 生產力

profession 〔 prə'fɛʃən 〕 *n.* 職業
professional 〔 prə'fɛʃənḷ 〕 *adj.* 職業的；專業的；很內行的；高水準的
professor 〔 prə'fɛsə 〕 *n.* 教授

2.

profit 〔'prafɪt 〕 *n.* 利潤；利益
profitable 〔'prafɪtəbḷ 〕 *adj.* 有利可圖的；盈利的
profile 〔'profaɪl 〕 *n.* 輪廓；側面；外形；外觀；形象

progress 〔 prə'grɛs 〕 *v.* 進步；前進 〔'pragrɛs 〕 *n.* 進步
progressive 〔 prə'grɛsɪv 〕 *adj.* 進步的
program 〔'progræm 〕 *n.* 節目；課程；程式

prohibit 〔 pro'hɪbɪt 〕 *v.* 禁止
prohibition 〔ˌproə'bɪʃən 〕 *n.* 禁止
proficiency 〔 prə'fɪʃənsɪ 〕 *n.* 精通；熟練

3.

project 〔 prə'dʒɛkt 〕 *v.* 投射；計劃 〔'pradʒɛkt 〕 *n.* 計劃
projection 〔 prə'dʒɛkʃən 〕 *n.* 投射；投射物；投影
prolong 〔 prə'lɔŋ 〕 *v.* 延長；拉長；拖延 pro (*forward*) + long (*long*)

promise 〔'pramɪs 〕 *v. n.* 保證；答應；承諾
promising 〔'pramɪsɪŋ 〕 *adj.* 有前途的；有希望的
prominent 〔'pramənənt 〕 *adj.* 卓越的；突出的；著名的

promote 〔 prə'mot 〕 *v.* 使升遷；推銷；提倡 pro (*forward*) + mote (*move*)
promotion 〔 prə'moʃən 〕 *n.* 升遷；促銷；提倡
prompt 〔 prampt 〕 *adj.* 迅速的；即時的；及時的；敏捷的

4.

pronoun	('pronaʊn) *n.* 代名詞	pro (*in place of*) + noun (名詞)
pronounce	(prə'naʊns) *v.* 發音	pro (*forth*) + nounce (*report*)
pronunciation	(prə,nʌnsɪ'eʃən) *n.* 發音	pro + nunci (*report*) + ation (*n.*)

prone	(pron) *adj.* 易於…的;有…傾向的	
prop	(prɑp) *n.* 支柱;後盾;靠山	
propaganda	(,prɑpə'gændə) *n.* 宣傳	

propel	(prə'pɛl) *v.* 推進	pro (*forward*) + pel (*drive*)
propeller	(prə'pɛlɚ) *n.* 推進器;螺旋槳	
proportion	(prə'porʃən) *n.* 比例	

5.

proper	('prɑpɚ) *adj.* 適當的	
property	('prɑpɚtɪ) *n.* 財產;特性	
prophet	('prɑfɪt) *n.* 先知;預言者	pro (*before*) + phet (*speak*)

propose	(prə'poz) *v.* 提議;求婚	pro (*forward*) + pose (*put*)
proposal	(prə'pozḷ) *n.* 提議;求婚	
prose	(proz) *n.* 散文【不是詩】;散文體;平凡	

prosecute	('prɑsɪ,kjut) *v.* 起訴 【衍生字】prosecutor *n.* 檢察官	
prosecution	(,prɑsɪ'kjuʃən) *n.* 起訴	
prospect	('prɑspɛkt) *n.* 期望;展望;前景	pro + spect (*look at*)

6.

prosper	('prɑspɚ) *v.* 繁榮;興盛	
prosperity	(prɑs'pɛrətɪ) *n.* 繁榮	prosper (繁榮) + ity (*n.*) = prosperity
prosperous	('prɑspərəs) *adj.* 繁榮的	

protect	(prə'tɛkt) *v.* 保護;防護	
protection	(prə'tɛkʃən) *n.* 保護	protect (保護) + ion (*n.*) = protection
protective	(prə'tɛktɪv) *adj.* 保護的	protect (保護) + ive (*adj.*)

protein	('protiɪn) *n.* 蛋白質	等於 ('protin)。
protest	('protɛst) *n.* 抗議 (prə'tɛst) *v.*	
prospective	(prə'spɛktɪv) *adj.* 預期的;有希望的;可能的	

7.

province 〔'prɑvɪns 〕 *n.* 省
provincial 〔 prə'vɪnʃəl 〕 *adj.* 地方的
provoke 〔 prə'vok 〕 *v.* 激怒

pub 〔 pʌb 〕 *n.* 酒吧
public 〔'pʌblɪk 〕 *adj.* 公共的；公開的　【比較】private 〔'praɪvɪt 〕
publication 〔,pʌblɪ'keʃən 〕 *n.* 出版（品）

publish 〔'pʌblɪʃ 〕 *v.* 出版
publicize 〔'pʌblɪ,saɪz 〕 *v.* 宣傳
publicity 〔 pʌb'lɪsətɪ 〕 *n.* 出名；知名度　【比較】popularity *n.* 受歡迎

8.

punish 〔'pʌnɪʃ 〕 *v.* 處罰　pun (*penalty*) + ish (*v.*) = punish
punishment 〔'pʌnɪʃmənt 〕 *n.* 處罰　punish (處罰) + ment (*n.*)
punctual 〔'pʌŋktʃuəl 〕 *adj.* 準時的；守時的

pump 〔 pʌmp 〕 *n.* 抽水機
pumpkin 〔'pʌmpkɪn 〕 *n.* 南瓜　【比較】napkin 〔'næpkɪn 〕 *n.* 餐巾
punch 〔 pʌntʃ 〕 *v.* 用拳頭打

psychology 〔 saɪ'kɑlədʒɪ 〕 *n.* 心理學　psycho (*soul*) + logy (*study*)
psychologist 〔 saɪ'kɑlədʒɪst 〕 *n.* 心理學家　psychology – y + ist（人）
psychological 〔,saɪkə'lɑdʒɪkl̩ 〕 *adj.* 心理的

9.

puppy 〔'pʌpɪ 〕 *n.* 小狗　【比較】kitty 〔'kɪtɪ 〕 *n.* 小貓
puppet 〔'pʌpɪt 〕 *n.* 木偶；傀儡
pupil 〔'pjupl̩ 〕 *n.* 學生；瞳孔

pure 〔 pjʊr 〕 *adj.* 純粹的
purify 〔'pjʊrə,faɪ 〕 *v.* 淨化　pur (*pure*) + ify (*v.*)
purity 〔'pjʊrətɪ 〕 *n.* 純淨　pure (純粹的) – e + ity (*n.*) = purity

purple 〔'pɜpl̩ 〕 *adj.* 紫色的　*n.* 紫色
purpose 〔'pɜpəs 〕 *n.* 目的　pur (*before*) + pose (*put*)
purchase 〔'pɜtʃəs 〕 *v.* 購買　pur (*for*) + chase（追求）

10.

qualify	(ˈkwɑləˌfaɪ) *v.* 使合格;使有資格 qualified *adj.* 合格的	
qualification	(ˌkwɑləfəˈkeʃən) *n.* 資格	
quake	(kwek) *n.* 地震	

quality (ˈkwɑlətɪ) *n.* 品質;特質
quantity (ˈkwɑntətɪ) *n.* 量
quack (kwæk) *n.* 密醫;庸醫;江湖郎中;冒牌醫生 *v.* (鴨)叫

quarrel (ˈkwɔrəl) *n. v.* 爭吵
quart (kwɔrt) *n.* 夸脫
quarter (ˈkwɔrtɚ) *n.* 四分之一;一刻鐘;十五分鐘;一季(三個月)

11.

quest (kwɛst) *n.* 尋求;尋找;探索
question (ˈkwɛstʃən) *n.* 問題 *v.* 質問;詢問 quest (尋求) + ion (*n.*)
questionnaire (ˌkwɛstʃənˈɛr) *n.* 問卷 字尾是 aire,重音在最後一個音節上。

queen (kwin) *n.* 女王;皇后
queer (kwɪr) *adj.* 奇怪的
query (ˈkwɛrɪ) *v. n.* 詢問;疑問;質疑;質問 這字可唸 (ˈkwɪrɪ)。

quit (kwɪt) *v.* 停止;辭職
quilt (kwɪlt) *n.* 棉被;被子
quite (kwaɪt) *adv.* 非常;相當;十分

12.

race (res) *n.* 種族;賽跑
racial (ˈreʃəl) *adj.* 種族的
racism (ˈresɪzəm) *n.* 種族主義 race – e + ism (表示主義的名詞字尾)

radar (ˈredɑr) *n.* 雷達
radiant (ˈredɪənt) *adj.* 容光煥發的;光芒四射的 radi (*ray*) + ant (*adj.*)
radiate (ˈredɪˌet) *v.* 輻射;散發 radi (*ray*) + ate (*v.*)

radiation (ˌredɪˈeʃən) *n.* 輻射線;放射線;輻射
radiator (ˈredɪˌetɚ) *n.* 暖爐;電熱器 radi (*ray*) + ator (*n.*) = radiator
radio (ˈredɪˌo) *n.* 無線電

13.

rag	〔 ræg 〕 *n.* 破布	
ragged	〔'rægɪd 〕 *adj.* 破爛的【注意發音】	
rage	〔 redʒ 〕 *n.* 憤怒	

rail　　　〔 rel 〕 *n.* 鐵軌；欄杆；鐵路系統

railroad　〔'rel,rod 〕 *n.* 鐵路　rail (鐵軌) + road (路) = railroad

raid　　　〔 red 〕 *n.* 襲擊

radical　〔'rædɪkḷ 〕 *adj.* 根本的；基本的；激進的　radi (*root*) + cal (*adj.*)

radish　　〔'rædɪʃ 〕 *n.* 小蘿蔔；櫻桃蘿蔔

radius　　〔'redɪəs 〕 *n.* 半徑　【比較】diameter 〔 daɪ'æmətə 〕 *n.* 直徑

14.

rain　　　〔 ren 〕 *n.* 雨　*v.* 下雨

rainy　　 〔'renɪ 〕 *adj.* 下雨的

rainbow　〔'ren,bo 〕 *n.* 彩虹　rain (雨) + bow (弓)

rainfall　〔'ren,fɔl 〕 *n.* 降雨 (量)；下雨　rain (雨) + fall (落下)

raise　　〔 rez 〕 *v.* 提高；舉起；養育

raisin　　 〔'rezn̩ 〕 *n.* 葡萄乾　【比較】grape 〔 grep 〕 *n.* 葡萄

ranch　　 〔 ræntʃ 〕 *n.* 牧場

random　　〔'rændəm 〕 *adj.* 隨便的

ransom　　〔'rænsəm 〕 *n.* 贖金

15.

rat　　　　〔 ræt 〕 *n.* 老鼠

rattle　　 〔'rætḷ 〕 *v.* 發格格聲；格格作響；發出嘎嘎聲　*n.* 碰撞聲

rational　〔'ræʃənḷ 〕 *adj.* 理性的；合理的　rat (*reason*) + ion (*n.*) + al (*adj.*)

rapid　　〔'ræpɪd 〕 *adj.* 迅速的；快速的

rascal　　 〔'ræskḷ 〕 *n.* 流氓

rash　　　 〔 ræʃ 〕 *adj.* 輕率的　當名詞用時，作「疹子」解。

rate　　　〔 ret 〕 *n.* 速度；速率；比率；費用；價格

ratio　　　〔'reʃo 〕 *n.* 比例

razor　　　〔'rezɚ 〕 *n.* 刮鬍刀；剃刀

16.

real	('riəl) *adj.* 眞的	
realism	('riəl,ızəm) *n.* 寫實主義	real + ism (表示主義的名詞字尾)
reality	(rı'ælətı) *n.* 眞實	

realistic	(,riə'lıstık) *adj.* 寫實的
realize	('riə,laız) *v.* 了解；實現
realization	(,riələ'zeʃən) *n.* 了解；實現

rear	(rır) *v.* 養育　*n.* 後面	
reason	('rizn̩) *n.* 理由	
reasonable	('riznəbl̩) *adj.* 合理的	reason (理由) + able (*adj.*)

17.

rebel	(rı'bɛl) *v.* 反叛	re (*again*) + bel (*war*) = rebel
rebellion	(rı'bɛljən) *n.* 叛亂	
recall	(rı'kɔl) *v.* 回想；召回	

receive	(rı'siv) *v.* 收到	re (*back*) + ceive (*take*)
receiver	(rı'sivɚ) *n.* 聽筒	receive (收到) + r (*n.*) = receiver
receipt	(rı'sit) *n.* 收據【注意發音】	

reception	(rı'sɛpʃən) *n.* 歡迎 (會)；接待	
recession	(rı'sɛʃən) *n.* 不景氣	re (*back*) + cess (*go*) + ion (*n.*)
recent	('risn̩t) *adj.* 最近的	

18.

recipe	('rɛsəpı) *n.* 食譜；祕訣；竅門；方法	
recipient	(rı'sıpıənt) *n.* 接受者；領受者	
recite	(rı'saıt) *v.* 背誦；朗誦	re (*again*) + cite (*call*) = recite

recognize	('rɛkəg,naız) *v.* 認得	re (*again*) + cogn (*know*) + ize (*v.*)
recognition	(,rɛkəg'nıʃən) *n.* 承認；認得	
reckon	('rɛkən) *v.* 計算；認爲	

recommend	(,rɛkə'mɛnd) *v.* 推薦	
recommendation	(,rɛkəmɛn'deʃən) *n.* 推薦 (函)	
reconcile	('rɛkən,saıl) *v.* 調解；和解	re (*again*) + concile (*friendly*)

19.

record	〔 rɪ'kɔrd 〕 v. 記錄；錄（音）；錄（影） 〔'rɛkəd 〕 n. 紀錄
recover	〔 rɪ'kʌvə 〕 v. 恢復；復原
recovery	〔 rɪ'kʌvərɪ 〕 n. 恢復；復原

recreation 〔ˌrɛkrɪ'eʃən 〕 n. 娛樂 re (*again*) + creation（創造）
recreational 〔ˌrɛkrɪ'eʃənḷ 〕 *adj.* 娛樂的
recruit 〔 rɪ'krut 〕 v. 招募 re (*again*) + cruit (*grow*)

reduce 〔 rɪ'djus 〕 v. 減少
reduction 〔 rɪ'dʌkʃən 〕 n. 減少
redundant 〔 rɪ'dʌndənt 〕 *adj.* 多餘的 re (*again*) + dund (*wave*) + ant (*adj.*)

20.

refer 〔 rɪ'fɝ 〕 v. 提到；參考；委託
reference 〔'rɛfərəns 〕 n. 參考
referee 〔ˌrɛfə'ri 〕 n. 裁判 refer（委託）+ ee（人）= referee

refine 〔 rɪ'faɪn 〕 v. 精煉；使文雅
refinement 〔 rɪ'faɪnmənt 〕 n. 精煉；文雅
reform 〔 rɪ'fɔrm 〕 v. 改革 re (*again*) + form（形成）

reflect 〔 rɪ'flɛkt 〕 v. 反射；反映 re (*back*) + flect (*bend*)
reflection 〔 rɪ'flɛkʃən 〕 n. 反射
reflective 〔 rɪ'flɛktɪv 〕 *adj.* 反射的 reflect（反射）+ ive (*adj.*) = reflective

21.

refresh 〔 rɪ'frɛʃ 〕 v. 使提神
refreshment 〔 rɪ'frɛʃmənt 〕 n. 提神之物；(*pl.*) 點心；茶點
refrigerator 〔 rɪ'frɪdʒəˌretə 〕 n. 冰箱 美國人現在較常用 fridge 〔 frɪdʒ 〕。

refuge 〔'rɛfjudʒ 〕 n. 避難所 re (*back*) + fuge (*flee*)
refugee 〔ˌrɛfjʊ'dʒi 〕 n. 難民【注意發音】
refund 〔 rɪ'fʌnd 〕 v. 退（錢） 〔'ri,fʌnd 〕 n. 退錢

refuse 〔 rɪ'fjuz 〕 v. 拒絕 〔'rɛfjus 〕 n. 垃圾；廢物 re + fuse (*pour*)
refusal 〔 rɪ'fjuzḷ 〕 n. 拒絕 refuse（拒絕）– e + al (*n.*) = refusal
refute 〔 rɪ'fjut 〕 v. 反駁 re (*back*) + fute (*beat*)

22.

region	('ridʒən) n. 地區　reg (*rule*) + ion (*n.*) = region
regional	('ridʒən!) *adj.* 區域性的　region (地區) + al (*adj.*) = regional
regime	(rɪ'ʒim) n. 政權【注意發音】

register	('rɛdʒɪstə) v. 登記；註冊　re (*back*) + gister (*carry*)
registration	(,rɛdʒɪ'streʃən) n. 登記；註冊
regret	(rɪ'grɛt) v. n. 後悔

regulate	('rɛgjə,let) v. 管制　regul (*rule*) + ate (*v.*)
regulation	(,rɛgjə'leʃən) n. 規定
regular	('rɛgjələ) *adj.* 規律的；定期的

23.

rehearse	(rɪ'hɝs) v. 預演；排練　re (*again*) + hearse (*harrow*)
rehearsal	(rɪ'hɝs!) n. 預演
rejoice	(rɪ'dʒɔɪs) v. 高興；使高興

reign	(ren) n. 統治期間；(君主的) 統治；王權；統治權
rein	(ren) n. 韁繩
reinforce	(,riɪn'fors) v. 增強　re (*again*) + in (*in*) + force (*strong*)

relate	(rɪ'let) v. 使有關聯；有關聯
relation	(rɪ'leʃən) n. 關係
relationship	(rɪ'leʃən,ʃɪp) n. 關係

24.

reject	(rɪ'dʒɛkt) v. 拒絕　re (*back*) + ject (*throw*) = reject
rejection	(rɪ'dʒɛkʃən) n. 拒絕
relative	('rɛlətɪv) n. 親戚

relax	(rɪ'læks) v. 放鬆　re (*back*) + lax (*loosen*)
relaxation	(,rilæks'eʃən) n. 放鬆
relay	(rɪ'le) v. 轉播；傳達；接力　re (*again*) + lay (*leave*)

rely	(rɪ'laɪ) v. 信賴；依靠
reliable	(rɪ'laɪəb!) *adj.* 可靠的
reliance	(rɪ'laɪəns) n. 依賴

25.

relief	〔 rɪ'lif 〕 *n.*	放心；鬆了一口氣；減輕
relieve	〔 rɪ'liv 〕 *v.*	減輕；使放心
release	〔 rɪ'lis 〕 *v.*	釋放

religion　〔 rɪ'lɪdʒən 〕 *n.* 宗教
religious　〔 rɪ'lɪdʒəs 〕 *adj.* 宗教的；虔誠的
relish　　〔'rɛlɪʃ 〕 *v.* 享受；喜愛；愛好；津津有味地品嚐

remain　　〔 rɪ'men 〕 *v.* 仍然；保持不變；留下；剩下
remark　　〔 rɪ'mɑrk 〕 *n.* 評論；話　re (*again*) + mark (記號)
remarkable　〔 rɪ'mɑrkəbḷ 〕 *adj.* 出色的；值得注意的；顯著的；非凡的

26.

remind　　〔 rɪ'maɪnd 〕 *v.* 使想起；提醒
reminder　〔 rɪ'maɪndɚ 〕 *n.* 提醒的人或物　remind (提醒) + er (*n.*)
remedy　　〔'rɛmədɪ 〕 *n.* 治療法

remove　　〔 rɪ'muv 〕 *v.* 除去
removal　　〔 rɪ'muvḷ 〕 *n.* 除去　remove (除去) – e + al (*n.*) = removal
remote　　〔 rɪ'mot 〕 *adj.* 遙遠的；偏僻的　re (*back*) + mote (*move*)

rent　　　〔 rɛnt 〕 *v.* 租　*n.* 租金
rental　　〔'rɛntḷ 〕 *adj.* 出租的
renaissance　〔'rɛnə,sɑns , ,rɛnə'sɑns 〕 *n.* 文藝復興

27.

repay　　〔 rɪ'pe 〕 *v.* 償還　re (*back*) + pay (支付) = repay
repeat　　〔 rɪ'pit 〕 *v.* 重複
repetition　〔,rɛpɪ'tɪʃən 〕 *n.* 重複

replace　　〔 rɪ'ples 〕 *v.* 取代
replacement　〔 rɪ'plesmənt 〕 *n.* 取代
reply　　　〔 rɪ'plaɪ 〕 *v.* 回答；回覆

report　　〔 rɪ'port 〕 *v.* 報導；報告
reporter　〔 rɪ'portɚ 〕 *n.* 記者
repress　　〔 rɪ'prɛs 〕 *v.* 鎮壓　re (*back*) + press (壓)

28.

represent 〔͵rɛprɪ'zɛnt 〕*v.* 代表
representation 〔͵rɛprɪzɛn'teʃən 〕*n.* 代表
representative 〔͵rɛprɪ'zɛntətɪv 〕*n.* 代表人　represent (代表) + ative (*n.*)

republic 〔rɪ'pʌblɪk 〕*n.* 共和國
republican 〔rɪ'pʌblɪkən 〕*adj.* 共和國的
reptile 〔'rɛptaɪl , 'rɛptl̩ 〕*n.* 爬蟲類動物

request 〔rɪ'kwɛst 〕*v. n.* 請求
require 〔rɪ'kwaɪr 〕*v.* 需要　re (*again*) + quire (*seek*)
requirement 〔rɪ'kwaɪrmənt 〕*n.* 必備條件；要求

29.

resemble 〔rɪ'zɛmbl̩ 〕*v.* 像　re (*again*) + semble (*same*) = resemble
resemblance 〔rɪ'zɛmbləns 〕*n.* 相似之處

research 〔rɪ'sɝtʃ , 'risɝtʃ 〕*v. n.* 研究
researcher 〔rɪ'sɝtʃə , 'risɝtʃə 〕*n.* 研究人員

resent 〔rɪ'zɛnt 〕*v.* 憎恨　re (加強語氣的字首) + sent (*feel*) = resent
resentment 〔rɪ'zɛntmənt 〕*n.* 憎恨

reserve 〔rɪ'zɝv 〕*v.* 預訂；保留　re (*back*) + serve (*keep*)
reservation 〔͵rɛzə'veʃən 〕*n.* 預訂
reservoir 〔'rɛzə͵vɔr , -͵vwɑr 〕*n.* 水庫【注意發音】

30.

reside 〔rɪ'zaɪd 〕*v.* 居住
resident 〔'rɛzədənt 〕*n.* 居民

residence 〔'rɛzədəns 〕*n.* 住宅
residential 〔͵rɛzə'dɛnʃəl 〕*adj.* 住宅的

resign 〔rɪ'zaɪn 〕*v.* 辭職　re (*again*) + sign (簽名)
resignation 〔͵rɛzɪg'neʃən 〕*n.* 辭職【注意發音】　resign (辭職) + ation (*n.*)

resist 〔rɪ'zɪst 〕*v.* 抵抗；抗拒　re (*against*) + sist (*stand*)
resistance 〔rɪ'zɪstəns 〕*n.* 抵抗
resistant 〔rɪ'zɪstənt 〕*adj.* 抵抗的；耐…的；防…的

31.

resolve	〔 rɪ'zɑlv 〕 v. 決定；決心；解決　背這個字前，可先背 solve。	
resolute	〔'rɛzə,lut 〕 adj. 堅決的；斷然的	
resolution	〔,rɛzə'luʃən 〕 n. 決心；解決；決定要做的事	

respect	〔 rɪ'spɛkt 〕 v. n. 尊敬；方面；重視　re (*again*) + spect (*look*)
respectful	〔 rɪ'spɛktfəl 〕 adj. 恭敬的　【比較】respectable adj. 可敬的
respective	〔 rɪ'spɛktɪv 〕 adj. 個別的

respond	〔 rɪ'spɑnd 〕 v. 回答；反應
response	〔 rɪ'spɑns 〕 n. 回答；回應
responsibility	〔 rɪ,spɑnsə'bɪlətɪ 〕 n. 責任

32.

rest	〔 rɛst 〕 v. n. 休息
restroom	〔'rɛst,rum 〕 n. 廁所；洗手間

restaurant	〔'rɛstərənt 〕 n. 餐廳　【比較】cafeteria n. 自助餐廳
restore	〔 rɪ'stor 〕 v. 恢復

restoration	〔,rɛstə'reʃən 〕 n. 恢復
restrain	〔 rɪ'stren 〕 v. 克制　re (*back*) + strain (*draw*)
restraint	〔 rɪ'strent 〕 n. 抑制　restrain (克制) + t (*n.*) = restraint

restrict	〔 rɪ'strɪkt 〕 v. 限制；限定
restriction	〔 rɪ'strɪkʃən 〕 n. 限制　restrict (限制) + ion (*n.*) = restriction

33.

result	〔 rɪ'zʌlt 〕 n. 結果　v. 導致 (和 in 連用)
resume	〔 rɪ'zum 〕 v. 再繼續；恢復
résumé	〔'rɛzə,me 〕 n. 履歷表【注意發音】

retain	〔 rɪ'ten 〕 v. 保留；抑制；約束　re (*back*) + tain (*hold*)
retaliate	〔 rɪ'tælɪ,et 〕 v. 報復
retail	〔'ritel 〕 v. n. 零售　re (*back*) + tail (*cut*)

retire	〔 rɪ'taɪr 〕 v. 退休
retirement	〔 rɪ'taɪrmənt 〕 n. 退休
retort	〔 rɪ'tɔrt 〕 v. 反駁；頂嘴

34.

retreat	〔 rɪ'trit 〕 *v.* 撤退	
retrieve	〔 rɪ'triv 〕 *v.* 尋回；取回；收回	re (*again*) + trieve (*find*)
reunion	〔 ri'junjən 〕 *n.* 團聚	re (*again*) + union (聯合) = reunion

reveal	〔 rɪ'vil 〕 *v.* 顯示；透露
revelation	〔 ˌrɛvə'leʃən 〕 *n.* 揭露；透露
revenge	〔 rɪ'vɛndʒ 〕 *n.* 報復

revenue	〔 'rɛvəˌnju 〕 *n.* 收入；歲入	
reverse	〔 rɪ'vɝs 〕 *v. n.* 顚倒；反轉；倒退	re (*back*) + verse (*turn*)
review	〔 rɪ'vju 〕 *v.* 復習	

35.

revise	〔 rɪ'vaɪz 〕 *v.* 修訂
revision	〔 rɪ'vɪʒən 〕 *n.* 修訂

revive	〔 rɪ'vaɪv 〕 *v.* 使甦醒；復活	re (*again*) + vive (*live*) = revive
revival	〔 rɪ'vaɪvḷ 〕 *n.* 復甦；復活	

revolt	〔 rɪ'volt 〕 *v.* 反抗 *n.* 叛亂	re (*back*) + volt (*roll*)
revolution	〔 ˌrɛvə'luʃən 〕 *n.* 革命	
revolutionary	〔 ˌrɛvə'luʃənˌɛrɪ 〕 *adj.* 革命性的	

revolve	〔 rɪ'vɑlv 〕 *v.* 公轉	【比較】rotate 〔'rotet 〕 *v.* 自轉
reward	〔 rɪ'wɔrd 〕 *n.* 報酬；獎賞	

36.

rhyme	〔 raɪm 〕 *n.* 押韻詩；同韻字；押韻；童詩 *v.* 押韻
rhythm	〔 'rɪðəm 〕 *n.* 節奏
rhythmic	〔 'rɪðmɪk 〕 *adj.* 有節奏的；有韻律的

rhino	〔 'raɪno 〕 *n.* 犀牛
rhinoceros	〔 raɪ'nɑsərəs 〕 *n.* 犀牛【常簡稱爲 rhino 〔'raɪno 〕】
rhetoric	〔 'rɛtərɪk 〕 *n.* 修辭學

rib	〔 rɪb 〕 *n.* 肋骨
ribbon	〔 'rɪbən 〕 *n.* 絲帶
riddle	〔 'rɪdḷ 〕 *n.* 謎語

一口氣背 7000 字 ⑫

1.

ridge 〔 rɪdʒ 〕 *n.* 山脊；屋脊　用 <u>bridge</u>（橋）來背。

ridicule 〔'rɪdɪ͵kjul 〕 *v.* 嘲笑

ridiculous 〔 rɪ'dɪkjələs 〕 *adj.* 荒謬的；可笑的　ridicule – e + ous (*adj.*)

rip 〔 rɪp 〕 *v.* 撕裂

ripe 〔 raɪp 〕 *adj.* 成熟的

ripple 〔'rɪpl̩ 〕 *n.* 漣漪　諧音用兒歌：「鵝兒戲綠波」的「綠波」來記。

rite 〔 raɪt 〕 *n.* 儀式；祭典；典禮【和 right 同音】

ritual 〔'rɪtʃuəl 〕 *adj.* 儀式的；祭典的

rival 〔'raɪvl̩ 〕 *n.* 對手；敵手　可用 arrival（到達）來背。

2.

rob 〔 rɑb 〕 *v.* 搶劫　諧音：「搶劫」(rob) 會「拉」人的包包。

robber 〔'rɑbɚ 〕 *n.* 強盜　rob + ber = robber

robbery 〔'rɑbərɪ 〕 *n.* 搶劫；搶案

robe 〔 rob 〕 *n.* 長袍

robot 〔'robɑt 〕 *n.* 機器人　這個字還可唸成〔'robət〕。

robust 〔 ro'bʌst 〕 *adj.* 強健的；堅固的　【比較】bust 〔 bʌst 〕 *v.* 破壞

rock 〔 rɑk 〕 *n.* 岩石　*v. n.* 搖動

rocky 〔'rɑkɪ 〕 *adj.* 多岩石的

rocket 〔'rɑkɪt 〕 *n.* 火箭

3.

role 〔 rol 〕 *n.* 角色 ⎫
roll 〔 rol 〕 *v.* 滾動 ⎬ 【同音字】

romantic 〔 ro'mæntɪk 〕 *adj.* 浪漫的　中文音譯爲「羅曼蒂克」。

romance 〔 ro'mæns 〕 *n.* 愛情故事；羅曼史　romantic – tic + ce = romance

rotate 〔'rotet 〕 *v.* 旋轉；自轉　這個字英國人唸成〔 ro'tet 〕。

rotation 〔 ro'teʃən 〕 *n.* 旋轉；自轉

row 〔 ro 〕 *n.* 排　*v.* 划（船）　row 做「吵鬧」解，動、名詞唸〔 rau 〕。

royal 〔'rɔɪəl 〕 *adj.* 皇家的　【比較】loyal 〔'lɔɪəl 〕 *adj.* 忠實的；忠誠的

royalty 〔'rɔɪəltɪ 〕 *n.* 皇室；王位　royal + ty = royalty

4.

root 〔 rut 〕 *n.* 根;根源
roof 〔 ruf 〕 *n.* 屋頂
rooster 〔'rustɚ〕 *n.* 公雞　hen 母雞　chick 小雞

rot 〔 rɑt 〕 *v.* 腐爛
rotten 〔'rɑtn̩〕 *adj.* 腐爛的;討厭的;差勁的　為 rot 的過去分詞轉形容詞。

rough 〔 rʌf 〕 *adj.* 粗糙的
roughly 〔'rʌflɪ〕 *adv.* 大約　rough + ly = roughly

route 〔 rut 〕 *n.* 路線　這個字唸起來就很像「路」(route)。
routine 〔 ru'tin 〕 *n.* 例行公事　rout (*route*) + ine (*n.*)

5.

rub 〔 rʌb 〕 *v.* 摩擦
rubber 〔'rʌbɚ〕 *n.* 橡膠;橡皮擦　rub (摩擦) + ber (*thing*)
rubbish 〔'rʌbɪʃ〕 *n.* 垃圾　rub 之後,就會產生碎屑等「垃圾」(rubbish)。

ruby 〔'rubɪ〕 *n.* 紅寶石
rude 〔 rud 〕 *adj.* 無禮的　這個字發音很像「魯」。名詞是 rudeness。
ruin 〔'ruɪn〕 *v.* 毀滅

rug 〔 rʌg 〕 *n.* (小塊) 地毯　【比較】carpet 〔'kɑrpɪt〕 *n.* (整片的) 地毯
rugged 〔'rʌgɪd〕 *adj.* 崎嶇的　rug 和 rugged 這兩個字完全無關連。
rule 〔 rul 〕 *n.* 規則　*v.* 統治

6.

ruler 〔'rulɚ〕 *n.* 統治者;尺　rule + r = ruler
rumor 〔'rumɚ〕 *n.* 謠言　rumor 通常透過「低聲說話」(murmur) 來流傳。
rumble 〔'rʌmbl̩〕 *v.* (卡車) 發出隆隆聲

run 〔 rʌn 〕 *v.* 跑;經營
runner 〔'rʌnɚ〕 *n.* 跑者
rural 〔'rurəl〕 *adj.* 鄉村的　【比較】urban 〔'ɝbən〕 *adj.* 都市的

rust 〔 rʌst 〕 *v.* 生銹
rusty 〔'rʌstɪ〕 *adj.* 生銹的
rustle 〔'rʌsl̩〕 *v.* (樹葉) 發出沙沙聲　這常指樹葉和紙張發出的「沙沙聲」。

7.

sack 〔 sæk 〕 *n.* 一大袋
sacred 〔'sekrɪd 〕 *adj.* 神聖的　跟 sacrifice（犧牲）同源。
sacrifice 〔'sækrə,faɪs 〕 *v. n.* 犧牲　sacri (*sacred*) + fice (*do*)

sad 〔 sæd 〕 *adj.* 悲傷的
saddle 〔'sædl̩ 〕 *n.* 馬鞍　要 settle 在馬上，需要有「馬鞍」(saddle)。
safeguard 〔'sef,gɑrd 〕 *v.* 保護　*n.* 保護措施　safe + guard = safeguard

safe 〔 sef 〕 *adj.* 安全的　*n.* 保險箱
safety 〔'seftɪ 〕 *n.* 安全　*adj.* 安全的
saint 〔 sent 〕 *n.* 聖人

8.

sail 〔 sel 〕 *v.* 航行　*n.*（船的）帆；帆船
sailor 〔'selɚ 〕 *n.* 水手　sail（航行）+ or（人）= sailor
sake 〔 sek 〕 *n.* 緣故

salad 〔'sæləd 〕 *n.* 沙拉；涼拌菜　沙拉醬是 salad dressing。
salary 〔'sælərɪ 〕 *n.* 薪水　sal (*salt*) + ary (*n.*)

sale 〔 sel 〕 *n.* 出售
salesman 〔'selzmən 〕 *n.* 售貨員；推銷員；業務員

salmon 〔'sæmən 〕 *n.* 鮭魚【注意發音】
saloon 〔 sə'lun 〕 *n.* 酒吧；酒店

9.

salt 〔 sɔlt 〕 *n.* 鹽
salty 〔'sɔltɪ 〕 *adj.* 鹹的　saltiness *n.* 鹹味
salute 〔 sə'lut 〕 *v.* 向…敬禮；向…行單禮；向…致敬

sample 〔'sæmpl̩ 〕 *n.* 樣品；範例
sanction 〔'sæŋkʃən 〕 *n.* 制裁；批准
sanctuary 〔'sæŋktʃu,ɛrɪ 〕 *n.* 避難所；聖殿　sanct (*saint*) + tuary (*n.*)

sand 〔 sænd 〕 *n.* 沙子
sandal 〔'sændl̩ 〕 *n.* 涼鞋
sandwich 〔'sændwɪtʃ 〕 *n.* 三明治

10.

satisfy 〔'sætɪsˌfaɪ 〕 v. 滿足；使滿意
satisfactory 〔ˌsætɪs'fæktərɪ 〕 adj. 令人滿意的
satisfaction 〔ˌsætɪs'fækʃən 〕 n. 滿足

sauce 〔 sɔs 〕 n. 醬汁
saucer 〔'sɔsɚ 〕 n. 碟子 「碟子」(saucer) 可以盛裝「醬汁」。
sausage 〔'sɔsɪdʒ 〕 n. 香腸 和 sauce (醬汁) 字源相同。

sane 〔 sen 〕 adj. 頭腦清醒的 較常用常聽的是相反詞 insane (瘋的)。
sanitation 〔ˌsænə'teʃən 〕 n. 衛生 sani (healthy) + ation (n.)
satellite 〔'sætḷˌaɪt 〕 n. 衛星

11.

save 〔 sev 〕 v. 節省；拯救
saving 〔'sevɪŋ 〕 n. 節省 複數形 savings 則是「存款」。
savage 〔'sævɪdʒ 〕 adj. 野蠻的；兇暴的 唸起來諧音像「殺伐者」。

scan 〔 skæn 〕 v. 掃描；瀏覽 【比較】scanner n. 掃瞄器
scandal 〔'skændḷ 〕 n. 醜聞
scar 〔 skɑr 〕 n. 疤痕 用諧音記：結痂後急著「撕痂」，會產生 scar。

scarce 〔 skɛrs 〕 adj. 稀少的
scary 〔'skɛrɪ 〕 adj. 可怕的；嚇人的 【比較】scare 〔 skɛr 〕 v. 驚嚇
scarecrow 〔'skɛrˌkro 〕 n. 稻草人 scare (驚嚇) + crow (烏鴉) = scarecrow

12.

scene 〔 sin 〕 n. 場景；風景
scenery 〔'sinərɪ 〕 n. 風景【集合名詞】
scenic 〔'sinɪk 〕 adj. 風景優美的【注意發音】

schedule 〔'skɛdʒʊl 〕 n. 時間表
scheme 〔 skim 〕 n. 計劃；陰謀【注意發音】
scholar 〔'skɑlɚ 〕 n. 學者 schol (school) + ar (person)

science 〔'saɪəns 〕 n. 科學
scientist 〔'saɪəntɪst 〕 n. 科學家 sci (know) + ent (adj.) + ist (person)
scientific 〔ˌsaɪən'tɪfɪk 〕 adj. 科學的

13.

scrap	〔 skræp 〕 *n.*	碎片；碎屑；(*pl.*) 剩飯；剩菜；殘餘物
scratch	〔 skrætʃ 〕 *v.*	抓（癢）；搔（頭）　*n.* 抓痕；刮痕；擦傷
scramble	〔'skræmbl̩〕 *v.*	炒（蛋）；攀登　無 cramble 這個字。

screw	〔 skru 〕 *n.*	螺絲
screwdriver	〔'skru͵draɪvɚ〕 *n.*	螺絲起子
script	〔 skrɪpt 〕 *n.*	原稿；劇本　script 字根意思是「寫」。

scrub	〔 skrʌb 〕 *v.*	刷洗；用力擦洗；擦掉；刷掉
sculptor	〔'skʌlptɚ〕 *n.*	雕刻家　sculp (*carve*) + tor (*man*)
sculpture	〔'skʌlptʃɚ〕 *n.*	雕刻；雕刻術；雕像

14.

sea	〔 si 〕 *n.*	海
seagull	〔'si͵gʌl〕 *n.*	海鷗　sea + gull（海鷗是模擬牠「咕咕」的叫聲）
seal	〔 sil 〕 *v.*	密封　*n.* 印章；海豹　蓋「印章」也是「封」緘的方法。

secret	〔'sikrɪt〕 *n.*	祕密　*adj.* 祕密的
secretary	〔'sɛkrə͵tɛrɪ〕 *n.*	秘書　secret（祕密）+ ary = secretary

section	〔'sɛkʃən〕 *n.*	部分　sect (*cut*) + ion (*n.*)
sector	〔'sɛktɚ〕 *n.*	部門；業界；領域

secure	〔 sɪ'kjur 〕 *adj.*	安全的
security	〔 sɪ'kjurətɪ 〕 *n.*	安全；防護措施

15.

select	〔 sə'lɛkt 〕 *v.*	挑選
selection	〔 sə'lɛkʃən 〕 *n.*	選擇；精選集
selective	〔 sə'lɛktɪv 〕 *adj.*	精挑細選的　se (*out*) + lect (*choose*) + ive (*adj.*)

sense	〔 sɛns 〕 *n.*	感覺；判斷力；道理；意義；見識；智慧
sensible	〔'sɛnsəbl̩〕 *adj.*	明智的；理智的；合理的

sensitive	〔'sɛnsətɪv〕 *adj.*	敏感的　sense – e + i + tive = sensitive
sensitivity	〔͵sɛnsə'tɪvətɪ〕 *n.*	敏感

sentiment	〔'sɛntəmənt〕 *n.*	感情　senti (*sense*) + ment (*n.*) = sentiment
sentimental	〔͵sɛntə'mɛntl̩〕 *adj.*	多愁善感的；感傷的　senti + ment + al (*adj.*)

16.

separate 〔'sɛpəˌret 〕 v. 使分開；區別；分離
separation 〔ˌsɛpə'reʃən 〕 n. 分開　se (*apart*) + par (*par*) + ation (*n.*)
September 〔 sɛp'tɛmbɚ 〕 n. 九月

serene 〔 sə'rin 〕 *adj.* 寧靜的　這個字唸起來諧音像「森林」。
serenity 〔 sə'rɛnətɪ 〕 *n.* 寧靜

serve 〔 sɝv 〕 v. 服務；供應
server 〔'sɝvɚ 〕 n. 服務生；伺服器

servant 〔'sɝvənt 〕 n. 僕人　serve – e + ant (人) = servant
service 〔'sɝvɪs 〕 n. 服務；(郵電、電話等的) (公共) 事業；設施

17.

set 〔 sɛt 〕 v. 設定；創 (紀錄)　 n. 一套
setback 〔'sɛtˌbæk 〕 n. 挫折
setting 〔'sɛtɪŋ 〕 n. (事件的) 背景　set (設定) + ting = setting

settle 〔'sɛtḷ 〕 v. 定居；解決
settlement 〔'sɛtḷmənt 〕 n. 定居；解決；殖民
settler 〔'sɛtlɚ 〕 n. 殖民者；移民

sex 〔 sɛks 〕 n. 性
sexy 〔'sɛksɪ 〕 *adj.* 性感的
sexual 〔'sɛkʃʊəl 〕 *adj.* 性的

18.

shade 〔 ʃed 〕 n. 陰影；樹蔭
shady 〔'ʃedɪ 〕 *adj.* 陰涼的
shadow 〔'ʃædo 〕 n. 影子

shake 〔 ʃek 〕 v. 搖動；抖動　指大幅度的「搖動」，小幅度的「抖動」。
shabby 〔'ʃæbɪ 〕 *adj.* 破舊的；衣衫襤褸的　諧音：「沙皮」。
shallow 〔'ʃælo 〕 *adj.* 淺的；膚淺的

shame 〔 ʃem 〕 n. 羞恥；可惜的事
shameful 〔'ʃemful 〕 *adj.* 可恥的
shampoo 〔 ʃæm'pu 〕 n. 洗髮精

19.

shark	〔 ∫ɑrk 〕 *n.* 鯊魚 【比較】bird's nest 燕窩 abalone *n.* 鮑魚
sharp	〔 ∫ɑrp 〕 *adj.* 銳利的；急轉的；鮮明的
sharpen	〔'∫ɑrpən 〕 *v.* 使銳利 sharp + en = sharpen

shave	〔 ∫ev 〕 *v.* 刮（鬍子） *n.* 刮鬍子 諧音：削。
shaver	〔'∫evɚ 〕 *n.* 電動刮鬍刀
shatter	〔'∫ætɚ 〕 *v.* 使粉碎；打碎；使破碎 諧音：捽得。

shell	〔 ∫ɛl 〕 *n.* 貝殼；(烏龜、蝦、螃蟹等的) 甲殼
shelf	〔 ∫ɛlf 〕 *n.* 架子 【比較】bookshelf *n.* 書架
shelter	〔'∫ɛltɚ 〕 *n.* 避難所

20.

short	〔 ∫ɔrt 〕 *adj.* 短的；矮的；缺乏的
shortage	〔'∫ɔrtɪdʒ 〕 *n.* 缺乏 short + age = shortage
shortcoming	〔'∫ɔrt,kʌmɪŋ 〕 *n.* 缺點 short + coming = shortcoming

shortly	〔'∫ɔrtlɪ 〕 *adv.* 不久
shorts	〔 ∫ɔrts 〕 *n. pl.* 短褲
shortsighted	〔'∫ɔrt'saɪtɪd 〕 *adj.* 近視的；短視近利的

shove	〔 ∫ʌv 〕 *v.* 用力推；亂擠；推撞 諧音：休夫。
shovel	〔'∫ʌvḷ 〕 *n.* 鏟子
shout	〔 ∫aʊt 〕 *v.* 吼叫 諧音：「一聲長嘯」的「嘯」。

21.

shut	〔 ∫ʌt 〕 *v.* 關；閉
shutters	〔'∫ʌtɚz 〕 *n. pl.* 百葉窗 通常用複數。單數指「(照相機的) 快門」。
shuttle	〔'∫ʌtḷ 〕 *n.* 來回行駛；太空梭

sight	〔 saɪt 〕 *n.* 景象；看見；視力
sightseeing	〔'saɪt,siɪŋ 〕 *n.* 觀光
sign	〔 saɪn 〕 *n.* 告示牌；信號；符號 *v.* 簽名

signal	〔'sɪgnḷ 〕 *n.* 信號 signal 是較為明確而科學化的「信號」。
signify	〔'sɪgnə,faɪ 〕 *v.* 表示
signature	〔'sɪgnətʃɚ 〕 *n.* 簽名 注意重音在第一個音節。

22.

silk 〔 sɪlk 〕 *n.* 絲　*adj.* 絲（製）的　silk 就是音譯自「絲」。
silkworm 〔'sɪlk,wɜm 〕 *n.* 蠶　silk（絲）＋ worm（蟲）＝ silkworm
silly 〔'sɪlɪ 〕 *adj.* 愚蠢的；荒謬的；無聊的

similar 〔'sɪmələ 〕 *adj.* 相似的　simi (*same*) ＋ lar (*adj.*)
similarity 〔,sɪmə'lærətɪ 〕 *n.* 相似之處【注意發音】
simmer 〔'sɪmə 〕 *v.* 用文火慢慢煮　諧音「細密」，文火熬煮比較「細密」。

simple 〔'sɪmpl̩ 〕 *adj.* 簡單的　simple-minded *adj.* 頭腦簡單的
simplify 〔'sɪmplə,faɪ 〕 *v.* 簡化　simple – e ＋ ify（使…）＝ simplify
simplicity 〔 sɪm'plɪsətɪ 〕 *n.* 簡單；樸素；簡樸

23.

sin 〔 sɪn 〕 *n.* 罪　sin 唸起來像「信」。
since 〔 sɪns 〕 *conj.* 因為；自從；既然　後面可接子句，也可直接接名詞。

sincere 〔 sɪn'sɪr 〕 *adj.* 真誠的　cere 唸起來像「洗了」。副詞是 sincerely。
sincerity 〔 sɪn'sɛrətɪ 〕 *n.* 真誠；誠意【注意發音】

sing 〔 sɪŋ 〕 *v.* 唱歌
singer 〔'sɪŋə 〕 *n.* 歌手；唱歌的人

single 〔'sɪŋgl̩ 〕 *adj.* 單一的；單身的
singular 〔'sɪŋgjələ 〕 *adj.* 單數的　singul (*single*) ＋ ar (*n.*)
sink 〔 sɪŋk 〕 *v.* 下沉　*n.* 水槽

24.

ski 〔 ski 〕 *v.* 滑雪　「滑雪」（ski）很需要「技巧」（skill）。
skill 〔 skɪl 〕 *n.* 技巧；技能
skillful 〔'skɪlfəl 〕 *adj.* 熟練的；擅長的

skin 〔 skɪn 〕 *n.* 皮膚
skinny 〔'skɪnɪ 〕 *adj.* 皮包骨的　skin ＋ ny ＝ skinny
skim 〔 skɪm 〕 *v.* 略讀；瀏覽

sketch 〔 skɛtʃ 〕 *n.* 素描
skeleton 〔'skɛlətn̩ 〕 *n.* 骨骼；骸骨　唸起來諧音「skin 裡頭」。
skeptical 〔'skɛptɪkl̩ 〕 *adj.* 懷疑的　skept (*suspect*) ＋ ical (*adj.*)

25.

slave	〔 slev 〕 *n.* 奴隸　唸起來像「使累伕」。	
slavery	〔'slevərɪ〕 *n.* 奴隸制度　slave + ry（集合名詞）= slavery	
slay	〔 sle 〕 *v.* 殺害【三態變化為：slay–slew–slain】	

slip	〔 slɪp 〕 *v.* 滑倒；滑落
slipper	〔'slɪpɚ〕 *n.* 拖鞋　slipp (*slip*) + er (*n.*)
slippery	〔'slɪpərɪ〕 *adj.* 滑的；滑溜的

slope	〔 slop 〕 *n.* 斜坡　唸起來像「使落坡」。
sloppy	〔'slɑpɪ〕 *adj.* 邋遢的；凌亂的
slogan	〔'slogən〕 *n.* 口號；標語　s + log（說）+ an = slogan

26.

sneak	〔 snik 〕 *v.* 偷偷地走
sneaky	〔'snikɪ〕 *adj.* 鬼鬼祟祟的　諧音：鬼鬼祟祟的。
sneakers	〔'snikɚz〕 *n. pl.* 運動鞋　"sn"帶有鼻音。

sneer	〔 snɪr 〕 *v.* 嘲笑；輕視　鼻音常用來表示不屑，就會「嘲笑；輕視」。
sneeze	〔 sniz 〕 *v.* 打噴嚏　「打噴嚏」也是鼻子的動作。
sniff	〔 snɪf 〕 *v.* 嗅　「嗅」也是鼻子的動作。

soak	〔 sok 〕 *v.* 浸泡；使溼透
soap	〔 sop 〕 *n.* 肥皂　soap opera（電視或廣播中的）連續劇
soar	〔 sor 〕 *v.* 翱翔　*v.* 暴漲

27.

social	〔'soʃəl〕 *adj.* 社會的；社交的
socialist	〔'soʃəlɪst〕 *n.* 社會主義者　social + ist（人）= socialist
socialism	〔'soʃəl,ɪzəm〕 *n.* 社會主義　social（社會）+ ism（主義）

socialize	〔'soʃə,laɪz〕 *v.* 交際；使社會化
society	〔 sə'saɪətɪ 〕 *n.* 社會
sociable	〔'soʃəbḷ〕 *adj.* 善交際的　soci（連結）+ able（能夠）= sociable

sociology	〔,soʃɪ'ɑlədʒɪ〕 *n.* 社會學
socks	〔 sɑks 〕 *n. pl.* 短襪　【比較】stockings〔'stɑkɪŋz〕 *n. pl.* 長襪
socket	〔'sɑkɪt〕 *n.* 插座

28.

soda	(´sodə) *n.*	蘇打水;汽水;氣泡水　是所有氣泡飲料的總稱。
sodium	(´sodɪəm) *n.*	鈉
sofa	(´sofə) *n.*	沙發　音譯為「沙發」。「長沙發」是 couch (kautʃ)。

soft	(sɔft) *adj.*	柔軟的
soften	(´sɔfən) *v.*	軟化【t 不發音】　soft + en (使…) = soften
software	(´sɔft,wɛr) *n.*	軟體　soft (*soft*) + ware (用具)

sole	(sol) *adj.*	唯一的
solar	(´solɚ) *adj.*	太陽的
soldier	(´soldʒɚ) *n.*	軍人　【比較】 veteran (´vɛtərən) *n.* 老兵

29.

solid	(´salɪd) *adj.*	堅固的;固體的
solidarity	(,salə´dærətɪ) *n.*	團結　solid (堅固的) + arity (*n.*)
solemn	(´saləm) *adj.*	嚴肅的

solitary	(´salə,tɛrɪ) *adj.*	孤獨的　soli (*sole*) + tary (*adj.*) = solitary
solitude	(´salə,tjud) *n.*	孤獨
solo	(´solo) *n.*	獨唱;獨奏;單飛;單獨進行的行動

solve	(salv) *v.*	解決;解答
solution	(sə´luʃən) *n.*	解決之道
soothe	(suð) *v.*	安撫

30.

sorry	(´sarɪ) *adj.*	難過的;抱歉的;遺憾的
sorrow	(´saro) *n.*	悲傷
sorrowful	(´sarofəl) *adj.*	悲傷的

sour	(saur) *adj.*	酸的　「酸性的」則是 acid (´æsɪd)。
south	(sauθ) *n.*	南方
southern	(´sʌðɚn) *adj.*	南方的【注意發音】

sophomore	(´safm̩,or) *n.*	大二學生;高二學生
sophisticated	(sə´fɪstɪ,ketɪd) *adj.*	複雜的;世故的;老練的
sore	(sor , sɔr) *adj.*	疼痛的

31.

space	〔 spes 〕 *n.* 空間；太空　電腦的空白鍵，也叫 space。
spacious	〔'speʃəs 〕 *adj.* 寬敞的；廣大的　無 spaceful 這個字。
spacecraft	〔'spes͵kræft 〕 *n.* 太空船　space (太空) + craft (飛機)
spark	〔 spark 〕 *n.* 火花
sparkle	〔'spark! 〕 *n. v.* 閃耀　「火花」(spark) 會「閃耀」(sparkle)。
sparrow	〔'spæro 〕 *n.* 麻雀
span	〔 spæn 〕 *n.* 持續的時間；期間
spade	〔 sped 〕 *n.* 鏟子；(撲克牌的) 黑桃
spaghetti	〔 spə'gɛtɪ 〕 *n.* 義大利麵【注意發音】

32.

special	〔'spɛʃəl 〕 *adj.* 特別的　*n.* 特製；特別節日
specialist	〔'spɛʃəlɪst 〕 *n.* 專家
specialize	〔'spɛʃəl͵aɪz 〕 *v.* 專攻
specialty	〔'spɛʃəltɪ 〕 *n.* 專長；(商店的) 名產；特產；招牌菜
specify	〔'spɛsə͵faɪ 〕 *v.* 明確指出
specific	〔 spɪ'sɪfɪk 〕 *adj.* 特定的
species	〔'spiʃɪz 〕 *n.* 物種；種　生物的種類叫 species，單複數同型。
specimen	〔'spɛsəmən 〕 *n.* 標本
spear	〔 spɪr 〕 *n.* 矛　【比較】Shakespeare 〔'ʃek͵spɪr 〕 *n.* 莎士比亞

33.

spectacle	〔'spɛktək! 〕 *n.* 奇觀；壯觀的場面；景象；(*pl.*) 眼鏡
spectator	〔'spɛktetɚ 〕 *n.* 觀眾　spect (*see*) + ator (人)
spectacular	〔 spɛk'tækjəlɚ 〕 *adj.* 壯觀的
spectrum	〔'spɛktrəm 〕 *n.* 光譜　複數形是 spectra 〔'spɛktrə 〕。
speculate	〔'spɛkjə͵let 〕 *v.* 推測
speech	〔 spitʃ 〕 *n.* 演講
speed	〔 spid 〕 *n.* 速度
spell	〔 spɛl 〕 *v.* 拼 (字)　*n.* 符咒；魅力
spelling	〔'spɛlɪŋ 〕 *n.* 拼字

34.

spice 〔 spaɪs 〕 *n.* 香料；趣味

spicy 〔'spaɪsɪ 〕 *adj.* 辣的 「香料」(spice) 常是「辣的」(spicy)。

spider 〔'spaɪdɚ 〕 *n.* 蜘蛛 【比較】Spiderman *n.* 蜘蛛人【電影名】

spin 〔 spɪn 〕 *v.* 旋轉；紡織

spinach 〔'spɪnɪdʒ 〕 *n.* 菠菜【注意發音】

spine 〔 spaɪn 〕 *n.* 脊椎骨；骨氣

spirit 〔'spɪrɪt 〕 *n.* 精神 high(low)-spirited *adj.* 精神高昂 (低落) 的

spiritual 〔'spɪrɪtʃʊəl 〕 *adj.* 精神上的

spire 〔 spaɪr 〕 *n.* 尖塔

35.

splendor 〔'splɛndɚ 〕 *n.* 光輝；華麗

splendid 〔'splɛndɪd 〕 *adj.* 壯麗的 是 splendor 的形容詞。

splash 〔 splæʃ 〕 *v.* 濺起 *n.* 水濺起的聲音 是擬聲字。

split 〔 splɪt 〕 *v.* 使分裂；分攤

spoil 〔 spɔɪl 〕 *v.* 破壞；寵壞

spokesperson 〔'spoks͵pɝsn̩ 〕 *n.* 發言人

sponge 〔 spʌndʒ 〕 *n.* 海綿

sponsor 〔'spɑnsɚ 〕 *n.* 贊助者 *v.* 贊助 諧音：是幫者。

spontaneous 〔 spɑn'tenɪəs 〕 *adj.* 自動自發的；自發性的

36.

spoon 〔 spun 〕 *n.* 湯匙

sport 〔 sport 〕 *n.* 運動 形容詞是 sports *adj.* 運動的。

sportsman 〔'sportsmən 〕 *n.* 運動家；運動 sports + man = sportsman

spot 〔 spɑt 〕 *n.* 地點 *v.* 發現

spotlight 〔'spɑt͵laɪt 〕 *n.* 聚光燈

spouse 〔 spauz 〕 *n.* 配偶 諧音：死抱。

spray 〔 spre 〕 *v.* 噴灑 【比較】pray 〔 pre 〕 *v.* 祈禱

sprain 〔 spren 〕 *v.* 扭傷

sprawl 〔 sprɔl 〕 *v.* 手腳張開地躺著

一口氣背 7000 字 ⑬

1.

sprinkle	(ˈsprɪŋkḷ) v.	灑；撒；下小雨　n. 少量；一點點
sprinkler	(ˈsprɪŋklɚ) n.	灑水裝置；自動灑水滅火器
sprint	(sprɪnt) v.	衝刺　n. 衝刺；短跑　s + print (列印) = sprint

squad	(skwɑd) n.	小隊；小組；(軍隊的) 班
squash	(skwɑʃ) v.	壓扁；硬塞；擠進　n. 南瓜；南瓜屬植物
squat	(skwɑt) v.	蹲 (下)　sat (坐) + qu = squat

square	(skwɛr) n.	正方形；廣場　adj. 方形的；平方的　諧音：四塊二。
squeeze	(skwiz) v.	擠壓；擠；塞
squirrel	(ˈskwɝəl , skwɝl) n.	松鼠　諧音：撕果肉。

2.

stable	(ˈstebḷ) adj.	穩定的　s + table (桌子) = stable
stabilize	(ˈstebḷˌaɪz) v.	使穩定；穩定
stability	(stəˈbɪlətɪ) n.	穩定

stab	(stæb) v.	刺；戳　n. 刺；刺痛　諧音：使它破。
stack	(stæk) n.	堆；乾草堆　v. 堆放
staff	(stæf) n.	職員【可接單數或複數動詞】　諧音：死大夫。

stand	(stænd) v.	站立；忍受；位於　n. 立場
standard	(ˈstændɚd) n.	標準　adj. 標準的；普通的　stand (忍受) + ard (n.)
stanza	(ˈstænzə) n.	詩的一節　文章的一段則用 paragraph。

3.

star	(star) n.	星星；明星　v. 主演
starch	(startʃ) n.	澱粉；漿糊　v. (衣服) 上漿
stare	(stɛr) v. n.	凝視；瞪眼看

start	(start) v.	開始；啟動；引起　n. 開始
startle	(ˈstartḷ) v.	使嚇一跳

starve	(starv) v.	飢餓；餓死；使挨餓　諧音：失大富。
starvation	(starˈveʃən) n.	飢餓；餓死

statement	(ˈstetmənt) n.	敘述；聲明；(銀行) 對帳單；月結單
statesman	(ˈstetsmən) n.	政治家

4.

state 〔 stet 〕 *n.* 州；狀態　*v.* 敘述
station 〔'steʃən 〕 *n.* 車站；所；局

stationary 〔'steʃən,ɛrɪ 〕 *adj.* 不動的　station (車站) + ary (*adj.*) = stationary
stationery 〔'steʃən,ɛrɪ 〕 *n.* 文具　station (車站) + ery (*n.*) = stationery

statistics 〔 stə'tɪstɪks 〕 *n. pl.* 統計數字；統計學【單數】
statistical 〔 stə'tɪstɪkḷ 〕 *adj.* 統計的　statistics (統計數字) – s + al (*adj.*)

statue 〔'stætʃu 〕 *n.* 雕像　state (狀態) – e + ue (*n.*) = statue
stature 〔'stætʃɚ 〕 *n.* 身高；名望　state (狀態) – e + ure (*n.*) = stature
status 〔'stetəs 〕 *n.* 地位；身份；狀況　state (狀態) – e + us (我們)

5.

steal 〔 stil 〕 *v.* 偷【三態變化：steal–stole–stolen】
steam 〔 stim 〕 *n.* 蒸氣　*v.* 冒蒸氣；蒸煮　s + team (團隊) = steam
steamer 〔'stimɚ 〕 *n.* 汽船；蒸籠　steam (蒸氣) + er (*n.*) = steamer

steel 〔 stil 〕 *n.* 鋼　*v.* 使堅強【和 steal 同音】
steer 〔 stɪr 〕 *v.* 駕駛；引導
steep 〔 stip 〕 *adj.* 陡峭的；急遽的　st + deep (深的) – d = steep

stem 〔 stɛm 〕 *n.* (樹) 幹；莖　*v.* 源自於
step 〔 stɛp 〕 *n.* 一步；步驟　*v.* 走；邁步
stepfather 〔'stɛp,faðɚ 〕 *n.* 繼父 ↔ stepmother *n.* 繼母

6.

stereo 〔'stɛrɪo 〕 *n.* 立體音響；鉛版印刷　*adj.* 立體聲的
stereotype 〔'stɛrɪə,taɪp 〕 *n.* 刻板印象；典型　*v.* 把⋯定型
stern 〔 stɝn 〕 *adj.* 嚴格的；嚴肅的　*n.* 船尾　諧音：死瞪。

stew 〔 stju 〕 *v.* 燉
steward 〔'stjuwɚd 〕 *n.* (飛機、火車上等) 服務員　stew (燉) + ard (人)

stick 〔 stɪk 〕 *n.* 棍子　*v.* 把⋯插入；黏貼
sticky 〔'stɪkɪ 〕 *adj.* 黏的；濕熱的

stimulate 〔'stɪmjə,let 〕 *v.* 刺激；激發　諧音：死盯不累。
stimulation 〔,stɪmjə'leʃən 〕 *n.* 刺激

7.

sting	〔 stɪŋ 〕 v. 叮咬　n. 刺痛　諧音：死叮。	
stingy	〔'stɪndʒɪ〕 adj. 小氣的；吝嗇的　sting (叮咬) + y (adj.)	
stink	〔 stɪŋk 〕 v. 發臭；令人討厭；很糟糕　n. 臭味	
stock	〔 stɑk 〕 n. 股票；庫存	
stocking	〔'stɑkɪŋ〕 n. 長襪　【比較】sock〔sɑk〕 n. 短襪	
stomach	〔'stʌmək〕 n. 胃；腹部；嗜好	
stone	〔 ston 〕 n. 石頭　v. 用石頭砸	
stool	〔 stul 〕 n. 凳子　oo 就是圓「凳」的樣子。	
stoop	〔 stup 〕 v. 彎腰；駝背；屈尊　stop (停止) + o = stoop	

8.

store	〔 stor 〕 n. 商店　v. 儲存	
storm	〔 stɔrm 〕 n. 暴風雨　v. 氣沖沖地離去	
stormy	〔'stɔrmɪ〕 adj. 暴風雨的；激烈的；多風波的	
straight	〔 stret 〕 adj. 直的；坦率的　adv. 筆直地；直接地	
straighten	〔'stretn̩〕 v. 使變直	
straightforward	〔,stret'fɔrwəd〕 adj. 直率的；直接了當的；易懂的	
strange	〔 strendʒ 〕 adj. 奇怪的；不熟悉的；不習慣的	
strangle	〔'stræŋgl̩〕 v. 勒死；使窒息；扼殺	
strand	〔 strænd 〕 v. 使擱淺；使處於困境	

9.

straw	〔 strɔ 〕 v. 稻草；吸管	
strawberry	〔'strɔ,bɛrɪ〕 n. 草莓　straw (稻草) + berry (漿果)	
stray	〔 stre 〕 adj. 走失的；迷途的　v. 偏離；走失；迷路	
strategy	〔'strætədʒɪ〕 n. 策略；戰略　諧音：師傅特技。	
strategic	〔 strə'tidʒɪk 〕 adj. 策略上的；戰略上的	
strap	〔 stræp 〕 n. 帶子；皮帶　s + trap (陷阱) = strap	
strength	〔 strɛŋθ 〕 n. 力量；長處　把 o 改成 e 就是 strength。	
strengthen	〔'strɛŋθən〕 v. 加強　strength (力量) + en (v.) = strengthen	
stress	〔 strɛs 〕 n. 壓力；重音；強調　v. 強調　諧音：使墜死。	

10.

strive	〔 straɪv 〕 v. 努力	諧音：死踹夫，「努力」踹出軌的丈夫。
stride	〔 straɪd 〕 v. 大步走　n. 大步；闊步	st + ride (騎) = stride
strike	〔 straɪk 〕 n. 罷工　v. 打擊；(災難) 侵襲	

stripe	〔 straɪp 〕 n. 條紋；長條	st + ripe (熟的) = stripe
strip	〔 strɪp 〕 v. 脫掉；剝去；剝奪　n. 帶子	
string	〔 strɪŋ 〕 n. 細繩；一連串	

strong	〔 strɔŋ 〕 adj. 強壯的；有力的；穩固的；強效的
stroke	〔 strok 〕 n. 中風；打擊；划水；一筆；一劃；一撇　v. 撫摸
stroll	〔 strol 〕 v. n. 散步

11.

structure	〔ˈstrʌktʃɚ〕 n. 結構；組織；建築物	struct (build) + ture (n.)
structural	〔ˈstrʌktʃərəl〕 adj. 結構上的	
struggle	〔ˈstrʌgḷ〕 v. 掙扎；奮鬥　n. 奮鬥；抗爭	諧音：死抓狗。

study	〔ˈstʌdɪ〕 v. 讀書；研究　n. 研究；書房　pl. 學業
stubborn	〔ˈstʌbən〕 adj. 頑固的　諧音：死大笨。
stuff	〔 stʌf 〕 n. 東西　v. 填塞；裝滿；填滿

stump	〔 stʌmp 〕 n. 樹樁；殘株	諧音：死擋。
stumble	〔ˈstʌmbḷ〕 v. 絆倒	stump (樹樁) – p + ble (v.) = stumble
stun	〔 stʌn 〕 v. 使大吃一驚	諧音：死當。

12.

subject	〔ˈsʌbdʒɪkt〕 n. 主題；科目　adj. 受制於	
subjective	〔 səbˈdʒɛktɪv 〕 adj. 主觀的	subject (主題) + ive (adj.)
submarine	〔ˈsʌbməˏrin〕 n. 潛水艇　adj. 海底的；海中的	

subscribe	〔 səbˈskraɪb 〕 v. 訂閱；付費使用	sub (under) + scribe (write)
subscription	〔 səbˈskrɪpʃən 〕 n. 訂閱	

substance	〔ˈsʌbstəns〕 n. 物質；毒品；內容	sub + stance (態度；立場)
substantial	〔 səbˈstænʃəl 〕 adj. 實質的；相當多的	

substitute	〔ˈsʌbstəˏtjut〕 v. 用…代替　n. 代替物；替代品
substitution	〔ˏsʌbstəˈtjuʃən〕 n. 代理；替換

13.

succeed	〔 sək'sid 〕v. 成功；繼承；接著發生	suc (*under*) + ceed (*go*)
success	〔 sək'sɛs 〕n. 成功；成功的人或事	
successful	〔 sək'sɛsfəl 〕*adj.* 成功的	

succession	〔 sək'sɛʃən 〕n. 連續；一系列；繼承
successive	〔 sək'sɛsɪv 〕*adj.* 連續的
successor	〔 sək'sɛsɚ 〕n. 繼承者；接班人【注意：不是指「成功者」】

suffer	〔'sʌfɚ 〕v. 受苦；罹患　suf (*under*) + fer (*bring*) = suffer
sufficient	〔 sə'fɪʃənt 〕*adj.* 足夠的　諧音：收費深。
suffocate	〔'sʌfəˌket 〕v. 窒息；(使) 呼吸困難　諧音：沙覆蓋。

14.

suggest	〔 səg'dʒɛst 〕v. 建議；暗示；顯示	sug (*under*) + gest (*gesture*)
suggestion	〔 səg'dʒɛstʃən 〕n. 建議；暗示；跡象	
suicide	〔'suəˌsaɪd 〕n. 自殺	sui (*self*) + cide (*cut*) = suicide

suit	〔 sut 〕v. 適合　n. 西裝；訴訟	
suitable	〔'sutəbl 〕*adj.* 適合的	
suitcase	〔'sutˌkes 〕n. 手提箱	suit (適合) + case (盒子) = suitcase

sum	〔 sʌm 〕n. 金額；總額　v. 總結
summarize	〔'sʌməˌraɪz 〕v. 總結；扼要說明
summary	〔'sʌmərɪ 〕n. 摘要　*adj.* 概括的；簡要的

15.

summer	〔'sʌmɚ 〕n. 夏天
summit	〔'sʌmɪt 〕n. 山頂；顛峰；高峰會議　*adj.* 高階層的
summon	〔'sʌmən 〕v. 召喚；傳喚　summons *n. pl.* 傳票

sun	〔 sʌn 〕n. 太陽
Sunday	〔'sʌndɪ 〕n. 星期日
sunny	〔'sʌnɪ 〕*adj.* 晴朗的；開朗的

super	〔'supɚ 〕*adj.* 極好的；超級的　【比較】supper 〔'sʌpɚ 〕n. 晚餐
superb	〔 su'pɝb 〕*adj.* 極好的【注意發音】
superficial	〔ˌsupɚ'fɪʃəl 〕*adj.* 表面的；粗略的；膚淺的

16.

superior	〔 sə'pɪrɪə 〕 *adj.* 較優秀的；有優越感的　*n.* 上司；長官
superiority	〔 sə͵pɪrɪ'ɔrətɪ 〕 *n.* 優秀；優越　superior (較優秀的) + ity (*n.*)
supermarket	〔'supə͵mɑrkɪt 〕 *n.* 超級市場

superstition	〔 ͵supə'stɪʃən 〕 *n.* 迷信　super (*above*) + stit (*stand*) + ion (*n.*)
superstitious	〔 ͵supə'stɪʃəs 〕 *adj.* 迷信的
supersonic	〔 ͵supə'sɑnɪk 〕 *adj.* 超音速的　super (超級的) + sonic (音速的)

supervise	〔'supə͵vaɪz 〕 *v.* 監督；指導　super (*above*) + vise (*see*)
supervisor	〔'supə͵vaɪzə 〕 *n.* 監督者
supervision	〔 ͵supə'vɪʒən 〕 *n.* 監督

17.

supply	〔 sə'plaɪ 〕 *v. n.* 供給　sup (*under*) + ply (*fill*) = supply
supplement	〔'sʌpləmənt 〕 *v.* 補充　*n.* 補充物；營養補充品
supper	〔'sʌpə 〕 *n.* 晚餐　supper 比 dinner 來得不正式，較隨便。

support	〔 sə'port 〕 *v.* 支持；支撐；扶養　*n.* 支持
suppose	〔 sə'poz 〕 *v.* 假定；認為　sup (*under*) + pose (*put*) = suppose
suppress	〔 sə'prɛs 〕 *v.* 壓抑；鎮壓；禁止出版　sup (*under*) + press (壓)

surf	〔 sɝf 〕 *v.* 衝浪；瀏覽
surface	〔'sɝfɪs 〕 *n.* 表面；外觀　*v.* 顯現　sur (*above*) + face (臉)
surplus	〔'sɝplʌs 〕 *n.* 剩餘；過剩　*adj.* 多餘的　sur (*above*) + plus (加)

18.

surge	〔 sɝdʒ 〕 *v.* 蜂擁而至　*n.* 巨浪；洶湧；激增　sur + ge (*v.*)
surgeon	〔'sɝdʒən 〕 *n.* 外科醫生　surge (蜂擁而至) + on (*n.*) = surgeon
surgery	〔'sɝdʒərɪ 〕 *n.* 手術　surge (蜂擁而至) + ry (*n.*) = surgery

surround	〔 sə'raʊnd 〕 *v.* 環繞；圍繞　sur (*over*) + round (圈圈)
surroundings	〔 sə'raʊndɪŋz 〕 *n. pl.* 周遭環境　surround (環繞) + ings (*n. pl.*)
surrender	〔 sə'rɛndə 〕 *v.* 投降；交出；放棄　*n.* 投降；放棄

survive	〔 sə'vaɪv 〕 *v.* 生還；自…中生還；活得比…久
survivor	〔 sə'vaɪvə 〕 *n.* 生還者　survive (生還) – e + or (人)
survival	〔 sə'vaɪvl̩ 〕 *n.* 生還；存活　survive (生還) – e + al (*n.*)

19.

suspend	〔 sə'spɛnd 〕 v.	懸掛；暫停；使停職；吊銷
suspense	〔 sə'spɛns 〕 n.	懸疑；忐忑不安
suspension	〔 sə'spɛnʃən 〕 n.	暫停；停職

suspect	〔 sə'spɛkt 〕 v. 懷疑	〔'sʌspɛkt 〕 n. 嫌疑犯；可疑人物
suspicion	〔 sə'spɪʃən 〕 n.	懷疑；察覺　su(s) (*under*) + spic (*see*) + ion (*n.*)
suspicious	〔 sə'spɪʃəs 〕 adj.	可疑的；懷疑的

sweat	〔 swɛt 〕 v. 流汗　n. 汗水	
sweater	〔'swɛtɚ 〕 n. 毛衣　sweat (流汗) + er (*n.*) = sweater	
swear	〔 swɛr 〕 v. 發誓；詛咒【三態變化：swear–swore–sworn 】	

20.

symbol	〔'sɪmbl̩ 〕 n.	象徵；符號　諧音：心寶。
symbolic	〔 sɪm'bɑlɪk 〕 adj.	象徵的
symbolize	〔'sɪmbl̩,aɪz 〕 v.	象徵

sympathy	〔'sɪmpəθɪ 〕 n.	同情；憐憫　sym (*same*) + pathy (*feeling*)
sympathize	〔'sɪmpə,θaɪz 〕 v.	同情；憐憫；認同
sympathetic	〔,sɪmpə'θɛtɪk 〕 adj.	同情的；有同感的

symphony	〔'sɪmfənɪ 〕 n.	交響曲　sym (*together*) + phon (*sound*) + y (*n.*)
symptom	〔'sɪmptəm 〕 n.	症狀；跡象　sym + pto (*happen*) + m (*n.*)
symmetry	〔'sɪmɪtrɪ 〕 n.	對稱　sym (*same*) + metry (*measure*)

21.

table	〔'tebl̩ 〕 n. 桌子；餐桌	
tablet	〔'tæblɪt 〕 n. 藥片；平板電腦　table (桌子) + t = tablet	

tack	〔 tæk 〕 n. 圖釘　v. 釘	
tackle	〔'tækl̩ 〕 v. 處理；應付	

tact	〔 tækt 〕 n. 圓滑；老練；機智　tactful ('tæktfəl) adj. 圓滑的	
tactics	〔'tæktɪks 〕 n. pl. 策略；戰術　strategy 和 tactics 都當「策略」。	

tail	〔 tel 〕 n. 尾巴；硬幣的反面　v. 秘密跟蹤	
tailor	〔'telɚ 〕 n. 裁縫師　v. 縫製；使配合　tail (尾巴) + or (人)	
tale	〔 tel 〕 n. 故事；傳言【和 tail 同音】	

22.

tan 〔 tæn 〕 *v.* 曬黑；使曬成褐色 *n.* 曬黑；(皮膚經日曬成的) 褐色
tangerine 〔 ˌtændʒə'rin 〕 *n.* 橘子；柑橘
tangle 〔 'tæŋɡl̩ 〕 *v.* 糾纏；糾結 *n.* 糾結 【比較】tango *n.* 探戈舞

tar 〔 tɑr 〕 *n.* 柏油；瀝青；黑油 *v.* 塗柏油
target 〔 'tɑrɡɪt 〕 *n.* 目標；(嘲笑、批評的) 對象 *v.* 以…為目標
tariff 〔 'tærɪf 〕 *n.* 關稅 諧音：他日付，他日要付「關稅」。

tart 〔 tɑrt 〕 *n.* 水果餡餅
taste 〔 test 〕 *v.* 嚐起來 *n.* 味道；嗜好；品味
tasty 〔 'testɪ 〕 *adj.* 美味的

23.

technique 〔 tɛk'nik 〕 *n.* 技術；方法 techn (*skill*) + ique (*n.*) = technique
technician 〔 tɛk'nɪʃən 〕 *n.* 技術人員 techn (*skill*) + ician (人)
technical 〔 'tɛknɪkl̩ 〕 *adj.* 技術上的；專業的；工藝的 techn + ical (*adj.*)

technology 〔 tɛk'nɑlədʒɪ 〕 *n.* 科技 techn (*skill*) + ology (*study*)
technological 〔 ˌtɛknə'lɑdʒɪkl̩ 〕 *adj.* 科技的 technology – y + ical (*adj.*)
telegram 〔 'tɛlə,ɡræm 〕 *n.* 電報；電報訊息 tele (*far*) + gram (*write*)

telegraph 〔 'tɛlə,ɡræf 〕 *n.* 電報；電報機 *v.* 發電報
telephone 〔 'tɛlə,fon 〕 *n.* 電話；電話機 *v.* 打電話 (給)
telescope 〔 'tɛlə,skop 〕 *n.* 望遠鏡 tele (*far*) + scope (*look*) = telescope

24.

temper 〔 'tɛmpɚ 〕 *n.* 脾氣；心情
temperament 〔 'tɛmpərəmənt 〕 *n.* 性情；性格；本性；氣質
temperature 〔 'tɛmprətʃɚ 〕 *n.* 溫度 temper (脾氣) + a + ture (*n.*)

tempest 〔 'tɛmpɪst 〕 *n.* 暴風雨；騷動 temper (脾氣) – r + st (*n.*)
temple 〔 'tɛmpl̩ 〕 *n.* 寺廟；太陽穴 諧音：淡薄。
tempo 〔 'tɛmpo 〕 *n.* 節奏；步調 temp (*time*) + o = tempo

temporary 〔 'tɛmpə,rɛrɪ 〕 *adj.* 暫時的；短期的 tempo + rary (*adj.*)
tempt 〔 tɛmpt 〕 *v.* 引誘 tempo (節奏) – o + t (*v.*) = tempt
temptation 〔 tɛmp'teʃən 〕 *n.* 誘惑；引誘 tempt (引誘) + ation (*n.*)

25.

tend	〔 tɛnd 〕 *v.* 易於；傾向於；照顧
tendency	〔'tɛndənsɪ 〕 *n.* 傾向；趨勢
tender	〔'tɛndə 〕 *adj.* 溫柔的；嫩的；脆弱的　*v.* 提出；呈交

tenant	〔'tɛnənt 〕 *n.* 房客　ten (*hold*) + ant (人)
tense	〔 tɛns 〕 *adj.* 緊張的；令人感到緊張的；拉緊的
tension	〔'tɛnʃən 〕 *n.* 緊張；緊張關係

tent	〔 tɛnt 〕 *n.* 帳篷
tentative	〔'tɛntətɪv 〕 *adj.* 暫時性的；暫時的；試驗性的
tennis	〔'tɛnɪs 〕 *n.* 網球

26.

term	〔 tɝm 〕 *n.* 用語；名詞；期限；關係
terminal	〔'tɝmənḷ 〕 *adj.* 最終的　*n.* 總站；航空站
terminate	〔'tɝmə,net 〕 *v.* 終結

terrify	〔'tɛrə,faɪ 〕 *v.* 使害怕
terrible	〔'tɛrəbḷ 〕 *adj.* 可怕的；嚴重的
terrific	〔 tə'rɪfɪk 〕 *adj.* 很棒的

terror	〔'tɛrə 〕 *n.* 恐怖；驚恐　【比較】horror 〔'hɔrə 〕 *n.* 恐怖；厭惡
territory	〔'tɛrə,torɪ 〕 *n.* 領土；領域　terr (*earth*) + itory (*n.*)
terrace	〔'tɛrɪs 〕 *n.* 陽台；台階式看台

27.

text	〔 tɛkst 〕 *n.* 內文；教科書　*v.* 傳簡訊 (給)
textbook	〔'tɛkst,bʊk 〕 *n.* 教科書　text (內文) + book (書) = textbook

textile	〔'tɛkstaɪl 〕 *n.* 紡織品　*adj.* 紡織的
texture	〔'tɛkstʃə 〕 *n.* 質地；口感

theater	〔'θiətə 〕 *n.* 戲院；戲劇
theatrical	〔 θɪ'ætrɪkḷ 〕 *adj.* 戲劇的；誇張的

theory	〔'θiərɪ 〕 *n.* 理論；學說；看法
theoretical	〔,θiə'rɛtɪkḷ 〕 *adj.* 理論上的
theme	〔 θim 〕 *n.* 主題

28.

therapy	〔'θɛrəpɪ〕 n. 治療法	諧音：曬了皮。
therapist	〔'θɛrəpɪst〕 n. 治療學家	therapy (療法) – y + ist (人)
thermometer	〔 θə'mɑmətə 〕 n. 溫度計	thermo (*heat*) + meter (*measure*)

therefore	〔'ðɛr,for〕 adv. 因此	there (那裡) + fore (前面) = therefore
thereafter	〔 ðɛr'æftə 〕 adv. 在那之後	there (那裡) + after (在…之後)
thereby	〔 ðɛr'baɪ 〕 adv. 藉以；因此	there (那裡) + by (藉由) = thereby

third	〔 θɝd 〕 adj. 第三的　adv. 第三
thirst	〔 θɝst 〕 n. 口渴；渴望
thirsty	〔'θɝstɪ〕 adj. 口渴的；渴望的　thirst (口渴) + y (*adj.*) = thirsty

29.

thought	〔 θɔt 〕 n. 思想
thoughtful	〔'θɔtfəl〕 adj. 體貼的；認真思考的　thought (思想) + ful (*adj.*)
thousand	〔'θaʊzn̩d〕 n. 千　adj. 千的

threat	〔 θrɛt 〕 n. 威脅　諧音：衰的，衰的事情對生命構成「威脅」。
threaten	〔'θrɛtn̩〕 v. 威脅；(壞事) 可能發生
thread	〔 θrɛd 〕 n. 線；一長條的東西　v. 穿線通過

threshold	〔'θrɛʃhold〕 n. 門檻；入口；開端【注意發音】　諧音：追收。
thrift	〔 θrɪft 〕 n. 節儉　諧音：追富的，追求富有，需要「節儉」。
thrifty	〔'θrɪftɪ〕 adj. 節儉的

30.

thrill	〔 θrɪl 〕 v. 使興奮　n. 興奮；刺激
thriller	〔'θrɪlə〕 n. 驚悚片；驚險小說或電影；充滿刺激的事物
thrive	〔 θraɪv 〕 v. 繁榮；興盛；茁壯成長　諧音：四外富。

throat	〔 θrot 〕 n. 喉嚨
throne	〔 θron 〕 n. 王位　thr (*three*) + one (一) = throne
throw	〔 θro 〕 v. 丟；舉行；使陷入【三態變化：throw–threw–thrown】

throng	〔 θrɔŋ 〕 n. 群眾　v. 蜂擁而至　thr (*three*) + long (長的)
through	〔 θru 〕 prep. 透過；穿過　adv. 完全地
throughout	〔 θru'aʊt 〕 prep. 遍及　adv. 自始至終　through (透過) + out

31.

tick　　　〔 tɪk 〕 *n.* (鐘錶) 滴答聲　*v.* 滴答響

ticket　　〔 'tɪkɪt 〕 *n.* 票；罰單

tickle　　〔 'tɪkḷ 〕 *v.* 搔癢；發癢　*n.* 搔癢；發癢　諧音：弟摳。

tide　　　〔 taɪd 〕 *n.* 潮水；形勢

tidy　　　〔 'taɪdɪ 〕 *adj.* 整齊的；愛整潔的　*v.* 收拾；整理

tiger　　　〔 'taɪɡɚ 〕 *n.* 老虎

tight　　〔 taɪt 〕 *adj.* 緊的；嚴格的；手頭拮据的

tighten　　〔 'taɪtṇ 〕 *v.* 變緊；變嚴格　tight (緊的) + en (*v.*) = tighten

tile　　　〔 taɪl 〕 *n.* 磁磚　*v.* 貼磁磚

32.

tip　　　〔 tɪp 〕 *n.* 小費；尖端；訣竅　*v.* 給小費

tiptoe　　〔 'tɪp,to 〕 *n.* 趾尖　*v.* 踮腳尖走　tip (尖端) + toe (腳趾) = tiptoe

tire　　　〔 taɪr 〕 *v.* 使疲倦　*n.* 輪胎

tiresome　〔 'taɪrsəm 〕 *adj.* 令人厭煩的；無聊的

toad　　　〔 tod 〕 *n.* 蟾蜍；討厭的人　諧音：凸的。【比較】frog *n.* 青蛙

toast　　　〔 tost 〕 *n.* 吐司；敬酒；乾杯　*v.* 向⋯敬酒

toil　　　〔 tɔɪl 〕 *v.* 辛勞　*n.* 辛勞；勞苦

toilet　　　〔 'tɔɪlɪt 〕 *n.* 廁所；馬桶　在美國，toilet 主要意思是「馬桶」。

tobacco　〔 tə'bæko 〕 *n.* 煙草　諧音：吐白口，吸「煙草」會吐出白色的煙。

33.

tolerate　〔 'tɑlə,ret 〕 *v.* 容忍；忍受　諧音：他勞累，他「容忍」勞累。

tolerance　〔 'tɑlərəns 〕 *n.* 容忍；寬容　tolerate (容忍) – ate + ance (*n.*)

tolerable　〔 'tɑlərəbḷ 〕 *adj.* 可容忍的；可接受的

tolerant　　〔 'tɑlərənt 〕 *adj.* 寬容的　tolerate (容忍) – ate + ant (*adj.*)

toll　　　〔 tol 〕 *n.* 死傷人數；通行費；過路費；損害

tomato　　〔 tə'meto 〕 *n.* 蕃茄

tomb　　　〔 tum 〕 *n.* 墳墓【注意發音】　諧音：土墓，土做的「墳墓」。

tool　　　〔 tul 〕 *n.* 工具；器具

tooth　　　〔 tuθ 〕 *n.* 牙齒　*pl.* teeth

34.

top	〔 tɑp 〕 *n.* 頂端；陀螺 *adj.* 最高的；最重要的	
topic	〔 'tɑpɪk 〕 *n.* 主題 top (頂端) + ic (*n.*) = topic	
topple	〔 'tɑpl̩ 〕 *v.* 推翻；推倒	

torch	〔 tɔrtʃ 〕 *n.* 火把 諧音：拖去。
torment	〔 'tɔrmɛnt 〕 *n.* 折磨；苦惱的原因 *v.* 折磨
tornado	〔 tɔr'nedo 〕 *n.* 龍捲風 tor (*twist*) + nado (諧音「那多」)

torrent	〔 'tɔrənt 〕 *n.* 急流；大量 tor (*twist*) + current (水流) – cur
torture	〔 'tɔrtʃɚ 〕 *n.* 折磨；拷打 *v.* 拷打；逼問；使極為擔心
tortoise	〔 'tɔrtəs 〕 *n.* 烏龜；陸龜【注意發音】 諧音：頭脫死。

35.

tour	〔 tur 〕 *n.* 旅行 *v.* 旅遊；觀光；參觀
tourism	〔 'turɪzm̩ 〕 *n.* 觀光業 tour (旅行) + ism (*n.*) = tourism
tourist	〔 'turɪst 〕 *n.* 觀光客 *adj.* 觀光的 tour (旅行) + ist (人)

tournament	〔 'tɜnəmənt 〕 *n.* 錦標賽 諧音：特納悶。
tow	〔 to 〕 *v.* 拖 *n.* 拖吊
towel	〔 'tauəl 〕 *n.* 毛巾 tow (拖) + el = towel

tower	〔 'tauɚ 〕 *n.* 塔 *v.* 聳立
town	〔 taun 〕 *n.* 城鎮；城鎮生活
toxic	〔 'tɑksɪk 〕 *adj.* 有毒的 諧音：他可吸。

36.

trade	〔 tred 〕 *n.* 貿易；行業；職業 *v.* 交易；用…交換
trader	〔 'tredɚ 〕 *n.* 商人；生意人 trade (貿易) + (e)r (人) = trader
trademark	〔 'tred,mark 〕 *n.* 商標；特徵 trade (貿易) + mark (標記)

tradition	〔 trə'dɪʃən 〕 *n.* 傳統；習俗 諧音：傳遞孫。
traditional	〔 trə'dɪʃən̩l 〕 *adj.* 傳統的；慣例的 tradition (傳統) + al (*adj.*)
traffic	〔 'træfɪk 〕 *n.* 交通；走私 *v.* 走私；非法買賣

tragedy	〔 'trædʒədɪ 〕 *n.* 悲劇；不幸的事 諧音：踹著弟。
tragic	〔 'trædʒɪk 〕 *adj.* 悲劇的 tragedy (悲劇) – edy + ic (*adj.*) = tragic
track	〔 træk 〕 *n.* 痕跡；足跡；軌道；曲目 *v.* 追蹤

一口氣背 7000 字 ⑭

1.

train 〔 tren 〕 *v.* 訓練　*n.* 火車；列車

trait 〔 tret 〕 *n.* 特點

traitor 〔 'tretɚ 〕 *n.* 叛徒；叛國賊；賣國賊　trai (*betray*) + tor (人)

tramp 〔 træmp 〕 *v.* 重步行走

trample 〔 'træmpl̩ 〕 *v.* 踐踏

tranquil 〔 'træŋkwəl 〕 *adj.* 寧靜的；安靜的；平靜的

tranquilizer 〔 'træŋkwə͵laɪzɚ 〕 *n.* 鎮靜劑；鎮定劑

transaction 〔 træns'ækʃən 〕 *n.* 交易

transcript 〔 'træn͵skrɪpt 〕 *n.* 成績單；謄本；抄本

2.

transfer 〔 træns'fɝ 〕 *v.* 轉移；轉學；轉車；調職

transform 〔 træns'fɔrm 〕 *v.* 轉變　trans (移) + form (形狀)

transformation 〔 ͵trænsfɚ'meʃən 〕 *n.* 轉變

transit 〔 'trænsɪt 〕 *n.* 運送　trans (移) + it (*go*)

transition 〔 træn'zɪʃən 〕 *n.* 過渡期；轉變

transistor 〔 træn'zɪstɚ 〕 *n.* 電晶體

translate 〔 'trænslet 〕 *v.* 翻譯　重音在第一音節。

translation 〔 træns'leʃən 〕 *n.* 翻譯

translator 〔 træns'letɚ 〕 *n.* 翻譯家　重音還是在第二音節。

3.

transmit 〔 træns'mɪt 〕 *v.* 傳送；傳染；傳導　trans (移) + mit (*send*)

transmission 〔 træns'mɪʃən 〕 *n.* 傳送

transparent 〔 træns'pɛrənt 〕 *adj.* 透明的

transport 〔 træns'port 〕 *v. n.* 運輸　trans (移) + port (帶)

transportation 〔 ͵trænspɚ'teʃən 〕 *n.* 運輸

transplant 〔 træns'plænt 〕 *v. n.* 移植　trans (移) + plant (種植)

travel 〔 'trævl̩ 〕 *v.* 旅行；行進

traveler 〔 'trævlɚ 〕 *n.* 旅行者　【比較】tourist *n.* 觀光客

trash 〔 træʃ 〕 *n.* 垃圾

4.

tread	〔 trɛd 〕 v. 踩；行走【三態變化：tread–trod–trodden】
treason	〔'trizn̩ 〕 n. 叛國罪；大逆不道　t + reason (理由) = treason

treasure 〔'trɛʒɚ 〕 n. 寶藏　v. 珍惜
treasury 〔'trɛʒərɪ 〕 n. 寶庫；寶典；國庫　treasure – e + y (集合 n.)

treat 〔 trit 〕 v. 對待；請客　n. 請客
treatment 〔'tritmənt 〕 n. 對待；治療
treaty 〔'tritɪ 〕 n. 條約

tremble 〔'trɛmbl̩ 〕 v. 發抖　諧音：全剝。
tremendous 〔 trɪ'mɛndəs 〕 adj. 巨大的

5.

trip 〔 trɪp 〕 n. 旅行　v. 絆倒
triple 〔'trɪpl̩ 〕 adj. 三倍的　v. 成為三倍

trivial 〔'trɪvɪəl 〕 adj. 瑣碎的　tri (three) + vial (way)
trifle 〔'traɪfl̩ 〕 n. 瑣事　是 trivial (瑣碎的) 的名詞。

trick 〔 trɪk 〕 n. 詭計；騙局；把戲；技巧；惡作劇
tricky 〔'trɪkɪ 〕 adj. 難處理的；棘手的；困難的；詭計多端的

triumph 〔'traɪəmf 〕 n. 勝利
triumphant 〔 traɪ'ʌmfənt 〕 adj. 得意洋洋的
triangle 〔'traɪˌæŋgl̩ 〕 n. 三角形　tri (three) + angle (角) = triangle

6.

tropical 〔'trɑpɪkl̩ 〕 adj. 熱帶的
tropic 〔'trɑpɪk 〕 n. 回歸線　【比較】tropics n. pl. 熱帶地區
trophy 〔'trofɪ 〕 n. 獎杯；戰利品；獎品

trouble 〔'trʌbl̩ 〕 n. 麻煩；苦惱　v. 麻煩；使困擾
troublesome 〔'trʌbl̩səm 〕 adj. 麻煩的
trousers 〔'trauzɚz 〕 n. pl. 褲子　這字是英式用法，美國人較常說 pants。

tribe 〔 traɪb 〕 n. 部落　tri (three) + be = tribe
tribal 〔'traɪbl̩ 〕 adj. 部落的
trial 〔'traɪəl 〕 n. 審判；試驗　try (試) – y + ial = trial

7.

true	〔 tru 〕 *adj.* 眞的	
truce	〔 trus 〕 *n.* 停戰　諧音：猝死。	
truant	〔'truənt 〕 *n.* 曠課者；逃學者	

truck　　　　　〔 trʌk 〕 *n.* 卡車；貨車
trunk　　　　〔 trʌŋk 〕 *n.* 後車廂；(汽車的) 行李箱；樹幹；軀幹
trumpet　　　　〔'trʌmpɪt 〕 *n.* 喇叭　由於字尾 et 代表「小」，又叫「小喇叭」。

tub　　　　　　〔 tʌb 〕 *n.* 浴缸
tube　　　　　　〔 tjub 〕 *n.* 管子；地鐵
tuberculosis　〔 tju͵bɝkjə'losɪs 〕 *n.* 肺結核　tuber (*tumor*) + culo (*core*) + sis (*n.*)

8.

tuck　　　　　　〔 tʌk 〕 *v.* 捲起 (衣袖)；將 (衣服下襬) 塞進；將…藏入
tug　　　　　　　〔 tʌg 〕 *v.* 用力拉　*n.* 強拉
tug-of-war　　　〔͵tʌgəf'wɔr 〕 *n.* 拔河

turkey　　　　　〔'tɝkɪ 〕 *n.* 火雞；火雞肉
turtle　　　　　〔'tɝtḷ 〕 *n.* 海龜　【比較】tortoise 〔'tɔrtəs 〕 *n.* 陸龜
turmoil　　　　　〔'tɝmɔɪl 〕 *n.* 混亂　turm (*turn*) + oil = turmoil

tutor　　　　　　〔'tjutɚ 〕 *n.* 家庭教師
tuition　　　　　〔 tju'ɪʃən 〕 *n.* 學費；教學
tumor　　　　　　〔'tjumɚ , 'tu- 〕 *n.* 腫瘤　諧音：痛嗎。

9.

twin　　　　　〔 twɪn 〕 *n.* 雙胞胎之一　*adj.* 雙胞胎的　t + win (贏) = twin
twinkle　　　　　〔'twɪŋkḷ 〕 *v.* 閃爍
twist　　　　　〔 twɪst 〕 *v.* 扭曲；扭傷　*n.* 扭轉　扭扭舞　twi + st (*strand*)

twig　　　　　　〔 twɪg 〕 *n.* 小樹枝　twi (*two*) + g = twig
twice　　　　　　〔 twaɪs 〕 *adv.* 兩次；兩倍　twi (*two*) + ce = twice
twilight　　　　　〔'twaɪ͵laɪt 〕 *n.* 微光；黃昏；黎明　twi (*two*) + light (光)

type　　　　　〔 taɪp 〕 *n.* 類型　*v.* 打字
typist　　　　　　〔'taɪpɪst 〕 *n.* 打字員
typewriter　　　〔'taɪp͵raɪtɚ 〕 *n.* 打字機

10.

undergo	(͵ʌndɚˈgo) *v.* 經歷	
undergraduate	(͵ʌndɚˈgrædʒuɪt) *n.* 大學生	under (之下) + graduate (畢業)
underestimate	(͵ʌndɚˈɛstə͵met) *v.* 低估	under (在⋯底下) + estimate

underline	(͵ʌndɚˈlaɪn) *v.* 在⋯畫底線	under (在⋯底下) + line (線)
undermine	(͵ʌndɚˈmaɪn) *v.* 損害	under (*below*) + mine (地雷)
undertake	(͵ʌndɚˈtek) *v.* 承擔;從事	under (下) + take (拿)

underneath	(͵ʌndɚˈniθ) *prep.* 在⋯之下　*adv.* 在下方	
underpass	(ˈʌndɚ͵pæs) *n.* 地下道　無 *underpath* (誤) 這個字。	
underwear	(ˈʌndɚ͵wɛr) *n.* 內衣	

11.

unify	(ˈjunə͵faɪ) *v.* 統一	uni (*one*) + fy (*v.*) = unify
uniform	(ˈjunə͵fɔrm) *n.* 制服	uni (*one*) + form (形式) = uniform
union	(ˈjunjən) *n.* 聯盟;工會	uni (*one*) + on (*n.*) = union

unite	(juˈnaɪt) *v.* 使聯合	uni (*one*) + te (*v.*) = unite
unity	(ˈjunətɪ) *n.* 統一	uni (*one*) + ty (*n.*) = unity
unit	(ˈjunɪt) *n.* 單位	

universe	(ˈjunə͵vɝs) *n.* 宇宙　諧音:由你玩。	
universal	(͵junəˈvɝsḷ) *adj.* 普遍的;全世界的	
university	(͵junəˈvɝsətɪ) *n.* 大學　諧音:由你玩四年。	

12.

update	(ʌpˈdet) *v.* 更新	up (上) + date (日期) = update
upgrade	(ʌpˈgred) *v.* 使升級	up (上) + grade (等級) = upgrade
upbringing	(ˈʌp͵brɪŋɪŋ) *n.* 養育	up (上) + bring (帶) + ing

uphold	(ʌpˈhold) *v.* 維護;支持	up (上) + hold (保持) = uphold
upload	(ʌpˈlod) *v.* 上傳　相反詞是 download (下載)。	
upper	(ˈʌpɚ) *adj.* 上面的　uppermost *adj.* 最上面的	

upright	(ˈʌp͵raɪt) *adj.* 直立的	
upset	(ʌpˈsɛt) *adj.* 不高興的;生氣的	
upstairs	(ʌpˈstɛrz) *adv.* 到樓上	

13.

urge 〔ɝdʒ〕 *v.* 催促；力勸
urgent 〔'ɝdʒənt〕 *adj.* 迫切的；緊急的　urge（催促）– e + ent (*adj.*)
urgency 〔'ɝdʒənsɪ〕 *n.* 迫切

urine 〔'jurɪn〕 *n.* 尿
uranium 〔ju'renɪəm〕 *n.* 鈾
usual 〔'juʒuəl〕 *adj.* 平常的　副詞是 usually，相反詞是 unusual。

utilize 〔'jutḷ,aɪz〕 *v.* 利用　uti (*use*) + lize (*v.*)
utility 〔ju'tɪlətɪ〕 *n.* 效用；功用；(*pl.*) 公用事業；公共事業
utensil 〔ju'tɛnsḷ〕 *n.* 用具　諧音：有天手。

14.

vacant 〔'vekənt〕 *adj.* 空的　vac（空）+ ant (*adj.*) = vacant
vacancy 〔'vekənsɪ〕 *n.* 空房；空缺　vac（空）+ ancy (*n.*) = vacancy
vacation 〔ve'keʃən〕 *n.* 假期

value 〔'vælju〕 *n.* 價值　*v.* 重視
valuable 〔'væljuəbḷ〕 *adj.* 有價值的；珍貴的　value – e + able (*adj.*)
valley 〔'vælɪ〕 *n.* 山谷

valid 〔'vælɪd〕 *adj.* 有效的　相反詞是 invalid〔ɪn'vælɪd〕 *adj.* 無效的。
validity 〔və'lɪdətɪ〕 *n.* 效力
valiant 〔'væljənt〕 *adj.* 英勇的；堅決的

15.

van 〔væn〕 *n.* 廂型車；小型有蓋貨車
vanilla 〔və'nɪlə〕 *n.* 香草
vanish 〔'vænɪʃ〕 *v.* 消失　van (*vain*) + ish (*v.*)

vanity 〔'vænətɪ〕 *n.* 虛榮心；虛幻
vary 〔'vɛrɪ〕 *v.* 改變；不同
various 〔'vɛrɪəs〕 *adj.* 各式各樣的

variable 〔'vɛrɪəbḷ〕 *adj.* 多變的
variation 〔,vɛrɪ'eʃən〕 *n.* 變化
variety 〔və'raɪətɪ〕 *n.* 多樣性；種類

16.

vegetable 〔ˈvɛdʒətəbḷ〕 *n.* 蔬菜　veget (*life*) + able = vegetable
vegetarian 〔ˌvɛdʒəˈtɛrɪən〕 *n.* 素食主義者
vegetation 〔ˌvɛdʒəˈteʃən〕 *n.* 植物【集合名詞】

vend 〔vɛnd〕 *v.* 販賣　諧音：vend (販賣) 和「販的」聽起來很像。
vendor 〔ˈvɛndɚ〕 *n.* 小販
venture 〔ˈvɛntʃɚ〕 *v.* 冒險　*n.* 冒險的事業　名詞是 adventure。

verb 〔vɝb〕 *n.* 動詞
verbal 〔ˈvɝbḷ〕 *adj.* 口頭的；言辭的；文字上的
verge 〔vɝdʒ〕 *n.* 邊緣

17.

verse 〔vɝs〕 *n.* 詩；韻文
versatile 〔ˈvɝsətaɪl〕 *adj.* 多才多藝的　versa (*turn*) + tile (*adj.*)
version 〔ˈvɝʒən〕 *n.* 版本；說法

via 〔ˈvaɪə〕 *prep.* 經由　這個字也可唸成〔ˈviə〕。
vibrate 〔ˈvaɪbret〕 *v.* 震動
vibration 〔vaɪˈbreʃən〕 *n.* 震動

vice 〔vaɪs〕 *n.* 邪惡；代理人　*adj.* 副的
vice-president 〔ˌvaɪsˈprɛzədənt〕 *n.* 副總統　這字可寫成 vice president。
vicious 〔ˈvɪʃəs〕 *adj.* 邪惡的；兇猛的

18.

victor 〔ˈvɪktɚ〕 *n.* 勝利者
victory 〔ˈvɪktrɪ〕 *n.* 勝利　這個字也可唸成〔ˈvɪktərɪ〕。
victorious 〔vɪkˈtorɪəs〕 *adj.* 勝利的　vict (*conquer*) + or (*man*) + ious (*adj.*)

video 〔ˈvɪdɪˌo〕 *n.* 影片；錄影帶；錄影；視訊
view 〔vju〕 *n.* 景色；看法
viewer 〔ˈvjuɚ〕 *n.* 觀眾

vigor 〔ˈvɪgɚ〕 *n.* 活力　諧音：聽起來像「威哥」，很有「活力」。
vigorous 〔ˈvɪgərəs〕 *adj.* 精力充沛的
victim 〔ˈvɪktɪm〕 *n.* 受害者

19.

villa	('vɪlə) *n.* 別墅	
village	('vɪlɪdʒ) *n.* 村莊 *adj.* 鄉村的	
villain	('vɪlən) *n.* 惡棍;流氓【注意發音】 ain 指「人」。	

vine	(vaɪn) *n.* 葡萄藤
vinegar	('vɪnɪgə) *n.* 醋【注意發音】
vineyard	('vɪnjəd) *n.* 葡萄園【注意發音】 vine (葡萄藤) + yard (園)

violate	('vaɪə,let) *v.* 違反 viol (*against*) + ate (*v.*)
violation	(,vaɪə'leʃən) *n.* 違反;侵害
violence	('vaɪələns) *n.* 暴力

20.

violin	(,vaɪə'lɪn) *n.* 小提琴
violinist	(,vaɪə'lɪnɪst) *n.* 小提琴手
violet	('vaɪəlɪt) *n.* 紫羅蘭

virtue	('vɜtʃu) *n.* 美德;長處
virtual	('vɜtʃuəl) *adj.* 實際上的;虛擬的
virgin	('vɜdʒɪn) *n.* 處女 常指涉最初的事物。

visa	('vizə) *n.* 簽證
visible	('vɪzəbl̩) *adj.* 看得見的 vis (*see*) + ible (*able*)
vision	('vɪʒən) *n.* 視力

21.

visit	('vɪzɪt) *v.* 拜訪;遊覽 *n.* 拜訪;參觀 vis (*see*) + it (*go*)
visual	('vɪʒuəl) *adj.* 視覺的;視力的 vis (*see*) + ual (*adj.*) = visual
visualize	('vɪʒuəl,aɪz) *v.* 想像 visual (視覺的) + ize (*v.*) = visualize

vital	('vaɪtl̩) *adj.* 非常重要的;生命的;充滿活力的
vitality	(vaɪ'tælətɪ) *n.* 活力 vital (充滿活力的) + ity (*n.*) = vitality
vitamin	('vaɪtəmɪn) *n.* 維他命

vocation	(vo'keʃən) *n.* 職業 voc (*voice*) + ation (*n.*) = vocation
vocational	(vo'keʃənl̩) *adj.* 職業的 vocation (職業) + al (*adj.*)
vocabulary	(və'kæbjə,lɛrɪ) *n.* 字彙 這個字也是來自於字根 voc (聲音)。

22.

voice	〔 vɔɪs 〕 *n.* 聲音；發言權　*v.* 表達	
vocal	〔'vokḷ 〕 *adj.* 聲音的；直言不諱的　voice（聲音）– ie + al (*adj.*)	
volcano	〔 val'keno 〕 *n.* 火山　這個字不可唸成〔 vɔl'keno 〕。	

volume	〔'valjəm 〕 *n.* 音量；（書）冊；容量
voluntary	〔'valən‚tɛrɪ 〕 *adj.* 自願的　volunt (*will*) + ary (*adj.*)
volunteer	〔‚valən'tɪr 〕 *v.* 自願　*n.* 自願者

vote	〔 vot 〕 *v.* 投票　*n.* 選票
voter	〔'votɚ 〕 *n.* 投票者
vomit	〔'vamɪt 〕 *v.* 嘔吐　諧音：挖米，挖口中的米，「嘔吐」出來。

23.

wag	〔 wæg 〕 *v.* 搖動（尾巴）　*n.* 搖擺
wagon	〔'wægən 〕 *n.* 四輪馬車；篷車　wag（搖動）+ on (*n.*) = wagon
wage	〔 wedʒ 〕 *n.* 工資　*v.* 發動

wait	〔 wet 〕 *v.* 等　*n.* 等候的時間
waist	〔 west 〕 *n.* 腰
wail	〔 wel 〕 *v.* 哭叫；哭泣；哭嚎

wake	〔 wek 〕 *v.* 醒來　*n.* 痕跡；蹤跡
waken	〔'wekən 〕 *v.* 叫醒；喚醒　wake（醒來）+ (e)n (*v.*) = waken
waitress	〔'wetrɪs 〕 *n.* 女服務生　wait（服務）+ ress（表示「女性」的字尾）

24.

wall	〔 wɔl 〕 *n.* 牆壁　*v.* 把…用牆圍住 < *in* >
wallet	〔'walɪt 〕 *n.* 皮夾　【比較】purse〔 pɝs 〕 *n.* 錢包
walnut	〔'wɔlnət 〕 *n.* 核桃；胡桃

war	〔 wɔr 〕 *n.* 戰爭
ward	〔 wɔrd 〕 *n.* 病房；囚房　*v.* 躲避
wardrobe	〔'wɔrd‚rob 〕 *n.* 衣櫥　ward（病房）+ robe（長袍）= wardrobe

ware	〔 wɛr 〕 *n.* 用品　*pl.* 商品　作「用品」時，通常和其他的字寫在一起。
warehouse	〔'wɛr‚haʊs 〕 *n.* 倉庫　ware（用品）+ house（房子）= warehouse
warfare	〔'wɔr‚fɛr 〕 *n.* 戰爭　war（戰爭）+ fare（進展）= warfare

25.

warn	〔 wɔrn 〕 v. 警告	
warrior	〔'wɔrɪɚ 〕 n. 戰士　war (戰爭) + r + ior (人) = warrior	
wary	〔'wɛrɪ 〕 adj. 小心的；謹慎的　war (戰爭) + y (adj.) = wary	

waterfall　〔'wɔtɚ‚fɔl 〕 n. 瀑布　掉下來的水，就是「瀑布」。
watermelon　〔'wɔtɚ‚mɛlən 〕 n. 西瓜　water (水) + melon (甜瓜)
waterproof　〔'wɔtɚ'pruf 〕 adj. 防水的　【比較】water-resistant adj. 抗水的

wealth　〔 wɛlθ 〕 n. 財富；豐富
wealthy　〔'wɛlθɪ 〕 adj. 富有的
weapon　〔'wɛpən 〕 n. 武器；手段　諧音：外噴。

26.

wed　〔 wɛd 〕 v. 與…結婚　【衍生字】newlyweds n. pl. 新婚夫婦
wedding　〔'wɛdɪŋ 〕 n. 婚禮
Wednesday　〔'wɛnzdɪ 〕 n. 星期三【注意發音】

weekday　〔'wik‚de 〕 n. 平日
weekend　〔'wik'ɛnd 〕 n. 週末
weekly　〔'wiklɪ 〕 adj. 每週的　n. 週刊

weep　〔 wip 〕 v. 哭泣
weigh　〔 we 〕 v. 重…
weight　〔 wet 〕 n. 重量　weigh (重…) + t (n.) = weight

27.

well　〔 wɛl 〕 adv. 很好
welcome　〔'wɛlkəm 〕 v. 歡迎
welfare　〔'wɛl‚fɛr 〕 n. 福利　wel (good) + fare (go)

west　〔 wɛst 〕 n. 西方　【比較】east 〔 ist 〕 n. 東方
western　〔'wɛstɚn 〕 adj. 西方的　west (西方) + ern (adj.) = western
weird　〔 wɪrd 〕 adj. 怪異的

whale　〔 hwel 〕 n. 鯨魚　這個字現在美國人多唸成〔 wel 〕。
wharf　〔 hwɔrf 〕 n. 碼頭　這個字現在美國人多唸成〔 wɔrf 〕。
whatsoever　〔‚hwɑtso'ɛvɚ 〕 pron. 任何…的事物

28.

wheat	〔 *h*wit 〕 *n.* 小麥	【比較】rice〔raɪs〕*n.* 稻米
wheel	〔 *h*wil 〕 *n.* 輪子	
wheelchair	〔ˈ*h*wilˈtʃɛr 〕 *n.* 輪椅	wheel (輪子) + chair (椅子) = wheelchair

whenever	〔 *h*wɛnˈɛvɚ 〕 *conj.* 無論何時	
whereas	〔 *h*wɛrˈæz 〕 *conj.* 然而；但是；卻	
whereabouts	〔ˈ*h*wɛrəˌbaʊts 〕 *n.* 下落	

whisk	〔 *h*wɪsk 〕 *v.* 揮走	【比較】whisker *n.* (一根) 鬍鬚
whisky	〔ˈ*h*wɪskɪ 〕 *n.* 威士忌	【比較】brandy〔ˈbrændɪ〕*n.* 白蘭地
whisper	〔ˈ*h*wɪspɚ 〕 *v.* 小聲說	

29.

whip	〔 *h*wɪp 〕 *v.* 鞭打【*h* 可不發音】	
whistle	〔ˈ*h*wɪsl̩ 〕 *v.* 吹口哨　*n.* 哨子【*h* 可不發音】	
whine	〔 *h*waɪn 〕 *v.* 抱怨；(狗) 低聲哀叫　*n.* 抱怨；「咻」的呼嘯聲	

wipe	〔 waɪp 〕 *v.* 擦	
wise	〔 waɪz 〕 *adj.* 聰明的	
wisdom	〔ˈwɪzdəm 〕 *n.* 智慧	wise (聰明的) – e + dom (*n.*) = wisdom

withdraw	〔 wɪðˈdrɔ 〕 *v.* 撤退；提 (款)	with (*back*) + draw (拉)
withstand	〔 wɪθˈstænd 〕 *v.* 抵抗；抵擋；經得起	with (*against*) + stand
wither	〔ˈwɪðɚ 〕 *v.* 枯萎；使枯萎；使凋謝	

30.

whole	〔 hol 〕 *adj.* 全部的；整個的	
wholesale	〔ˈholˌsel 〕 *n.* 批發	whole (全部的) + sale (銷售；特價)
wholesome	〔ˈholsəm 〕 *adj.* 有益健康的	whole + some (表示程度的字尾)

wide	〔 waɪd 〕 *adj.* 寬的	
widen	〔ˈwaɪdn̩ 〕 *v.* 使變寬	wide (寬的) + en (*v.*) = widen
widespread	〔ˈwaɪdˈsprɛd 〕 *adj.* 普遍的	wide (寬闊) + spread (散播)

window	〔ˈwɪndo 〕 *n.* 窗戶	
widow	〔ˈwɪdo 〕 *n.* 寡婦	
widower	〔ˈwɪdəwɚ 〕 *n.* 鰥夫	

31.

wild	〔 waɪld 〕 *adj.*	野生的；荒涼的；瘋狂的
wilderness	〔'wɪldə·nɪs 〕 *n.*	荒野【注意發音】
wildlife	〔'waɪld͵laɪf 〕 *n.*	野生動物【集合名詞】

win	〔 wɪn 〕 *v.*	贏；獲得
wind	〔 wɪnd 〕 *n.*	風
windshield	〔'wɪnd͵ʃild 〕 *n.*	擋風玻璃　wind (風) + shield (盾)

wit	〔 wɪt 〕 *n.*	機智；幽默
witty	〔'wɪtɪ 〕 *adj.*	機智的；詼諧的
witness	〔'wɪtnɪs 〕 *n.*	目擊者；證人　諧音：為他你死。

32.

woo	〔 wu 〕 *v.*	追求；求愛
wood	〔 wʊd 〕 *n.*	木頭
wooden	〔'wʊdn̩ 〕 *adj.*	木製的

woodpecker	〔'wʊd͵pɛkə· 〕 *n.*	啄木鳥　wood (木) + peck (啄) + er (者)
woods	〔 wʊdz 〕 *n. pl.*	森林　wood (木) + s (*pl.*) = woods
wool	〔 wʊl 〕 *n.*	羊毛

wonder	〔'wʌndə· 〕 *v.*	想知道　*n.* 驚奇；奇觀
wonderful	〔'wʌndə·fəl 〕 *adj.*	很棒的
workshop	〔'wɝk͵ʃɑp 〕 *n.*	小工廠；研討會

33.

worse	〔 wɝs 〕 *adj.*	更糟的
worst	〔 wɝst 〕 *adj.*	最糟的
worship	〔'wɝʃəp 〕 *n.*	崇拜

wreck	〔 rɛk 〕 *n. v.*	船難；殘骸【注意發音】
wrench	〔 rɛntʃ 〕 *v.*	用力扭轉　*n.* 用力扭轉；扳手【注意發音】
wrestle	〔'rɛsl̩ 〕 *v.*	扭打；摔角【注意發音】

wring	〔 rɪŋ 〕 *v.*	擰乾；扭緊【注意發音】
wrinkle	〔'rɪŋkl̩ 〕 *n.*	皺紋　*v.* 起皺紋【注意發音】
wrist	〔 rɪst 〕 *n.*	手腕【注意發音】

34.

yell 〔 jɛl 〕 *v. n.* 大叫
yellow 〔 'jɛlo 〕 *adj.* 黃色的   *n.* 黃色
yesterday 〔 'jɛstɚ‚de 〕 *n.* 昨天

yoga 〔 'jogə 〕 *n.* 瑜珈   【比較】yogi 〔 'jogɪ 〕 *n.* 瑜珈信徒
yogurt 〔 'jogɚt 〕 *n.* 優格【注意發音】
yolk 〔 jok 〕 *n.* 蛋黃【注意發音】   諧音：優客，給優的客人吃「蛋黃」。

young 〔 jʌŋ 〕 *adj.* 年輕的
youngster 〔 'jʌŋstɚ 〕 *n.* 年輕人   young (年輕的) + ster (人) = youngster
yummy 〔 'jʌmɪ 〕 *adj.* 好吃的   諧音：養米，養出「好吃的」米。

35.

yes 〔 jɛs 〕 *adv.* 是   *n.* 同意；贊成票
yeah 〔 jɛ 〕 *adv.* 是   yeah 是非正式的 yes，和 yes 意思相同，很常用。
yet 〔 jɛt 〕 *adv.* 尚 (未)；更加；然而   *conj.* 但是

yacht 〔 jɑt 〕 *n.* 遊艇   注意：ch 不發音。
yard 〔 jɑrd 〕 *n.* 院子；天井；碼
yarn 〔 jɑrn 〕 *n.* 毛線   【比較】yearn 〔 jɝn 〕 *v.* 渴望

yeast 〔 jist 〕 *n.* 酵母菌
yield 〔 jild 〕 *v.* 出產；屈服   *n.* 產量
yucky 〔 'jʌkɪ 〕 *adj.* 討厭的；難看的；令人厭惡的；令人反感的

36.

zip 〔 zɪp 〕 *v.* 拉拉鍊；迅速做完
zipper 〔 'zɪpɚ 〕 *n.* 拉鍊   zip (拉拉鍊) + p + er (*n.*) = zipper
zinc 〔 zɪŋk 〕 *n.* 鋅【是一種化學元素，它的化學符號是 Zn，它的原子序數是 30】

zoo 〔 zu 〕 *n.* 動物園；喧鬧混亂的地方
zoom 〔 zum 〕 *v.* 急速移動；將畫面推進或拉遠
zone 〔 zon 〕 *n.* 地區；地帶

zero 〔 'zɪro 〕 *n.* 零
zeal 〔 zil 〕 *n.* 熱心；熱忱
zebra 〔 'zibrə 〕 *n.* 斑馬   「斑馬」穿著 Z 字形的胸罩 (bra)。

一口氣背 7000 字 ⑮

1.

abdomen 〔ˈæbdəmən 〕 *n.* 腹部　諧音：阿婆的門。

abide 〔 əˈbaɪd 〕 *v.* 忍受　諧音：「餓拜的，餓要「忍受」著肚子拜拜。

abnormal 〔 æbˈnɔrml 〕 *adj.* 不正常的　ab (*away*) + normal (正常的)

abolish 〔 əˈbɑlɪʃ 〕 *v.* 廢除　諧音：惡霸力噓。

abrupt 〔 əˈbrʌpt 〕 *adj.* 突然的；粗魯的　ab (*off*) + rupt (*break*) = abrupt

ace 〔 es 〕 *n.* 一流人才；(撲克牌的) A

acid 〔ˈæsɪd 〕 *adj.* 酸性的；尖酸刻薄的　諧音：害喜的。

acne 〔ˈæknɪ 〕 *n.* 粉刺　諧音：愛剋你，「粉刺」剋你的皮膚。

acre 〔ˈekɚ 〕 *n.* 英畝　一英畝大約等於 4,047 平方公尺。

2.

ago 〔 əˈgo 〕 *adv.* …以前

agony 〔ˈægənɪ 〕 *n.* 極大的痛苦；煎熬　諧音：愛過你。

aisle 〔 aɪl 〕 *n.* 走道【s 不發音】　a (一個) + isle (小島) = aisle

ambush 〔ˈæmbʊʃ 〕 *n.* 埋伏　*v.* 伏擊　am + bush (灌木叢) = ambush

amiable 〔ˈemɪəbḷ 〕 *adj.* 友善的；和藹可親的　ami (*love*) + able (*adj.*)

ample 〔ˈæmpḷ 〕 *adj.* 豐富的；充足的；寬敞的

amplify 〔ˈæmpləˌfaɪ 〕 *v.* 放大

analogy 〔 əˈnælədʒɪ 〕 *n.* 相似；類推　諧音：按那邏輯。

anonymous 〔 əˈnɑnəməs 〕 *adj.* 匿名的　諧音：安哪能莫死。

3.

arise 〔 əˈraɪz 〕 *v.* 發生；出現　a + rise (上升) = arise

arouse 〔 əˈrauz 〕 *v.* 喚起；喚醒　a + rouse (叫醒)。諧音：餓亂死。

ascend 〔 əˈsɛnd 〕 *v.* 上升；攀登　a (*to*) + scend (*climb*) = ascend

ashamed 〔 əˈʃemd 〕 *adj.* 感到羞恥的；感到慚愧的　a + shame + d (*adj.*)

asylum 〔 əˈsaɪləm 〕 *n.* 收容所；庇護　諧音：餓塞冷。

aspect 〔ˈæspɛkt 〕 *n.* 方面；外觀　a (*to*) + spect (*see*) = aspect

aspirin 〔ˈæspərɪn 〕 *n.* 阿斯匹靈

avenue 〔ˈævəˌnju 〕 *n.* 大道；…街；途徑　a (*to*) + ven (*come*) + ue (*n.*)

aviation 〔ˌevɪˈeʃən 〕 *n.* 航空；飛行　avi (*bird*) + ation (*n.*) = aviation

4.

beware	(bɪ'wɛr) v. 小心；提防	be + aware (知道的) – a = beware
beverage	('bɛvərɪdʒ) n. 飲料	諧音：背負力去。

bleach	(blitʃ) v. 漂白 n. 漂白劑	beach (海灘) + l = bleach
bleak	(blik) adj. 荒涼的；陰暗的	b + leak (洩漏) = bleak
blend	(blɛnd) v. 混合；調和	b + lend (借出) = blend

boast	(bost) v. 自誇；以擁有…自豪 n. 自誇；誇耀	boat (船) + s
boost	(bust) v. 提高；增加 n. 提高；促進	boot (靴子) + s = boost

bodily	('badɪlɪ) adj. 身體的 adv. 全身地	body – y + ily (adj. adv.)
bodyguard	('badɪ,gard) n. 保鏢	body (身體) + guard (保護) = bodyguard

5.

bog	(bag) n. 沼澤 v. 使陷入泥沼；使不能前進	
bold	(bold) adj. 大膽的；厚臉皮的	b + old (老的) = bold
bolt	(bolt) n. 閃電；門閂；急奔 v. 急奔；閂住	

bomb	(bam) n. 炸彈 v. 轟炸	擬聲字，注意 mb 結尾字 b 不發音。
bombard	(bam'bard) v. 轟炸；向…連續提出問題 (或資訊)【注意重音】	

boom	(bum) v. 興隆；隆隆作響；爆炸聲 n. 繁榮；轟響	擬聲字。
bosom	('buzəm) n. 胸部；內心	boom (興隆) + s = bosom

botany	('batnɪ) n. 植物學	諧音：包它泥。
boulevard	('bulə,vard) n. 林蔭大道；大街；大道	諧音：不累乏的。

6.

broke	(brok) adj. 沒錢的；破產的	【比較】broken adj. 破裂的
broil	(brɔɪl) v. 烤	boil (沸騰) + r = broil
bronze	(branz) n. 青銅【銅錫合金】；青銅色	諧音：薄郎死。

brooch	(brotʃ) n. 胸針【oo 發 /o/ 不是長音 /u/ 】	諧音：別肉去。
brochure	(bro'ʃur) n. 小冊子【ch 發 /ʃ/ 】	諧音：薄秀。

brutal	('brutl) adj. 殘忍的；令人不快的；不講情面的	諧音：不如偷。
brute	(brut) n. 殘暴的人；畜生；野獸 adj. 野蠻的	

bully	('bulɪ) v. 欺負；恐嚇；霸凌 n. 惡霸	bull (公牛) + y (n.)
butcher	('butʃɚ) n. 屠夫；肉販 v. 屠殺	諧音：不錯。

7.

cane	〔 ken 〕 *n.* 手杖；藤條　can（能夠）+ e = cane
cape	〔 kep 〕 *n.* 披肩；海角　c + ape（猿）= cape

capsule	〔'kæpsl̩ 〕 *n.* 膠囊；太空艙　caps (*case*) + ule (*small*) = capsule
caption	〔'kæpʃən 〕 *n.* 標題；(照片的) 說明；圖說

carol	〔'kærəl 〕 *n.* 耶誕頌歌　諧音：快了。
carrier	〔'kærɪɚ 〕 *n.* 帶菌者；運輸公司；運輸工具　carry – y + ier (*n.*)
carriage	〔'kærɪdʒ 〕 *n.* 四輪馬車；火車車廂；運輸；運費

ceramic	〔 sə'ræmɪk 〕 *adj.* 陶器的　*n.* 陶瓷　諧音：色蠟迷的。
ceremony	〔'sɛrə͵monɪ 〕 *n.* 典禮；禮節；客套　諧音：刪了沒你。

8.

chimney	〔'tʃɪmnɪ 〕 *n.* 煙囪　諧音：親你。
chimpanzee	〔͵tʃɪmpæn'zi 〕 *n.* 黑猩猩　諧音：去噴洗。

chin	〔 tʃɪn 〕 *n.* 下巴
chip	〔 tʃɪp 〕 *n.* 薄片；晶片；籌碼；碎片　*v.* 碰出缺口
chirp	〔 tʃɝp 〕 *v.* 發出鳥叫聲；嘰嘰喳喳地說　*n.* 啁啾聲；鳥叫聲

chef	〔 ʃɛf 〕 *n.* 主廚；廚師　來自法文，注意 ch 發 /ʃ/。諧音：學府。
choir	〔 kwaɪr 〕 *n.* 唱詩班；(教堂內) 唱詩班的席座；合唱團

cite	〔 saɪt 〕 *v.* 引用；提出；表揚；傳喚　和 site（地點）爲同音字。
civic	〔'sɪvɪk 〕 *adj.* 公民；市民的；城市的　【比較】civics *n.* 公民科

9.

clan	〔 klæn 〕 *n.* 家族；宗族；派系　諧音：可憐，可憐的「家族」。
clash	〔 klæʃ 〕 *v.* 起衝突；爭吵　*n.* 爭吵；衝突；不協調　cash + l
clasp	〔 klæsp 〕 *v. n.* 緊握；緊抱　clap（鼓掌）+ s = clasp

cold	〔 kold 〕 *adj.* 冷的　*n.* 冷空氣；感冒
coil	〔 kɔɪl 〕 *n.* 捲；圈　*v.* 捲纏；捲繞　c + oil（油）= coil
cone	〔 kon 〕 *n.* 圓錐體；(冰淇淋) 甜筒

compose	〔 kəm'poz 〕 *v.* 組成；作 (曲)　com (*together*) + pose (*place*)
composer	〔 kəm'pozɚ 〕 *n.* 作曲家　compose (作曲) + (e)r (人)
composition	〔͵kɑmpə'zɪʃən 〕 *n.* 作文；(音樂、美術等) 作品；構造

10.

component 〔kəm'ponənt〕*n.* 成分；零件　com + pon (*put*) + ent (*n.*)
comrade 〔'kɑmræd〕*n.* 夥伴；同志　諧音：抗累

conceal 〔kən'sil〕*v.* 隱藏；掩蓋　諧音：看戲喔
concede 〔kən'sid〕*v.* 承認；割讓　con (*together*) + cede (*yield*)
conceit 〔kən'sit〕*n.* 自負；自滿　諧音：抗吸的。

conflict 〔kən'flɪkt〕*v.* 衝突；牴觸　*n.* 衝突；爭端；矛盾
conform 〔kən'fɔrm〕*v.* 遵守；順從 < *to* >　con + form (形狀)

confront 〔kən'frʌnt〕*v.* 使面對；正視；處理　con + front (前面)
confrontation 〔,kɑnfrən'teʃən〕*n.* 對立；衝突

11.

constant 〔'kɑnstənt〕*adj.* 不斷的；持續的；忠誠的　con + stant (*stand*)
consonant 〔'kɑnsənənt〕*n.* 子音　con (*together*) + son (*sound*) + ant (*n.*)

cope 〔kop〕*v.* 處理；應付
corpse 〔kɔrps〕*n.* 屍體　corps (部隊) + e = corpse

cosmetic 〔kɑz'mɛtɪk〕*adj.* 化妝用的；美容用的
cosmetics 〔kɑz'mɛtɪks〕*n. pl.* 化妝品
cosmopolitan 〔,kɑzmə'pɑlətṇ〕*adj.* 世界性的；國際的　*n.* 遊歷四方的人

cozy 〔'kozɪ〕*adj.* 溫暖而舒適的；輕鬆友好的　諧音：扣緊。
cowardly 〔'kauədlɪ〕*adj.* 膽小的；懦弱的　coward (膽小鬼) + ly (*adj.*)

12.

creep 〔krip〕*v.* 悄悄地前進；爬行　*n.* 爬行　*pl.* 毛骨悚然的感覺
creek 〔krik〕*n.* 小河　諧音：苦力渴。
creak 〔krik〕*v.* 發出嘎嘎聲　*n.* 嘎嘎聲　諧音：苦力可。

crib 〔krɪb〕*n.* 嬰兒床；飼料槽　諧音：可以保。
criterion 〔kraɪ'tɪrɪən〕*n.* 標準；基準　cri (*judge*) + terion (*means*)

crush 〔krʌʃ〕*v.* 壓扁；壓碎；摧毀；弄皺　*n.* 迷戀　c + rush (匆忙)
crunch 〔krʌntʃ〕*v.* 嘎吱嘎吱地咬；嘎吱嘎吱地踩　*n.* 嘎吱聲；困境

crystal 〔'krɪstḷ〕*n.* 水晶；水晶製品；結晶　諧音：可以視透。
cuisine 〔kwɪ'zin〕*n.* 菜餚；烹飪 (法)　諧音：苦心。

13.

deed	〔 dɪd 〕 n. 行為；功績　【比較】indeed 〔 ɪn'dɪd 〕adv. 的確
deem	〔 dim 〕 v. 認為
decent	〔'disn̩t 〕adj. 高尚的；得體的；待人寬厚的　諧音：低身。
decrease	〔 dɪ'kris 〕 n. v. 減少　de (down) + crease (grow) = decrease
degrade	〔 dɪ'gred 〕 v. 降低（地位、人格）；貶低；使丟臉
dedicate	〔'dɛdə,ket 〕 v. 奉獻；使致力於；把（著作）獻給
dedication	〔,dɛdə'keʃən 〕 n. 奉獻；獻詞
deny	〔 dɪ'naɪ 〕 v. 否認；拒絕　諧音：抵賴，就是「否認」。
denial	〔 dɪ'naɪəl 〕 n. 否認；拒絕　deny (否認) – y + ial (n.) = denial

14.

dense	〔 dɛns 〕adj. 濃密的；密集的；蠢的；難懂的　諧音：等死。
density	〔'dɛnsətɪ 〕 n. 密度　dense (濃密的) – e + ity (n.) = density
derive	〔 dɪ'raɪv , də'raɪv 〕v. 源自 <from>；由…得到
detach	〔 dɪ'tætʃ 〕 v. 使分離；拆開 <from>　de (apart) + tach (attach)
depict	〔 dɪ'pɪkt 〕 v. 描繪；描述　de (down) + pict (picture) = depict
depth	〔 dɛpθ 〕 n. 深度；深厚；(pl.) 深處
deputy	〔'dɛpjətɪ 〕adj. 副的；代理的　n. 代理人　諧音：代補替。
diagram	〔'daɪə,græm 〕 n. 圖表；圖解；示意圖　dia + gram (write)
diameter	〔 daɪ'æmətə 〕 n. 直徑　dia (through) + meter (公尺) = diameter

15.

diligent	〔'dɪlədʒənt , 'dɪlɪ- 〕adj. 勤勉的　諧音：地裡整土。
diligence	〔'dɪlədʒəns , 'dɪlɪ- 〕 n. 勤勉；用功
dismiss	〔 dɪs'mɪs 〕 v. 解散；下（課）；不予考慮；解雇
dispute	〔 dɪ'spjut 〕 v. 爭論；否認　n. 爭論；糾紛
disperse	〔 dɪ'spɝs 〕 v. 驅散；傳播　dis (apart) + (s)perse (scatter)
dismay	〔 dɪs'me 〕 n. 驚慌；失望；難過　v. 使不安；使失望
disregard	〔,dɪsrɪ'gɑrd 〕 v. 忽視；輕視　n. 忽視；輕視；漠視
distinguish	〔 dɪ'stɪŋgwɪʃ 〕 v. 分辨；區分；看出
distinguished	〔 dɪ'stɪŋgwɪʃt 〕adj. 卓越的；傑出的；著名的

16.

distract 〔 dɪˈstrækt 〕 v. 使分心；轉移…的注意力

distraction 〔 dɪˈstrækʃən 〕 n. 分心；使人分心的事物；娛樂

distress 〔 dɪˈstrɛs 〕 n. 痛苦；悲傷；危難　v. 使苦惱；使悲傷

distrust 〔 dɪsˈtrʌst 〕 v. 不相信；猜疑　n. 不相信　dis (not) + trust (相信)

district 〔ˈdɪstrɪkt 〕 n. 地區；行政區【注意重音】　di(s) (apart) + strict

distort 〔 dɪsˈtɔrt 〕 v. 使扭曲；曲解　dis (apart) + tort (twist) = distort

distribute 〔 dɪˈstrɪbjʊt 〕 v. 分配；分發；配送；分佈

distribution 〔ˌdɪstrəˈbjuʃən 〕 n. 分配；分發；配送；傳播

disturbance 〔 dɪˈstɝbəns 〕 n. 擾亂；騷動；(精神或身體的) 失常

17.

dozen 〔ˈdʌzn̩ 〕 n. 一打

doze 〔 doz 〕 v. 打瞌睡　n. 瞌睡

draft 〔 dræft 〕 n. 草稿；匯票；徵兵　v. 草擬；徵召…入伍

drastic 〔ˈdræstɪk 〕 adj. 激烈的；劇烈的；有力的　諧音：墜死的一刻。

drape 〔 drep 〕 n. 窗簾；褶綴【通常用複數】　v. 覆蓋；懸掛　諧音：墜。

due 〔 dju 〕 adj. 到期的；預定的；應得的；適當的

dubious 〔ˈdjubɪəs 〕 adj. 可疑的；無把握的　dub (doubt) + ious (adj.)

durable 〔ˈdjʊrəbl̩ 〕 adj. 耐用的；持久的　dur (last) + able (可…的)

duration 〔 djʊˈreʃən 〕 n. 期間；持續時間

18.

drown 〔 draʊn 〕 v. 淹死；使淹死；淹沒　down (向下) + r = drown

drowsy 〔ˈdraʊzɪ 〕 adj. 想睡的；使人昏昏欲睡的　諧音：裝死。

dwell 〔 dwɛl 〕 v. 居住

dwelling 〔ˈdwɛlɪŋ 〕 n. 住宅；家

dwarf 〔 dwɔrf 〕 n. 侏儒；矮人　v. 使矮小；使相形見絀　諧音：短夫。

dye 〔 daɪ 〕 v. 染　n. (用於衣服、頭髮等) 染劑；染料

dynamic 〔 daɪˈnæmɪk 〕 adj. 充滿活力的；不斷變化的；動力的　n. 活力

dynamite 〔ˈdaɪnəˌmaɪt 〕 n. 炸藥；驚人的人或物　dynamic – c + te

dynasty 〔ˈdaɪnəstɪ 〕 n. 朝代；王朝　諧音：代那是地。

19.

ease	〔 iz 〕 *n.* 容易；輕鬆　　*v.* 減輕；舒緩	
eel	〔 il 〕 *n.* 鰻魚	
ego	〔'igo 〕 *n.* 自我；自尊心　　e + go = ego	

ebb	〔 ɛb 〕 *n. v.* 退潮；衰退　　諧音：矮波，矮的波浪，就是「退潮」。
echo	〔'ɛko 〕 *n.* 回音；重複；共鳴　　*v.* 發出回聲；附和　　諧音：愛歌。
ecstasy	〔'ɛkstəsɪ 〕 *n.* 狂喜；忘我；(大寫) 搖頭丸

ecology	〔 ɪ'kɑlədʒɪ 〕 *n.* 生態學；生態環境　　eco (*house*) + logy (*study*)
eccentric	〔 ɪk'sɛntrɪk 〕 *adj.* 古怪的；怪異的　　*n.* 行為古怪的人
elite	〔 ɪ'lit 〕 *n.* 菁英分子；人才　　*adj.* 菁英的【注意發音】

20.

elastic	〔 ɪ'læstɪk 〕 *adj.* 有彈性的；可變通的
elaborate	〔 ɪ'læbərɪt 〕 *adj.* 精巧的；複雜的　　*v.* 精心製作；擬定
eliminate	〔 ɪ'lɪmə,net 〕 *v.* 除去；淘汰；排除　　e (*out*) + limin (*limit*) + ate (*v.*)

emotion	〔 ɪ'moʃən 〕 *n.* 情緒；感情　　e (*out*) + motion (動作) = emotion
emotional	〔 ɪ'moʃənḷ 〕 *adj.* 感情的；感動人的；激動的　　emotion + al (*adj.*)
embrace	〔 ɪm'bres 〕 *v.* 擁抱；包括；欣然接受　　*n.* 擁抱

envy	〔'ɛnvɪ 〕 *n.* 羨慕；嫉妒　　*v.* 羨慕；嫉妒　　諧音：恩惠。
episode	〔'ɛpə,sod 〕 *n.* (連續劇的) 一集；片段；事件；(病的) 發作
epidemic	〔,ɛpə'dɛmɪk 〕 *n.* 傳染病；盛行　　*adj.* 傳染性的；流行性的

21.

escape	〔 ə'skep 〕 *v.* 逃走；擺脫；被遺忘　　*n.* 逃脫；解悶
esteem	〔 ə'stim 〕 *n.* 尊敬；敬重　　*v.* 尊敬　　諧音：兒思聰。
estimate	〔'ɛstə,met 〕 *v.* 估計；估算　　〔'ɛstəmɪt 〕 *n.* 估計

eternal	〔 ɪ't3nḷ 〕 *adj.* 永恆的；不斷的；不朽的　　諧音：已特老。
eternity	〔 ɪ't3nətɪ 〕 *n.* 永恆；極長的時間　　eternal (永恆的) – al + ity (*n.*)
ethnic	〔'ɛθnɪk 〕 *adj.* 種族的；民族的　　諧音：愛死你克。

ethic	〔'ɛθɪk 〕 *n.* 道德規範　　*adj.* 倫理的；道德的　　諧音：愛惜客。
ethical	〔'ɛθɪkḷ 〕 *adj.* 道德的；倫理的　　ethic (道德規範) + al (*adj.*)
ethics	〔'ɛθɪks 〕 *n. pl.* 道德；倫理；(單數) 倫理學

22.

evergreen	〔ˈɛvəˌgrin〕 *adj.* 常綠的；歷久不衰的　*n.* 常綠植物	
evolution	〔ˌɛvəˈluʃən〕 *n.* 進化；發展；演變　revolution（革命）– r	
evolve	〔ɪˈvɑlv〕 *v.* 進化；發展；演化　revolve（旋轉）– r = evolve	

extreme	〔ɪkˈstrim〕 *adj.* 極端的；偏激的；罕見的　*n.* 極端	
extraordinary	〔ɪkˈstrɔrdṇˌɛrɪ〕 *adj.* 不尋常的；非常奇怪的	
excerpt	〔ɪkˈsɜpt〕 *v.* 摘錄；節錄　〔ˈɛksɜpt〕 *n.* 摘錄；節錄	

exile	〔ˈɛgzaɪl〕 *v.* 放逐；流放　*n.* 放逐；流逐；流亡者
explicit	〔ɪkˈsplɪsɪt〕 *adj.* 明確的；清楚的；露骨的
expertise	〔ˌɛkspəˈtiz〕 *n.* 專門的知識；特殊技能

23.

factory	〔ˈfæktrɪ〕 *n.* 工廠　*adj.* 工廠的　fact (*do*) + ory (*place*)
faculty	〔ˈfækḷtɪ〕 *n.* 全體教職員；能力　諧音：罰可踢。
fad	〔fæd〕 *n.* 一時的流行；一時的狂熱

fashion	〔ˈfæʃən〕 *n.* 流行；時尚（業）；方式　*v.* 精心製成
fascinate	〔ˈfæsṇˌet〕 *v.* 使著迷；強烈吸引　諧音：發自內的。
fascination	〔ˌfæsṇˈeʃən〕 *n.* 魅力；吸引力；使人著迷的東西

fee	〔fi〕 *n.* 費用；服務費；入場費
feeble	〔ˈfibḷ〕 *adj.* 虛弱的；微弱的；無效的；軟弱的
feedback	〔ˈfidˌbæk〕 *n.* 反應；回饋；反饋；意見　feed（餵）+ back

24.

fill	〔fɪl〕 *v.* 使充滿；填補；修補
film	〔fɪlm〕 *n.* 影片；底片；薄層　*v.* 拍攝
filter	〔ˈfɪltə〕 *v.* 過濾；慢慢傳開　*n.* 過濾器　諧音：廢後的。

file	〔faɪl〕 *n.* 檔案；文件夾；縱隊　*v.* 歸檔；提出
fine	〔faɪn〕 *adj.* 好的；晴朗的　*n.* 罰款　*v.* 對…處以罰款
finite	〔ˈfaɪnaɪt〕 *adj.* 有限的　fine（好的）– e + ite (*adj.*) = finite

flow	〔flo〕 *v.* 流動；暢通；飄拂　*n.* 流動
flap	〔flæp〕 *v.* 拍動；(鳥)振(翅)；擺盪　*n.* 振動；片狀懸垂物
flip	〔flɪp〕 *v.* 輕拋；使翻動；快速轉換（電視頻道）　*n.* 急拋

25.

float	〔 flot 〕*v.* 飄浮；漂浮於；漂泊；提出 *n.* 飄浮物；救生圈
foam	〔 fom 〕*n.* 泡沫；泡棉 *v.* 起泡沫 form（形成）– r + a = foam
foil	〔 fɔɪl 〕*n.* 金屬薄片；箔；陪襯者 *v.* 阻撓；挫敗 f + oil（油）
frequent	〔'frikwənt 〕*adj.* 經常的；習慣的；屢次的 *v.* 常去
frequency	〔'frikwənsɪ 〕*n.* 頻繁；頻率；次數
freak	〔 frik 〕*n.* 怪人；狂熱愛好者 *adj.* 反常的 *v.*（使）大吃一驚
fresh	〔 frɛʃ 〕*adj.* 新鮮的；新進的；涼爽的；生氣蓬勃的
freshman	〔'frɛʃmən 〕*n.* 新生
fret	〔 frɛt 〕*v.* 煩惱；（使）苦惱；焦慮 諧音：胡來的。

26.

fruit	〔 frut 〕*n.* 水果；果實；成果
frost	〔 frɔst 〕*n.* 霜；嚴寒（期） *v.* 結霜；在…上灑糖霜
frown	〔 fraʊn 〕*v.* 皺眉頭 *n.* 皺眉；不悅之色
fry	〔 fraɪ 〕*v.* 油炸；油炒；油煎 *n.* 油炸物
frustration	〔 frʌs'treʃən 〕*n.* 挫折；失望；阻撓 frustrate – e + ion (*n.*)
friction	〔'frɪkʃən 〕*n.* 摩擦；不合；分歧 fiction（小說）+ r = friction
fume	〔 fjum 〕*n.*【複數】煙霧；臭氣 *v.* 生氣；發怒；冒煙
fuse	〔 fjuz 〕*n.* 保險絲；導火線 *v.*（使）斷電；（使）融合
funeral	〔'fjunərəl 〕*n.* 葬禮 諧音：夫難落，丈夫遇難掉落，辦「喪禮」。

27.

gay	〔 ge 〕*n.* 男同性戀者 *adj.* 男同性戀的 gay 也指「女同性戀者」。
gain	〔 gen 〕*v.* 獲得；增加 *n.* 增長；好處；利潤
gaze	〔 gez 〕*v. n.* 凝視；注視
glare	〔 glɛr 〕*v.* 怒視；發出強光 *n.* 怒視；瞪眼；強光
glacier	〔'gleʃə 〕*n.* 冰河 諧音：各類蛇。
galaxy	〔'gæləksɪ 〕*n.* 銀河；星系 諧音：可來顆星。
glee	〔 gli 〕*n.* 高興；幸災樂禍 諧音：隔離。
gleam	〔 glim 〕*v.* 閃爍；發出微光 *n.* 微光；（希望）閃現
glide	〔 glaɪd 〕*v.* 滑行；滑動；滑翔；悄悄地走；做事順利

28.

good	〔 gud 〕*adj.* 好的;擅長的;有效的 *n.* 優勢;利益
goods	〔 gudz 〕*n. pl.* 商品;貨物;財物;動產
gnaw	〔 nɔ 〕*v.* 啃;咬;侵蝕;使折磨【g 不發音】

grief	〔 grif 〕*n.* 悲傷;傷痛;傷心事　諧音:鼓勵夫。
grieve	〔 griv 〕*v.* 悲傷;使悲傷
grill	〔 grɪl 〕*n.* 烤架;燒烤店;燒烤的肉類食物　*v.* 烤;盤問

grin	〔 grɪn 〕*v.* 露齒而笑;咧嘴笑　*n.* 露齒而笑
grim	〔 grɪm 〕*adj.* 嚴厲的;令人擔憂的;簡陋的;差勁的
grip	〔 grɪp 〕*v.* 緊抓;強烈地影響;使感興趣　*n.* 緊握;了解;控制

29.

grab	〔 græb 〕*v.* 抓住;吸引;趕緊　*n.* 抓住
grumble	〔'grʌmbḷ 〕*v.* 抱怨;發牢騷;對⋯表示不滿　*n.* 抱怨;牢騷
guerrilla	〔 gə'rɪlə 〕*n.* 游擊隊隊員　*adj.* 游擊戰的;游擊的

gum	〔 gʌm 〕*n.* 口香糖;牙齦;膠水;樹膠
gulf	〔 gʌlf 〕*n.* 海灣;差距;歧異;深溝
gulp	〔 gʌlp 〕*v.* 大口地喝;狼吞虎嚥;大口呼吸　*n.* 一大口(水)

gun	〔 gʌn 〕*n.* 槍;噴霧器;噴槍　*v.* 用槍射擊
gut	〔 gʌt 〕*n.* 腸;腹部　*pl.* 內臟;勇氣;核心部分
gust	〔 gʌst 〕*n.* 一陣風;(感情等的)爆發　*v.* (風)一陣猛吹

30.

hail	〔 hel 〕*v.* 向~歡呼;呼叫;下冰雹　*n.* 冰雹;呼叫
hatch	〔 hætʃ 〕*v.* 孵化;孵出;策劃　*n.* (船或飛機的)艙口
hazard	〔'hæzəd 〕*n.* 危險;危險物　*v.* 冒⋯的險;嘗試　諧音:害身的。

heal	〔 hil 〕*v.* 痊癒;(使)復原;調停
heed	〔 hid 〕*v. n.* 注意;聽從　諧音:he 的,要「注意」他的動向。
hereafter	〔 hɪr'æftə 〕*adv.* 今後;將來

heir	〔 ɛr 〕*n.* 繼承人;(職位、工作或思想等)後繼者【h 不發音】
hedge	〔 hɛdʒ 〕*n.* 樹籬;預防辦法　*v.* 用樹籬圍住;迴避
hemisphere	〔'hɛməs,fɪr 〕*n.* 半球;大腦半球　hemi (*half*) + sphere (球體)

31.

help	〔hɛlp〕*n. v.* 幫助；幫忙　*n.* 有幫助的人或物；幫手	
hen	〔hɛn〕*n.* 母雞；雌禽　*adj.* 雌的	
hence	〔hɛns〕*adv.* 因此；今後	

hide　　　〔haɪd〕*v.* 隱藏；遮掩；躲藏；隱瞞（眞相等）　*n.* 獸皮
hive　　　〔haɪv〕*n.* 蜂巢；蜂房；群居一起的蜜蜂；嘈雜繁忙的場所
hi-fi　　　〔'haɪ'faɪ〕*n.* 高傳眞　*adj.* 高傳眞的

hire　　　〔haɪr〕*v.* 雇用；租用；出租　*n.* 出租；出租費；雇用
height　　〔haɪt〕*n.* 高度；身高；海拔；高峰　*pl.* 高處　high + e + t
heighten　〔'haɪtn̩〕*v.* 升高；加強　height（高度）+ en (*v.*) = heighten

32.

hot　　　　〔hɑt〕*adj.* 熱的；辣的；熱情的；最新的；活躍的
hop　　　　〔hɑp〕*v.* 跳；單腳跳躍；匆匆跳上（下）車；搭乘　*n.* 跳躍
hospitalize　〔'hɑspɪtl̩‚aɪz〕*v.* 使住院　hospital（醫院）+ ize (*v.*) = hospitalize

honk　　　〔hɔŋk〕*v.* 按（喇叭）；（鵝、雁）叫　*n.*（汽車的）喇叭聲
hover　　　〔'hʌvɚ〕*v.* 盤旋；徘徊；搖擺不定　h + over（在上方）= hover
hoarse　　〔hors〕*adj.* 沙啞的；刺耳的；嘶啞的　horse（馬）+ a = hoarse

hurt　　　〔hɝt〕*v.* 傷害；使痛苦；疼痛　*n.* 傷；損害；苦痛
hurl　　　〔hɝl〕*v.* 用力投擲；向…猛撲；氣憤地叫嚷
hound　　　〔haʊnd〕*n.* 獵犬　*v.* 對…窮追不捨；騷擾；迫使…離開

33.

ill　　　　〔ɪl〕*adj.* 生病的；壞的　*n.* 罪惡；(*pl.*) 不幸　*adv.* 惡意地
illuminate　〔ɪ'lumə‚net〕*v.* 照亮；闡明；解釋；啓發　諧音：一爐明內。

immigrant　〔'ɪməgrənt〕*n.*（從外國來的）移民　im (*in*) + migrant（移居者）
immigrate　〔'ɪmə‚gret〕*v.* 移入　im (*in*) + migrate（遷移）= immigrate
immigration〔‚ɪmə'greʃən〕*n.* 移入；出入境管理　*adj.* 移民的

immense　　〔ɪ'mɛns〕*adj.* 巨大的；廣大的　諧音：已漫死。
immune　　　〔ɪ'mjun〕*adj.* 免疫的；不受影響的；豁免的　諧音：移目。

imperial　　〔ɪm'pɪrɪəl〕*adj.* 帝國的；帝王的
imperative　〔ɪm'pɛrətɪv〕*adj.* 緊急的；必要的；（語氣）武斷的　*n.* 要務

34.

impact	〔'ɪmpækt〕n. 影響;衝擊;撞擊力 〔ɪm'pækt〕v. 影響
impulse	〔'ɪmpʌls〕n. 衝動;一時的念頭;(電)脈衝 im (in) + pulse
implement	〔'ɪmplə,mɛnt〕v. 實施;執行 〔'ɪmpləmənt〕n. 工具;器具

impose	〔ɪm'poz〕v. 強加 < on >;實施;推行 im (in) + pose (put)
imposing	〔ɪm'pozɪŋ〕adj. 雄偉的;壯觀的 impose – e + ing (adj.)

imprison	〔ɪm'prɪzn̩〕v. 囚禁;限制 im (in) + prison (監獄)
imprisonment	〔ɪm'prɪzn̩mənt〕n. 囚禁 imprison (囚禁) + ment (n.)

income	〔'ɪn,kʌm〕n. 收入;所得
increase	〔'ɪnkris〕n. 增加;增強 〔ɪn'kris〕v. 增加

35.

induce	〔ɪn'djus , ɪn'dus〕v. 引起;導致;催生 in (in) + duce (lead)
indulge	〔ɪn'dʌldʒ〕v. 使沈迷;沈迷於;放縱 諧音:引導去。
inevitable	〔ɪn'ɛvətəbl̩〕adj. 不可避免的;必然的 諧音:因愛而疼婆。

infant	〔'ɪnfənt〕n. 嬰兒;幼兒 adj. 初期的 諧音:嬰煩的。
infinite	〔'ɪnfənɪt〕adj. 無限的;極大的
input	〔'ɪn,pʊt〕n. 輸入;投入;輸入的資訊

ink	〔ɪŋk〕n. 墨水;(章魚或墨魚噴出的)墨汁 諧音:印刻。
inner	〔'ɪnɚ〕adj. 內部的;接近中心的;核心的;隱藏的
insight	〔'ɪn,saɪt〕n. 洞察力 < into >;深入了解;見識 in + sight

36.

intend	〔ɪn'tɛnd〕v. 打算;意圖;打算作爲…之用 < for >
intact	〔ɪn'tækt〕adj. 完整的;未受損傷的 in (not) + tact (touch)
inherent	〔ɪn'hɪrənt〕adj. 與生俱來的;固有的;天生的

introduction	〔,ɪntrə'dʌkʃən〕n. 介紹;引進;入門;序言
intonation	〔,ɪnto'neʃən〕n. 語調 in + tone (音調;語氣) – e + ation (n.)
intellectual	〔,ɪntl̩'ɛktʃʊəl〕adj. 智力的;理解力的 n. 知識份子

interest	〔'ɪntrɪst〕v. 使感興趣;引起…的關注 n. 興趣;利息;利益
interval	〔'ɪntɚvl̩〕n. (時間的)間隔;間隔的空間 inter + val (wall)
inventory	〔'ɪnvən,torɪ〕n. 存貨清單;詳細目錄;盤點存貨

一口氣背 7000 字 ⑯

1.

investment	〔 ɪnˈvɛstmənt 〕 *n.* 投資	
investigator	〔 ɪnˈvɛstəˌgetə 〕 *n.* 調查員；偵查員；探員	

involve 〔 ɪnˈvɑlv 〕 *v.* 使牽涉 < *in* >；包含；需要　in (*in*) + volve (*turn*)
involvement 〔 ɪnˈvɑlvmənt 〕 *n.* 牽涉；興趣；戀愛關係

itch 〔 ɪtʃ 〕 *v. n.* 癢；使發癢；渴望
issue 〔 ˈɪʃu , ˈɪʃju 〕 *n.* 議題；問題；(期刊的) 期；發行　*v.* 發行

ivy 〔 ˈaɪvɪ 〕 *n.* 常春藤
ivory 〔 ˈaɪvərɪ 〕 *n.* 象牙；象牙製品　*adj.* 象牙白的；乳白色的
isolation 〔 ˌaɪslˈeʃən 〕 *n.* 隔離；分離；孤獨　諧音：挨瘦累。

2.

jazz 〔 dʒæz 〕 *n.* 爵士樂
jar 〔 dʒɑr 〕 *n.* 廣口瓶；一罐的量　*v.* (使) 碰撞；不一致 < *with* >
jaywalk 〔 ˈdʒeˌwɔk 〕 *v.* 擅自穿越馬路　jay + walk (走路) = jaywalk

keep 〔 kip 〕 *v.* 保存；保持；持續；飼養
keeper 〔 ˈkipə 〕 *n.* 看守人；管理員；(動物園的) 飼養員
keen 〔 kin 〕 *adj.* 渴望的；強烈的；敏銳的；鋒利的

kangeroo 〔 ˌkæŋgəˈru 〕 *n.* 袋鼠　諧音：看個路。
ketchup 〔 ˈkɛtʃəp 〕 *n.* 蕃茄醬　唸起來很像 catch up (趕上)。
kernel 〔 ˈkɝnḷ 〕 *n.* 核心；(種籽的) 仁；要點；一點　諧音：殼呢。

3.

label 〔 ˈlebḷ 〕 *n.* 標籤；唱片公司；稱號　*v.* 給…加標籤；看作
lame 〔 lem 〕 *adj.* 跛的；殘廢的；(藉口等) 不充分的
lament 〔 ləˈmɛnt 〕 *v.* 哀悼；惋惜　*n.* 哀悼；悲傷；哀歌

lace 〔 les 〕 *n.* 蕾絲；鞋帶　*v.* 把…繫緊；給 (飲料或食物) 摻雜
laser 〔 ˈlezə 〕 *n.* 雷射　為頭字語。
layer 〔 ˈleə 〕 *n.* 層；級別；階層　*v.* 把…堆積成層　lay (放置) + er

large 〔 lɑrdʒ 〕 *adj.* 大的；巨大的
largely 〔 ˈlɑrdʒlɪ 〕 *adv.* 大部分；主要地；大致上；大多
lava 〔 ˈlɑvə , ˈlævə 〕 *n.* 岩漿；火山岩　字根 lav = wash。

4.

learn 〔 lɝn 〕 v. 學習;知道;熟記
learned 〔'lɝnɪd 〕 adj. 有學問的;學術性的;學習而獲得的【注意發音】
learning 〔'lɝnɪŋ 〕 n. 學問;學習

leave 〔 liv 〕 v. 離開;遺留;使處於(某種狀態) n. 允許;休假
leap 〔 lip 〕 v. 跳;突然而迅速地移動;猛漲 n. 跳;激增
lean 〔 lin 〕 v. 倚靠;傾斜 adj. 瘦的;收穫少的

leather 〔'lɛðɚ 〕 n. 皮革
lecture 〔'lɛktʃɚ 〕 n. 演講;講課;說教;教訓 v. 演講;講課;訓誡
lecturer 〔'lɛktʃərɚ 〕 n. 講師;演講者

5.

length 〔 lɛŋθ 〕 n. 長度;一條細長的東西 long (長的) + th (n.)
lengthen 〔'lɛŋθən 〕 v. 加長;(使) 變長;延長
lengthy 〔'lɛŋθɪ 〕 adj. 冗長的;漫長的

lens 〔 lɛnz 〕 n. 鏡頭;鏡片;(眼球的) 水晶體
lesson 〔'lɛsn̩ 〕 n. 課;教訓;訓誡
lessen 〔'lɛsn̩ 〕 v. 減少;變小 less (比較少) + en (v.) = lessen

lie 〔 laɪ 〕 v. 說謊;躺;位於;在於 n. 謊言
liar 〔'laɪɚ 〕 n. 說謊者 字尾以 ar 表示「人」。
liable 〔'laɪəbl̩ 〕 adj. 應負責的;有…傾向的;易罹患…的 < to >

6.

limp 〔 lɪmp 〕 v. 跛行;艱難地移動 n. 跛行 adj. 軟的;無力的
limb 〔 lɪm 〕 n. 四肢;大樹枝
liberal 〔'lɪbərəl 〕 adj. 開明的;大量的;慷慨的 n. 思想開放的人

line 〔 laɪn 〕 n. 線;一排 (貨品) 種類 v. 給 (衣服或容器) 安襯裏
liner 〔'laɪnɚ 〕 n. 客輪;襯裏
lime 〔 laɪm 〕 n. 石灰;萊姆【一種水果,也稱作酸橙】;萊姆酒

liver 〔'lɪvɚ 〕 n. 肝臟;(供食用的) 動物肝臟
lively 〔'laɪvlɪ 〕 adj. 活潑的;有活力的;熱烈的
livestock 〔'laɪv‚stɑk 〕 n. 家畜【牛、馬、羊等】 live (活) + stock (庫存)

7.

loan	〔 lon 〕 *n.* 貸款；借出　　*v.* 借出；借給	
loaf	〔 lof 〕 *n.* 一條（麵包）　　*v.* 閒混　諧音：肉膚。	
lofty	〔'lɔftɪ 〕 *adj.* 崇高的；高尚的；高聳的；高傲的	
log	〔 lɔg 〕 *n.* 圓木；航海日誌　　*v.* 記載；飛行或航行；伐木	
logo	〔'lɔgo 〕 *n.* 商標圖案	
lord	〔 lɔrd 〕 *n.* 君主；支配者；（大寫）上帝　　*v.* 對…逞威風	
lump	〔 lʌmp 〕 *n.* 塊；腫塊　　*v.* 把…歸併在一起	
lumber	〔'lʌmbɚ 〕 *n.* 木材　　*v.* 給（人）增加麻煩；緩慢吃力地移動	
lyric	〔'lɪrɪk 〕 *adj.* 抒情的　　*n.* 歌詞；抒情短詩　諧音：力銳刻。	

8.

manual	〔'mænjʊəl 〕 *n.* 手冊；說明書　　*adj.* 手工的；用手的	
manufacture	〔ˌmænjə'fæktʃɚ 〕 *v.* 製造；捏造　　*n.* 製造　*pl.* 產品	
manufacturer	〔ˌmænjə'fæktʃərɚ 〕 *n.* 製造業者；廠商	
mansion	〔'mænʃən 〕 *n.* 豪宅；大廈；宅第；官邸　man（人）+ sion (*n.*)	
manuscript	〔'mænjəˌskrɪpt 〕 *n.* 手稿；原稿　manu (*hand*) + script (*write*)	
mechanism	〔'mɛkəˌnɪzəm 〕 *n.* 機械裝置；機制；結構　注意拼字。	
mere	〔 mɪr 〕 *adj.* 僅僅；不過　【比較】merely〔'mɪrlɪ 〕*adv.* 僅僅	
merge	〔 mɝdʒ 〕 *v.* 合併；融合；併入　emerge（出現）– e = merge	
metropolitan	〔ˌmɛtrə'pɑlətṇ 〕*adj.* 大都市的；大都會的	

9.

mimic	〔'mɪmɪk 〕 *v.* 模仿　　*n.* 表演模仿的人　諧音：祕密客。	
miller	〔'mɪlɚ 〕 *n.* 磨坊主；製粉業者　mill（磨坊）+ er（人）	
militant	〔'mɪlətənt 〕 *adj.* 好戰的；激進的；暴力的　　*n.* 好戰份子	
mineral	〔'mɪnərəl 〕 *n.* 礦物；礦物質　諧音：沒了肉。	
mingle	〔'mɪŋgl̩ 〕 *v.* 混合；交際	
mint	〔 mɪnt 〕 *n.* 薄荷；薄荷糖；鑄幣廠　　*v.* 鑄造（硬幣）；創造	
moan	〔 mon 〕 *v.* 呻吟；抱怨　　*n.* 呻吟；抱怨；牢騷	
motto	〔'mɑto 〕 *n.* 座右銘；箴言	
mound	〔 maʊnd 〕 *n.* 土堆；堆；小山丘	

10.

nanny	〔'nænɪ〕 *n.* 保姆；奶媽　【比較】babysitter *n.* 臨時保姆	
nasty	〔'næstɪ〕 *adj.* 令人作嘔的；不好的　諧音：那死踢。	
namely	〔'nemlɪ〕 *adv.* 也就是說	

naked	〔'nekɪd〕 *adj.* 赤裸的；無覆蓋的；無掩飾的
native	〔'netɪv〕 *adj.* 本地的；本國的；天生的　*n.* 當地人
naive	〔nɑ'iv〕 *adj.* 天眞的；輕信的【注意重音】　native（天生的）– t

nonesense	〔'nɑnsɛns〕 *n.* 胡說；無意義的話；胡鬧　non（不；無）+ sense
nonetheless	〔,nʌnðə'lɛs〕 *adv.* 儘管如此；然而
nonviolent	〔nɑn'vaɪələnt〕 *adj.* 非暴力的　non（不；無）+ violent（暴力的）

11.

oar	〔or〕 *n.* 槳　*v.*（用槳）划船　諧音：喔餓。
oasis	〔o'esɪs〕 *n.* 綠洲；舒適的地方

odd	〔ɑd〕 *adj.* 古怪的；奇數的；單隻的；零星的
odds	〔ɑdz〕 *n. pl.* 獲勝的可能性；可能性；有利條件
odor	〔'odɚ〕 *n.* 氣味；臭味；氣氛　【比較】odorless *adj.* 沒有氣味的

orbit	〔'ɔrbɪt〕 *n.* 軌道；勢力範圍　*v.* 繞軌道運行
ordeal	〔ɔr'dil〕 *n.* 痛苦的經驗；煎熬　or（或）+ deal（交易）= ordeal

orchard	〔'ɔrtʃəd〕 *n.* 果園　諧音：好吃的，「果園」有很多好吃的水果。
orchestra	〔'ɔrkɪstrə〕 *n.* 管絃樂團　諧音：偶爾可試吹。

12.

pattern	〔'pætən〕 *n.* 模式；圖案；典範　*v.* 繪製圖案；仿照
patent	〔'pætn̩t〕 *n.* 專利權　*v.* 取得（某物）的專利　*adj.* 特別明顯的
patrol	〔pə'trol〕 *v.* 巡邏　*n.* 巡邏；巡邏隊　諧音：怕錯。

pepper	〔'pɛpɚ〕 *n.* 胡椒；胡椒粉　*v.* 加胡椒粉於；掃射；佈滿
pebble	〔'pɛbl̩〕 *n.* 小圓石；鵝卵石　形容詞爲 pebbly *adj.* 多小卵石的。
peddle	〔'pɛdl̩〕 *v.* 沿街叫賣；散播；宣揚　諧音：怕多。

peg	〔pɛg〕 *n.* 掛鉤；木樁；衣架；標定點　*v.* 固定　諧音：配個。
peck	〔pɛk〕 *v.* 啄食；啄；輕吻；一點一點地吃　*n.* 啄；親吻
peculiar	〔pɪ'kjuljə〕 *adj.* 獨特的；特有的

13.

peak	〔 pik 〕 *n.* 山頂；最高峰　　*adj.* 旺季的　　*v.* 達到高峰	
peek	〔 pik 〕 *v.* 偷看；窺視；露出　　*n.* 偷看；一瞥	

peel 〔 pil 〕 *v.* 剝（皮）；剝；抽；脫落　　*n.* 外皮
peer 〔 pɪr 〕 *n.* 同儕；同輩；相匹敵的人　　*v.* 凝視；仔細看

penny 〔'pɛnɪ〕 *n.* 一分硬幣；便士（英國貨幣單位）
pension 〔'pɛnʃən〕 *n.* 退休金；年金　　諧音：騙孫。

persevere 〔,pɝsə'vir〕 *v.* 堅忍；不屈不撓　　諧音：迫使餵兒。
perseverance 〔,pɝsə'virəns〕 *n.* 毅力；堅忍
perspective 〔 pɚ'spɛktɪv 〕 *n.* 正確的眼光；理性的判斷；看法；遠景

14.

pessimism 〔'pɛsə,mɪzəm〕 *n.* 悲觀　　諧音：怕捨命甚。
pessimistic 〔,pɛsə'mɪstɪk〕 *adj.* 悲觀的

piece 〔 pis 〕 *n.* 片；一件；一項　　*v.* 拼湊
pierce 〔 pɪrs 〕 *v.* 刺穿；（光線、聲音等）透過；深深地打動

plain 〔 plen 〕 *adj.* 平凡的；淺顯易懂的；樸素的；坦白的　　*n.* 平原
planet 〔'plænɪt〕 *n.* 行星
plague 〔 pleg 〕 *n.* 瘟疫；禍害；氾濫　　*v.* 長期困擾；使煩惱

plot 〔 plɑt 〕 *n.* 情節；策略　　*v.* 密謀；構思
plow 〔 plau 〕 *n.* 犁　　*v.* 犁（地）【注意發音】

15.

pork 〔 pork 〕 *n.* 豬肉
poke 〔 pok 〕 *v.* 刺；戳；伸出；突出　　*n.* 刺；戳
polish 〔'pɑlɪʃ〕 *v.* 擦亮；加強；潤飾　　*n.* 亮光劑；擦亮；光澤；完美

pole 〔 pol 〕 *n.* （南、北）極；竿；極端；電池極點；（大寫）波蘭人
polar 〔'polɚ〕 *adj.* 極地的；截然不同的；電極的
poll 〔 pol 〕 *v.* 民意調查；（選舉的）投票　　*v.* 對…進行民意調查

porch 〔 portʃ 〕 *n.* 門廊；走廊　　諧音：潑漆，「門廊」容易被潑漆。
poach 〔 potʃ 〕 *v.* 偷獵；挖角；（在微開的水中）煮　　諧音：剝去。
poacher 〔'potʃɚ〕 *n.* 偷獵者

16.

precaution〔prɪˈkɔʃən〕n. 預防措施；小心　pre (before) + caution (小心)
precision〔prɪˈsɪʒən〕n. 精確；準確性　precise (精確的) – e + ion (n.)
premier〔prɪˈmɪr〕n. 首相　adj. 最好的；最重要的

pretend〔prɪˈtɛnd〕v. 假裝；謊稱；裝扮　pre (before) + tend (傾向)
presume〔prɪˈzum〕v. 假定；以為；冒昧　pre (before) + sume (take)
prevail〔prɪˈvel〕v. 普及；盛行；克服　pre (before) + vail (strong)

preview〔ˈpriˌvju〕v. 預習；預告　n. 預演；預兆【注意重音】
previous〔ˈpriviəs〕adj. 先前的；以前的；預先的
priest〔prist〕n. 神職人員；神父

17.

proud〔praʊd〕adj. 驕傲的；得意的；自豪的
profound〔prəˈfaʊnd〕adj. 深奧的；重大的　pro (forth) + found (建立)
prowl〔praʊl〕v. 徘徊；遊蕩　n. 徘徊；出沒　pr + owl (貓頭鷹)

prune〔prun〕v. 修剪；削減　n. 梅乾
prove〔pruv〕v. 證明；證明是；結果是
proverb〔ˈprɑvɝb〕n. 諺語；格言　pro + verb (動詞) = proverb

purse〔pɝs〕n. 錢包；手提包；財力　v. 噘 (嘴)
pursue〔pɚˈsu〕v. 追求；從事；追查　purse (錢包) + u = pursue
pursuit〔pɚˈsut〕n. 追求；尋求；嗜好

18.

rank〔ræŋk〕n. 階級；地位；排；橫列　v. 排列；(使) 位居
rack〔ræk〕n. 架子；置物架　v. 拷問；折磨
raft〔ræft〕n. 木筏；救生筏；橡皮艇　v. 以筏運送；搭乘木筏

rally〔ˈrælɪ〕v. 召集；前來援助；恢復；重新振作　n. 集會；回升
range〔rendʒ〕n. 範圍；種類；牧場　v. (範圍) 包括
ravage〔ˈrævɪdʒ〕v. 毀壞；破壞　n. pl. 破壞

reap〔rip〕v. 收割；收穫
reef〔rif〕n. 礁；暗礁
reel〔ril〕n. 捲；繞；線軸　v. 捲收；捲繞；蹣跚而行；暈眩

19.

realm	〔rɛlm〕n.	領域；範圍；王國；國土【注意發音】
reckless	〔'rɛklıs〕adj.	魯莽的；不顧一切的；輕率的　諧音：累個立死。
relevant	〔'rɛləvənt〕adj.	有關連的＜to＞；適切的　諧音：累了煩。

relic	〔'rɛlık〕n.	遺跡；遺骸；遺留物
rescue	〔'rɛskju〕v.	拯救；解救　n. 解救；援救　諧音：累死苦。
render	〔'rɛndɚ〕v.	使變成；提供；表達；翻譯

regard	〔rı'gard〕v.	認為；尊重　n. 尊重；關心　pl. 問候
regarding	〔rı'gardıŋ〕adj.	關於
regardless	〔rı'gardlıs〕adj.	不顧慮的＜of＞；不注意的　adv. 不管＜of＞

20.

renew	〔rı'nju〕v.	更新；將…延期；恢復
renowned	〔rı'naund〕adj.	有名的　re + (k)nown (know) + ed (adj.)
reluctant	〔rı'lʌktənt〕adj.	不情願的；勉強的　諧音：若拉客談的。

resort	〔rı'zɔrt〕n.	度假勝地；手段　v. 探取；訴諸＜to＞
resource	〔rı'sors〕n.	資源；才智　pl. 處理問題的能力　re + source（來源）
reproduce	〔͵riprə'djus〕v.	繁殖；生育；複製　re + produce（製造）

riot	〔'raıət〕n.	暴動；狂歡；多采多姿　v. 發生暴動　諧音：亂餓。
rifle	〔'raıfḷ〕n.	來福槍；步槍
rivalry	〔'raıvḷrı〕n.	競爭；敵對　rival（競爭對手）+ ry (n.) = rivalry

21.

rigid	〔'rıdʒıd〕adj.	嚴格的；不變通的；僵硬的；堅持的
rigorous	〔'rıgərəs〕adj.	嚴格的；縝密的；（氣候等）嚴酷的

ring	〔rıŋ〕n.	戒指；電話鈴聲；鐘聲；拳擊場　v. 按（鈴）；發出聲響
rim	〔rım〕n.	邊緣；外緣　v. 形成…的邊緣；環繞…的輪廓

roam	〔rom〕v.	漫步；徘徊；流浪
roar	〔ror〕v.	吼叫；大叫；大笑；咆哮　n. 吼叫；隆隆聲
roast	〔rost〕v.	烤；烘焙　n. 大塊烤肉　adj. 烘烤的；火烤的

robin	〔'rabın〕n.	知更鳥
rod	〔rad〕n.	棍子；鞭子；竿；權杖

22.

scale	〔 skel 〕 n. 規模；程度；刻度；比例；音階；鱗 pl. 天平 v. 爬
scarcely	〔ˈskɛrslɪ 〕 adv. 幾乎不 scarce (稀少的) + ly (adv.) = scarcely
scatter	〔ˈskætɚ 〕 v. 散播；撒；散開 諧音：撕開的。

scold	〔 skold 〕 v. 責罵；責備 名詞為 scolding〔ˈskoldɪŋ 〕 n. 責罵。
scorn	〔 skɔrn 〕 v. 輕視；瞧不起；不屑 n. 輕視；嘲弄 s + corn (玉米)
scout	〔 skaʊt 〕 v. 偵察；搜索；物色人才 n. 偵查員；星探；童子軍

scope	〔 skop 〕 n. 範圍；機會；發展餘地
scrape	〔 skrep 〕 v. 擦傷；刮；擦；刮擦發出刺耳聲 n. 擦傷
scoop	〔 skup 〕 v. 舀取；賺得 n. 杓；一杓的量；獨家新聞

23.

scream	〔 skrim 〕 v. 尖叫 n. 尖叫 (聲) s + cream (奶油) = scream
screen	〔 skrin 〕 n. 螢幕；銀幕；幕；簾；紗窗 (門) v. 遮蔽；篩檢
scroll	〔 skrol 〕 n. 卷軸；畫捲 v. (使) (電腦螢幕) 捲動

segment	〔ˈsɛgmənt 〕 n. 部分；片段 v. 分割 seg (cut) + ment (n. v.)
seminar	〔ˈsɛməˌnɑr 〕 n. 研討會；專題討論課 諧音：生命哪。
senator	〔ˈsɛnətɚ 〕 n. 參議員 【比較】senate〔ˈsɛnɪt 〕 n. 參議院

series	〔ˈsɪrɪz 〕 n. 一連串；影集；連續刊物【單複數同形】
sequence	〔ˈsikwəns 〕 n. 連續；一連串；順序
seduce	〔 sɪˈdjus 〕 v. 勾引；誘姦；誘惑

24.

serving	〔ˈsɝvɪŋ 〕 n. 一人份
sermon	〔ˈsɝmən 〕 n. 說教；講道 諧音：什麼，「說教」要說什麼？
sergeant	〔ˈsɑrdʒənt 〕 n. 士官；中士【簡寫為 Sgt.】；警佐【注意發音】

sentence	〔ˈsɛntəns 〕 n. 句子；刑罰 v. 宣判；處以…的刑
sensation	〔 sɛnˈseʃən 〕 n. 轟動；感覺；知覺 sense (感官) – e + sation (n.)
session	〔ˈsɛʃən 〕 n. 開會；開庭；授課時間；一段時間 諧音：篩審。

sew	〔 so 〕 v. 縫紉；縫製；縫補【三態變化：sew–sewed–sewn】
sewer	〔ˈsoɚ 〕 n. 裁縫師；〔ˈsuɚ 〕 n. 下水道
severe	〔 səˈvɪr 〕 adj. 嚴重的；惡劣的

25.

sheep	〔 ʃip 〕 *n.* 綿羊；盲從的人【單複數同形】	
sheet	〔 ʃit 〕 *n.* 床單；一張（紙）；薄板；廣大一片	
sheer	〔 ʃɪr 〕 *adj.* 全然的；絕對的；極陡峭的；極薄的	

shed 〔 ʃɛd 〕 *v.* 流（淚）；擺脫；自然脫落 *n.* 棚；廠棚
sheriff 〔 'ʃɛrɪf 〕 *n.* 警長；郡長
shepherd 〔 'ʃɛpɚd 〕 *n.* 牧羊人 *v.* 帶領；指引【注意發音】

shield 〔 ʃild 〕 *n.* 保護物；盾 *v.* 保護；庇護
shift 〔 ʃɪft 〕 *v.* 改變；換檔；轉移 *n.* 改變；輪班
shiver 〔 'ʃɪvɚ 〕 *v.* 發抖；顫抖 *n.* 發抖；打顫

26.

shop 〔 ʃɑp 〕 *n.* 商店；店鋪；工廠 *v.* 購物；買東西
shoplift 〔 'ʃɑp‚lɪft 〕 *v.* 順手牽羊 shop（商店）+ lift（偷）= shoplift

shriek 〔 ʃrik 〕 *v.* 尖叫；尖笑 *n.* 尖叫；尖笑
shrink 〔 ʃrɪŋk 〕 *v.* 縮水；收縮；減少；退縮；逃避
shrine 〔 ʃraɪn 〕 *n.* 聖殿；殿堂；聖地 shine（發光）+ r = shrine

shred 〔 ʃrɛd 〕 *n.* 碎片；薄片；極少量 *v.* 把…撕成碎片
shrewd 〔 ʃrud 〕 *adj.* 聰明的；精明的 【比較】shrew *n.* 嘮叨的女人

shrub 〔 ʃrʌb 〕 *n.* 灌木；矮樹
shrug 〔 ʃrʌg 〕 *v.* 聳（肩）（表示不知情或沒興趣） *n.* 聳（肩）

27.

shun 〔 ʃʌn 〕 *v.* 避開；避免 諧音：閃，閃躲就是「避開」。
shudder 〔 'ʃʌdɚ 〕 *v.* 發抖；震顫 *n.* 戰慄；顫抖 諧音：嚇得。

sigh 〔 saɪ 〕 *v.* 嘆息；（風）呼嘯 *n.* 嘆息 【比較】sign *v.* 簽名
siren 〔 'saɪrən 〕 *n.* 警報器；狐狸精；（大寫）（希臘神話的）海妖
simultaneous 〔‚saɪml'tenɪəs 〕 *adj.* 同時的 諧音：賽貓等你 us。

sip 〔 sɪp 〕 *n.* 啜飲；小口喝 *v.* 啜飲；小口喝
skip 〔 skɪp 〕 *v.* 跳過；跳繩；蹺（課）；不做；不吃

slam 〔 slæm 〕 *v.* 猛然關上；猛擊 *n.* 猛關；砰的一聲；大滿貫
slang 〔 slæŋ 〕 *n.* 俚語 *v.* 辱罵

28.

slap	〔 slæp 〕v. 打…耳光;啪的一聲放下;隨意地塗抹 *n.* 掌擊;摑
slash	〔 slæʃ 〕v. 鞭打;大幅度削減;亂砍 *n.* 切口;砍;斜線號 (/)
slaughter	〔'slɔtɚ〕v. 屠殺;宰殺 *n.* 屠殺;宰殺;徹底擊敗;嚴厲批評

slim 〔 slɪm 〕*adj.* 苗條的;狹窄的;微小的 *v.* 減重;瘦身
slum 〔 slʌm 〕*n.* 貧民區;貧民窟 *v.* 在貧民窟般的環境生活
slump 〔 slʌmp 〕v. 突然倒下;暴跌 *n.* 不景氣;暴跌;低潮期

smog 〔 smɑg 〕*n.* 煙霧
smother 〔'smʌðɚ〕v. 悶死;包覆;把 (火) 悶熄;壓抑
smuggle 〔'smʌgl̩〕v. 走私;偷運;偷帶 諧音:私賣狗。

29.

snatch 〔 snætʃ 〕v. 搶奪;找機會做;奪取 *n.* 片段;片刻;搶
snare 〔 snɛr 〕*n.* 陷阱;圈套 *v.* (用圈套) 捕捉;設計陷害
snarl 〔 snɑrl 〕v. 咆哮;吼叫;使 (交通) 堵塞 *n.* 咆哮;吼叫

snore 〔 snor 〕v. 打呼 *n.* 打呼聲
snort 〔 snɔrt 〕v. 噴鼻息 (表示輕蔑、不贊成等);用鼻子吸食 (毒品)

sob 〔 sɑb 〕v. 啜泣;哭訴 *n.* 啜泣;抽噎
sober 〔'sobɚ〕*adj.* 清醒的;嚴肅的;樸素的 *v.* 酒醒;使清醒 < *up* >

sovereign 〔'sɑvrɪn 〕*n.* 統治者;君主 *adj.* 主權獨立的;至高無上的
sovereignty 〔'sɑvrɪntɪ 〕*n.* 統治權;主權

30.

spite 〔 spaɪt 〕*n.* 惡意;怨恨 *v.* 故意激怒;存心刁難
spike 〔 spaɪk 〕*n.* 大釘;長釘;尖狀物 *v.* 在 (飲料或食物中) 下藥
spiral 〔'spaɪrəl 〕*adj.* 螺旋的 *v.* 節節上升 (或下降) *n.* 螺旋形之物

stage 〔 stedʒ 〕*n.* 舞台;階段;發生的場所 *v.* 舉辦;上演;舉行
stagger 〔'stægɚ〕v. 蹣跚;搖晃地走;使震驚;頑強地硬撐 *n.* 蹣跚
stammer 〔'stæmɚ〕*n. v.* 口吃;吞吞吐吐地說

stale 〔 stel 〕*adj.* 不新鮮的;腐壞的;陳腐的;膩煩的 s + tale (故事)
stall 〔 stɔl 〕v. (使) 不動;(車輛或引擎) 熄火;支吾 *n.* 攤位
stalk 〔 stɔk 〕*n.* (植物的) 莖;花梗 *v.* 跟蹤;大踏步走;蔓延

31.

stain	〔 sten 〕 v. 弄髒；玷污；敗壞；著色於　n. 污漬；污點	
sustain	〔 sə'sten 〕 v. 維持；保持；支撐；蒙受　sus (*sub*) + tain (*hold*)	

strain	〔 stren 〕 v. 拉緊；拉傷；使 (關係) 緊張　n. 壓力；品種；個性
strait	〔 stret 〕 n. 海峽　*pl.* 困境；困難

stout	〔 staut 〕 adj. 粗壯的；堅實的；堅決的　st + out (外面) = stout
stunt	〔 stʌnt 〕 n. 特技；噱頭；花招　v. 阻礙…的發展

spur	〔 spɝ 〕 n. 激勵；馬刺　v. 促進；用馬刺策馬前進　諧音：私奔。
stir	〔 stɝ 〕 v. 攪動；喚起；引發　n. 攪動；騷動
sturdy	〔'stɝdɪ 〕 adj. 健壯的；耐用的

32.

subtle	〔'sʌtḷ 〕 adj. 微妙的；細膩的；含蓄的；敏銳的【b 不發音】
suburbs	〔'sʌbɝbz 〕 n. pl. 郊區　sus (*sub*) + urb (*city*) + s = suburbs
subsequent	〔'sʌbsɪˌkwɛnt 〕 adj. 隨後的；在…之後的

submit	〔 səb'mɪt 〕 v. 提出；(使) 服從；屈服 < *to* >　sub + mit (*send*)
subtract	〔 səb'trækt 〕 v. 減掉；減去　sub (*under*) + tract (*draw*)
subordinate	〔 sə'bɔrdṇɪt 〕 adj. 下級的；次要的 < *to* >　n. 屬下

swap	〔 swɑp 〕 v. 交換；替換；交流　n. 交換；交易；交換物
swamp	〔 swɑmp 〕 n. 沼澤　v. 淹沒；紛紛湧入；使應接不暇
swarm	〔 swɔrm 〕 n. (昆蟲) 群；人群　v. 蜂擁；湧往；擠滿

33.

tame	〔 tem 〕 adj. 溫馴的；順從的；平淡的　v. 馴服；抑制
taunt	〔 tɔnt 〕 v. 嘲弄；辱罵；譏諷　n. 嘲弄；譏諷　t + aunt (阿姨)
tavern	〔'tævən 〕 n. 酒館；酒店

tease	〔 tiz 〕 v. 嘲弄；取笑；挑逗；梳理　n. 戲弄他人者；戲弄
tedious	〔'tidɪəs 〕 adj. 乏味的；無聊的【注意發音】　諧音：剃弟耳屎。

throb	〔 θrɑb 〕 v. 陣陣跳動；悸動；抽痛　n. 悸動；興奮
thrust	〔 θrʌst 〕 v. 刺；推；擠；襲擊　n. 猛刺；主旨　trust (相信) + h

timber	〔'tɪmbə 〕 n. 木材【不可數】；橫樑【可數】
timid	〔'tɪmɪd 〕 adj. 膽小的；膽怯的　諧音：聽命的。

34.

trauma	〔'trɔmə 〕*n.* 心靈的創傷；痛苦的經歷；外傷　諧音：錯罵。	
tremor	〔'trɛmə 〕*n.* 微震；小規模地震；顫抖；害怕　諧音：沈沒。	

trek 〔 trɛk 〕*v.* 艱苦跋涉；徒步旅行　*n.* 艱苦的旅行；徒步旅行
trench 〔 trɛntʃ 〕*n.* 壕溝；海溝　諧音：竄去。
trespass 〔'trɛspəs 〕*v.* 侵入；擅自進入 <*on*>；過多佔用　*n.* 非法闖入

trim 〔 trɪm 〕*v.* 修剪；減少；裝飾　*adj.* 修長的；苗條健康的　*n.* 修剪
trigger 〔'trɪɡə 〕*v.* 引發；促使；使（機器或設備）開始運轉　*n.* 扳機

tyranny 〔'tɪrənɪ 〕*n.* 暴政；專制的政府；暴虐　諧音：踢了你。
tyrant 〔'taɪrənt 〕*n.* 暴君；專橫的人

35.

ultimate 〔'ʌltəmɪt 〕*adj.* 最終的；決定性的　*n.* 事物的極致或最高表現
umpire 〔'ʌmpaɪr 〕*n.* 裁判【網球、棒球、板球等比賽】；仲裁人　諧音：安排。

undo 〔 ʌn'du 〕*v.* 使恢復原狀；解開（結、包裹等）
uncover 〔 ʌn'kʌvə 〕*v.* 揭露；發現；掀開　un (*reverse*) + cover（覆蓋）
unfold 〔 ʌn'fold 〕*adj.* 展開；攤開；發生；發展逐漸明朗

unique 〔 ju'nik 〕*adj.* 獨特的；獨一無二的；僅有的　uni (*one*) + que (*adj.*)
unanimous 〔 ju'nænəməs 〕*adj.* 全體一致的；無異議的

utter 〔'ʌtə 〕*adj.* 完全的；十足的　*v.* 說；講；發出
usher 〔'ʌʃə 〕*n.* 接待員　*v.* 引導；接待

36.

vain 〔 ven 〕*adj.* 徒勞無功的；無用的；無意義的；自負的
vein 〔 ven 〕*n.* 靜脈；葉脈；紋理；態度；風格
veil 〔 vel 〕*n.* 面紗；遮蓋物；掩飾　*v.* 以面紗遮蓋；遮蓋；掩飾

vague 〔 veg 〕*adj.* 模糊的；不明確的；（人）說話含糊的
vogue 〔 vog 〕*n.* 流行；流行的事物；時尚　*adj.* 流行的

vow 〔 vau 〕*n.* 誓言；誓約　*pl.*（婚禮等的）誓言　*v.* 發誓
vowel 〔'vauəl 〕*n.* 母音；母音字母　【比較】consonant *n.* 子音

vulgar 〔'vʌlɡə 〕*adj.* 粗俗的；下流的；庸俗的
vulnerable 〔'vʌlnərəbl̩ 〕*adj.* 易受傷害的；易受影響的；脆弱的 <*to*>

編者的話

親愛的讀者：

　　現在學英文非常簡單，用手機就可以學了。我50多年教學的精華，都會在「快手」和「抖音」中播放，歡迎大家模仿我。在課堂上，教我「快手」和「抖音」上的作品，馬上變成名師，學生會愈來愈多，也歡迎在線上模仿我，期待青出於藍而勝於藍！用我研發的教材，最安全，經過層層的校對。一定要學從美國人嘴巴裡說出來的話，而且自己每天也能脫口而出。

　　學會話的方法是：一口氣說三句，我們要背，就背最好的，例如：「由你決定。」最好的三句英文是：You're the boss. 字面的意思是「你是老闆。」You call the shots.（你發號施令，我開槍射擊。）Your wish is my command.（你的希望就是你給我的命令。）當你一口氣說這三句幽默的話，任何人都會佩服你。我花費了好幾年的功夫，才把這三句話累積在一起，人人愛聽！

　　英文不使用，就會忘記！「使用、使用、再使用」，教自己「背過」、「使用過的」句子，有靈魂、有魅力，是上網教學的最高境界！網路上，有網路紅人亂造句子，亂說一通，太可怕了！期待他盡快撤下來。人最怕「吃錯藥」、「學錯東西」。

「英文三句金」一口氣說三句，特別好聽

「快手」和「抖音」是大陸的兩個大平台，有80多萬中外英文老師在發表作品，我每天上午和下午各發表一次。如果「作品」不被人接受，馬上就會被淘汰。

以前，我從來沒有想到，會有這個機會，把我50多年來上課的精華，在手機上發表。過去大家用文法自行造句、自行寫文章，太可怕了！我們問過100多位英文老師：「這裡是哪裡？」大家都翻成：*Where is here?*（誤）應該是：Where am I? 或 Where are we? 才對。同樣地，「我喜歡這裡。」不能說成 *I like here.*（誤）要說：I like it here. 才正確。這種例子不勝枚舉！結論：背極短句最安全。

我們發明「英文三句金」，一口氣說三句，創造了優美的語言，說出來特別好聽。說一句話沒有感情，一口氣說：I like it here. I love it here. This is my kind of place.（我喜歡這裡。我愛這裡。這是我喜歡的地方。）三句話綁在一起，隨口就可說出，多麼令人感到溫暖啊！

今天鍾藏政董事長傳來好消息，我在「抖音」上的粉絲已經超過147萬人了。感謝「小芝」充當攝影師，感謝「北京101名師工廠」讓我一輩子的心血，能夠發光發亮，「劉毅英文」全體的努力當然功不可沒。我們一定要持續努力，來感謝大家的支持。

讓我們幫助你成為說英文高手

　　「英文三句金」已經出版！一切以「記憶」和「實用性」為最優先。以三句為一組，一開口，就是三句話，說出來非常熱情，有溫度。

　　例如：你已經會說："Thank you." 「英文三句金」教你："Thank you. I appreciate it. I owe you."（謝謝你。我很感謝。我虧欠你。）我們不只在學英文，還在學「口才」，每天說好聽的話，人見人愛。

　　又如："It's my treat. It's on me. Let me pay."（我請客。我請客。讓我來付錢。）學英文不忘發揚中國人好客的文化。一般人道歉時，只會說："I'm sorry." 背了「英文三句金」，你會說："I'm sorry. I apologize. It's my fault."（對不起。我道歉。是我的錯。）先從三句開始，會愈說愈多，你還可以加上三句："I was wrong. You are right. Please forgive me."（我錯了。你是對的。請原諒我。）

　　「英文三句金」先在「快手」和「抖音」上教，大家可以在「手機」上免費學。我受益很多，期待分享給所有人！

下載「快手」及「抖音」，免費學「英文三句金」

　　原來，「說一口流利的英語」是最漂亮的衣服、成功的象徵（a sign of success），苦練出來的英文最美。（The most beautiful English is learned through hard work.）

　　現在，用我們新發明的「英文三句金」，靠手機APP「快手」及「抖音」就可以輕鬆背好，一口氣說出來，很有信心。例如，一般美國人再見時多說："Bye!" 我們會說："See you soon. See you around. Have a good one."（待會見。回頭見。祝你有美好的一天。）中文要改變語言不容易，但是利用學英文的機會訓練口才，變成體貼、熱情、感恩的人，只要背我們研發的「英文三句金」，一定可以做到！

　　說話是一種藝術，需要認真學習，說話代表你的「修養、教育、人品」。叫別人不要遲到，不要說："Don't be late. Don't make me wait."（不要遲到。不要讓我等。）可以說：I'll be there on time. On the dot. On the nose.（我會準時到。會準時。非常準時。）成功的人，說話更要客氣、有禮貌，不能讓你身邊的人有壓力。

劉毅